U0540811

重庆师范大学学术专著出版基金资助

中日现代诗歌比较

刘静 / 主编
熊飞宇 / 副主编

中国社会科学出版社

图书在版编目（CIP）数据

中日现代诗歌比较/刘静主编.—北京：
中国社会科学出版社，2019.3
ISBN 978-7-5203-4072-4

Ⅰ.①中… Ⅱ.①刘… Ⅲ.①比较诗学—诗歌研究—中国、日本—现代
Ⅳ.①I207.22②I313.072

中国版本图书馆 CIP 数据核字（2019）第 030391 号

出 版 人	赵剑英
责任编辑	郭晓鸿
特约编辑	张金涛
责任校对	王　龙
责任印制	戴　宽

出　　版	中国社会科学出版社
社　　址	北京鼓楼西大街甲 158 号
邮　　编	100720
网　　址	http://www.cssspw.cn
发 行 部	010-84083685
门 市 部	010-84029450
经　　销	新华书店及其他书店

印　　刷	北京明恒达印务有限公司
装　　订	廊坊市广阳区广增装订厂
版　　次	2019 年 3 月第 1 版
印　　次	2019 年 3 月第 1 次印刷

开　　本	710×1000　1/16
印　　张	16.75
插　　页	2
字　　数	223 千字
定　　价	69.00 元

凡购买中国社会科学出版社图书，如有质量问题请与本社营销中心联系调换
电话：010-84083683
版权所有　侵权必究

目　录

导　论 ·· 1

第一章　启蒙：中日诗歌走向现代 ·· 5
第一节　变革中的"憨物宗情"和"文以载道" ······················ 5
第二节　中日启蒙诗歌形神之别 ·· 12
第三节　教育启蒙与救亡启蒙 ·· 26

第二章　中日象征主义诗歌比较 ··· 35
第一节　悄然转身的东方缪斯 ·· 36
第二节　无法褪却的浪漫底色 ·· 55
第三节　消而不逝的古典情怀 ·· 68

第三章　中国现代"小诗"与日本俳句 ··· 86
第一节　"小诗"和俳句的产生、发展 ································· 87

第二节 "小诗"和俳句的情感内涵 ………………… 104
第三节 "小诗"和俳句的艺术魅力 ………………… 120
第四节 "小诗"衰微与俳句延绵 …………………… 130

第四章 中日左翼诗歌的农村与都市书写 …………… 141
第一节 "同源"的中日左翼诗歌 …………………… 141
第二节 对农村和都市的凝望 ………………………… 147
第三节 左翼诗歌对农村和都市的表达 ……………… 168
第四节 文化差异分析 ………………………………… 178

第五章 留学体验与日本形象 …………………………… 190
第一节 晚清留日浪潮与诗人 ………………………… 191
第二节 他者自然景观与人物风貌 …………………… 205
第三节 自我心理建构与阐释策略 …………………… 223

结　语 ……………………………………………………… 252

参考文献 ………………………………………………… 256

后　记 ……………………………………………………… 262

导　论

　　鉴真时期日本长屋王的诗句"山川异域，风月同天"，正是中日两国一衣带水，文化交流源远流长的写照。诗歌作为重要的文化体裁，自古便在两国的交往中发挥着重要的作用。19世纪下半叶，同属东方文明的中日两国面对强势的西方文明均在政治、经济、科技等领域产生了向西方学习的紧迫要求，两国都处在时代的重大变革期。而且，特殊的社会背景使两国刷新了交往的方式与内容，西学东渐，这时期的日本实际上成为中国阅读西方世界的一个重要窗口。由此，中日诗歌也开始了学习模仿西方，走出了在演变轨迹上既存有交点，又各有独特之处的新的近代化发展之路。不同的文化土壤，孕育出迥异的文学现象、作家气质和审美情趣，这里既有"风月同天"的同属东方文化圈的共性，呈现相互激荡的态势，又有"大海浪中分国界"的迥异的民族特性，而且由于各自文化"模子"具有鲜明的异质性，其民族差异性尤其明显，值得关注。正如王向远所言："西方诸文化之间的差异、东方诸文化之间的差异，有时比东方与西方文化的差异还要大。例如，仅以文学而论，东方的中国文学与日本文学之间的差异，甚至大于中国文学与西方文学之间的差异。"① 对近现代中日诗歌的比较研究，也许能为我们打开一个审视近现代中日两国文学文化交流的崭新视野，为加强双方民族间的理解与沟通提供一个有效途径。

日本的"言文一致"运动和中国的"诗界革命"是两国现代诗歌萌芽和勃发的时期，对各自国家的文学和社会都产生了巨大影响。但两国由于文化传统和时代环境因素造成的文化定位和文化身份上的不同，使日本更接近于一种"离家"状态，而中国则更类似于一种"在家"状态。这一重大差异使得两国现代启蒙诗歌在思想内容、表现形式及意义影响方面虽有一些共性但又各有特色。例如，在思想内涵上，中国诗界革命的"新意境"更具有本国的政治色彩，而日本启蒙诗歌的"欧洲意境"则更多地传承了西方自我意识等现代精神。将二者并列比较，既有利于清晰地打量他者，更让我们有机会换一个角度反省自身。

稍后兴起的象征主义诗潮也是中日诗人遥望西方的"宁馨儿"，作为中日新诗的先锋流派，无论是形式技巧还是情感内涵，对两国诗坛而言都是崭新的尝试。从东方文化的视角出发，中日两国的象征主义诗歌在某些方面呈现出相同的因素，这些共同因素是东西方文化对话的结果。然而，中日两国不仅各自拥有悠久的历史文化传统，而且具有很强的文化自主能力和本土化倾向。它们在对待外来文化的过程中，逐渐形成了自己特有的接受模式。从这一点来看，中日象征主义诗歌又包含着不同的民族特色。象征主义诗潮从诞生到式微，匆匆而过的命运虽似昙花，但这短暂的存在却彰显了中日象征主义诗歌独特的价值和不息的生命力，也显示出两国文化间的深层差异。因此，在中日文化与文学的大背景下寻找两国象征主义诗歌的共同特点，并从具体文本出发，异中求同、同中求异，努力寻找现象之后深层的时代、社会、文

---

① 王向远：《比较文学学科新论》，江西教育出版社2002年版，第10页。

化等原因，这，是一个非常有意义的话题。

20世纪20年代，中国"小诗流行的时代"的出现直接导源于泰戈尔获得诺贝尔文学奖后，西方世界开始聚焦东方诗歌的文化大背景，更与日本俳句有着千丝万缕的联系。不过遗憾的是，学界对于俳句与中国诗歌的比较一般都限于俳句与古典诗歌的比较，对现代"小诗"鲜有涉足。而且即使涉及俳句和现代"小诗"的研究，也多是强调俳句对"小诗"的影响。虽有少数文章涉及二者的平行比较，但也多注重对比其情感内涵与艺术手法，缺少对其情感内涵和艺术手法之间差异形成的文化原因的探究。笔者认为，"小诗"作为具有历史意义的新诗运动中的一颗"流星"，对它的分析不能仅仅着眼于文本内部，更应该充分关注其发展演变、式微的文化动因，从而为新时代诗歌发展提供有价值的借鉴。

中日现代诗坛还有一个引人瞩目的现象是左翼诗歌。中日左翼文学都从苏联左翼文艺汲取营养，具有同源性。作为特殊文化场域文学的重要组成部分，左翼诗歌蕴含着丰富的思想性、政治性和审美性，有着持久的研究意义和阐释空间。由于共同遵循"无产阶级现实主义"的创作原则，在题材方面重点关注农民和工人的生活成为其共同特征。然而在描写农村和都市时，中日左翼诗歌既表现出相同性，又各有特色。左翼时期是中日文学交流的一个高峰期，通过比较中日左翼诗歌中农村和都市的书写，探讨中日左翼诗歌中农村和都市书写的差异，将有助于我们更好地了解日本文化。

现代中国与日本密切的文学交往与20世纪初的留日浪潮密切相关。留日诗人贯通中日诗坛，其诗歌作品承载两国文化，既体现着中国新诗的狂飙突进轨迹，也在很大程度上内蕴了日本诗歌的现代性特征，成为当时的一大景观。明治末期的日本社会转型与晚清的留日浪潮孕育了中日现代诗坛的一系列新气象，为以郭沫若、穆木天、胡风等为代表的活跃于两国诗坛的留日诗人提供了特殊题材与生命体验，由此，中国现代诗歌中丰富生动的"日本形象"成为审视两国诗歌演变历史轨迹与现代意识的窗口。然而长期以来，学术界对留日诗人诗歌中塑造的他者——"日本形象"的研究多有忽略。而借助比较文学形象学的新视野，探寻异国形象的变异特征，以及隐匿在形象之后的留日诗人的心理流程和情感体验，这，或许将为中日诗歌研究带来一番新的启示。

基于上述考虑，本书拟分为"启蒙：中日诗歌走向现代""中日象征主义诗歌比较""中国现代'小诗'与日本俳句""中日左翼诗歌的农村与都市书写""留学体验与日本形象"等五章进行考察和论述。梳理中日现代诗歌影响与频繁交流的文学事实，探寻双方文学现象表层下的文化动因与变异，有助于深化"文化冲突""文化共存"等热点问题的研究。诚如王琢所言："运用多种行之有效的比较文学研究方法，对日本和中国历史性、共时性的'文化语境'中的文学现象进行研究，寻求两国间乃至人类共同的课题，这才是当务之急。"① 美国学者杰拉尔德·吉列斯比（Gerrard Gillespie）也曾呼吁："比较文学界应感到有必要在全球交流的大背景下找到一种更有效的描述和分析体系。"② 我们正是基于努力构建这样的"描述与分析体系"的期盼，描述文化间的差异性，让中日双方相互影响作用下的文学沟通和交流形成一种文化上的良性循环，推动两国文学和文化向更远、更高、更广的空间发展。

---

① 王琢：《20世纪日中比较文学研究的回顾与展望》，饶芃子、王琢编《中日比较文学研究资料汇编》，中国美术学院出版社2002年版，第384页。
② ［美］杰拉尔德·吉列斯比：《文化相对主义的意义和局限》，乐黛云、张辉主编《文化传递与文学形象》，北京大学出版社1999年版，第10页。

第一章　启蒙：中日诗歌走向现代

中日两国的现代诗歌起源于中国晚清与日本明治时期，日本稍早，中国紧随其后。在日本方面，主要表现为"言文一致"运动的发端和兴盛，时间为明治初期（19世纪70年代）；中国方面，则是体现在"诗界革命"运动中（19世纪90年代）。在这一段所谓现代启蒙诗歌的萌芽和勃发时期，两国的新诗歌运动都获得了蓬勃发展，对各自国家的文学和社会都产生了巨大影响，而由于两国在各自的文化身份和文化定位上的差异，两国的新诗歌运动在其作品的思想内容、风格技法、意义及影响等方面虽有相同但又有很大不同，由此而成就了各自独具特色的面貌。

第一节　变革中的"憨物宗情"和"文以载道"

中国自鸦片战争以来屡战屡败，沦为列强的半殖民地，有识之士通过推行洋务运动，引进西方技术，产业发展取得一定成效，国家实力也有一定提高。当时众多仁人志士力图推进文化和教育的发展振兴，传播先进的科学文化思想，启发民智，提高民族文化素质，从而为国家摆脱困境、实现真正的富强奠立基础。而日本，在西方列强将炮舰开到其国门，迫使幕府签订多项不平等条约的时代背景下，完全有可能步中国之后尘成为欧美列强的殖民地，因而整个社会都具有强烈的危机感。富国强兵在明治维新之后自然成为举国上下的追求。要实现这一长远目标，大力发展国民教育可谓是根本途径，于是明治政府下决心推行义务教育。日本的"言文一致"运动的主要诗人和中国诗界革命运动中涌现出的代表性诗人都是两国近代文学史上赫赫有名的风云人物，其中一些堪称大家或文豪，如日本的尾崎红叶、森鸥外，中国的梁启超，都是具有时代先锋思想、敏锐把握时代脉搏的文化巨人。他们对各自国家传统的封建文化在文学上的统治地位感到不满和担心，主张学习西方文学的积极因素，改良自身的文学，使其更加通俗、形象，更为大众所喜闻乐见并利于传播知识。这种对学习西方的紧迫性的认识是当时中日两国文学界和知识界的一个最大的共同点，而日本由于深受中国传统文化影响，又在文字和文学方面同中国具有相似性，所以两国有很多共通之处。不过，由于两国的文化传统和文学传统毕竟存在差异，同时代的政治制度和政治环境又不同，所以两国还是形成了不同的文化定位。

一 "离家"与"在家"状态

首先，尽管日本的"言文一致"运动和中国的诗界革命运动同是发端于各自国家历史上的重大转折时期，但是前者是日本明治维新之后的初期，国家可谓万象更新，百废待兴，即将迎来大变革、大发展。当时日本社会已经形成了较为普遍的憧憬和追求近代化的全民性共识，各种相关的政治、社会等体制、机制也在迅速地建立，民主思想正在蓬勃发展中，文人即使主张对文化进行大刀阔斧的变革，受到的社会压力和舆论阻力也相对较小，其自由主张有着比较宽松的空间。而中国处于晚清动荡不安、内忧外患、风起云涌的时代，有识之士对于前途虽有宏大构想，但能否实现实感迷茫。中国社会的传统守旧势力在政治、文化等各领域依旧占有绝对优势，要充分而有效地开展其主张的新文学、新诗歌运动，实现其心中的诉求，面临着比日本社会远为巨大的社会体制和文化心理阻碍。由此可见，日本尽管也有不少拘泥于古体诗、文言诗的保守派文学者，然其对文坛和诗坛并未占到垄断性的、支配性的地位，留给主张新体诗和口语诗的人士的空间依然较大，后者的蓬勃发展对于整个文坛和诗坛乃至全社会都带来了巨大的震撼和持久不息的影响，成为日本近现代文学的基石和标杆；而中国文学界的守旧势力的力量和地位都更为强大和牢固，又得到了官方的支持，对于诗界革命运动的开展具有一定的消极阻碍作用，故而尽管诗界革命运动最终还是得到了较为蓬勃的发展，但由于上述政治、社会、文学的限制因素，其影响力和影响范围较之日本"言文一致"运动都要小一些，只限于一部分知识分子所在的圈子，对全社会的普及作用比较有限。

其次，两国代表性文化人的特质、其面临的课题和具体的活动轨迹也有相当的不同。由于日本已经成功地完成了政治上的维新改革，且基本达成了全国上下对于国家未来发展方向的共识，文人和诗人尽管也有自身鲜明的政治理念，但不必过多地去为政治和社会改革运动投入精力，得以专注于自身的文学和诗歌创作的本职工作，从这种意义上来说更显出单纯的文学者和诗人的特征，少有人直接投身于政治领域。而在中国，由于政治改革和社会变革仍处在不稳定的状态中，且时刻面临挫折危机，满怀忧国忧民之心的先进文人和诗人们不得不将大量的精力投入主张和推动国家政治改革的努力之中，出现了不少诗界革命运动的诗人同时又是重要的教育家、政治活动家、资产阶级启蒙思想家的现象。当然，这也是时代的必然要求。

可以这样说，日本对于欧洲启蒙精神的传承更接近于一种霍米·巴巴（Homi K. Bhabha）所说的"离家"的状态。这是一种处于文化边缘和疏离的状态，它不以某种特定文化为归宿。它既不是反对家，也不是无家可归。中国诗界革命虽然是通过"日本桥"学习欧洲启蒙精神,但更多的却是一种相应的"在家"状态。

二 政治因素与文化传统

之所以有"离家"与"在家"之别,笔者认为差异形成的原因主要在于政治因素和文化传统这两方面。在政治方面,日本自进入镰仓时代起,随着生产力和社会文化的发展,书面语和口语的分离就开始了。书面语承袭以前的状况在随后的时间里几乎没有变化,而口语却不断地发生着变化,与书面语的距离愈行愈远,到江户时代就已经大相径庭了。到西方列强炮舰开到国门的幕府统治末期,举国上下的目标就是要富国强兵,然而单靠文人个人修养的磨炼是无法达成目标的,众多有识之士认为大力提高全国国民受教育的总体水平是最首要的任务,因为国民教育才是国家的根本。国民教育的根本目的就是要用通俗化、大众化的文字和文体来传播知识和学问,由此使用平实简易的文字和文体是必需的,如果不能做到这一点,就不能使知识得到很好的普及,使国民得到很好的教化,富国强兵和国家现代化的目标也就难以实现了。基于这种原因,1866年前岛密抓住美国传教士说"难解多谬的汉字"不适合教育的契机,向德川庆喜进言《汉字御废止之议》。1874年,西周时懋又提出采用罗马文来使"言文一致"的主张,而清水卯三郎则提出了专用平假名推行"言文一致"。然而,由于汉字在日语中的地位根深蒂固,其压倒性的核心地位并未被这些极端意见真正颠覆,因此改革的焦点从文字转移到了文体上,随后的争论则主要是讨论如何对文体进行改革。日本"言文一致"的倡导者们,用欧洲文艺复兴时代人文主义思潮高涨时各国文体革命相继发生的先例,来为日本的文体变革打通道路:卜迦丘用意大利俗语写出了《十日谈》;乔叟用伦敦方言写作了《坎特伯雷故事集》;马丁·路德提倡在宗教仪式中用民族语言代替拉丁语,用德语译出《圣经》,使口语体在本国盛行起来。提倡"言文一致"的政治家和学者们相信:这些在欧洲已经发生过的事情,必然在日本出现。可见,日本的"言文一致"运动是和时代、历史紧密相连的,有关的讨论不应仅仅从语言、文学的立场出发,还须考察其政策性意义。"言文一致"运动是要创造出一种社会各阶层,不仅是知识分子阶层,都能够理解的一种新的文章写作的标准。总而言之,时代的诉求造就了"言文一致"运动的洪流,"言文一致"运动的产生是当时的时代要求在知识分子等有识阶层的自然反应,是应时代之运而生的产物。由此,在政治因素方面,"言文一致"运动开始之时,日本已建立起了一个以明治天皇为中心,旨在进行重大维新、力图全面学习西洋,富国强兵,走近代化强国之路的中央政府。政府内部对于国家的走向意见基本统一,具有良好的改革氛围。尽管日本社会对于近代化和改革亦有不同的褒贬之声,然而总体说来民智启发程度较高,人心思变,国民精神振作向上,进取心很强,对于未来抱着一种奋斗的精神和乐观的期待。

在中国,戊戌变法前后十列强瓜分中国,甲午战争中国战败,这是个民族存亡迫在眉睫的时代,也是先进的中国人起而为救亡图存奔走呼号的年代。在这种时代激流中掀起的诗界革命运动也是利用文学救国的一种尝试。封建思想文化被资产阶级改良派斥为"旧学",深恶痛绝;而传统的旧体诗作为"旧学"的一部分,自然也遭到了相同的待遇。相反,西方资产阶级思想文化则被资产阶级改良派称为"新学",以狂热的态度进行"宗教式的宣传"[①]和学习。梁启超曾说:"简单说,我们当时认为,中国自汉以后的学问全要不得的;外来的学问都是好的。"[②]在这样一种背景之下,"新诗"诞生了。

1896年至1897年间,谭嗣同等人尝试变革诗歌语言,表达资产阶级新思想。梁启超在戊戌变法失败后逃亡日本,在日本接触了西方的文化思想以及日本的新文化,大力从事文化宣传和推进文学改良,提出"诗界革命"。他在

---

① 梁启超:《亡友夏穗卿先生》,《晨报附刊》1924年4月29日第2版。
② 同上。

《清议报》《新民丛报》《新小说》等刊物上都开辟了专栏，发表谭嗣同、唐才常、康有为、黄遵宪、蒋智由、丘逢甲、夏曾佑等人的作品。他还自撰《饮冰室诗话》，表扬新派诗人，阐发自己的理论观点。黄遵宪也提出了推陈出新的一整套纲领。在强烈的救亡意识的驱使下，诗界革命同人无暇顾及个人的需要和情感，而是将注意力更多地投注到有利于民族的群体意识中。由此，在资产阶级民主自由的旗帜下他们看到的是将个体生命与国家利益联系在一起的国民，而不是个人。尽管有着众多维新志士的推动和光绪皇帝的支持，然而以西太后为中心的守旧势力非常强大，对维新处处限制掣肘，乃至后来的残酷镇压，可以说政府内部是极其不统一、不和谐的。政治上的僵化和不统一在社会环境中也有明显的表现。尽管有一小部分先知先觉的仁人志士在努力摇旗呐喊，但总的来说民智未开，当时的中国社会普遍低落、昏沉，社会整体依然未达成共识，国家在甲午之战中刚打了败仗，此时整个国家的悲观、迷茫与日本的乐观、振奋对比十分鲜明。这种相当不同的政治和社会氛围无疑使中日文学运动所处的客观环境形成了显著差异，对于各自开展的诗歌改革运动产生了不同的催化或阻碍作用。

在文化传统上，中日分别对"风骨"和"憨物宗情"的偏爱，把中国文学与日本文学的本质差异完全、典型地显现了出来，而这种差异产生的原因可以从两国不同的地理环境、风俗习惯中找寻答案。对于广阔大陆上生活的人们，中国文学主要肩负着教化的使命，那么，作为教育者，就需要有一定的理性、逻辑和思想。对于岛国上突出的家族集团，日本文学则更具家族间语言活动的特质，更多的是让人相互安慰、体贴。①

中日两种全然不同的文学观造就了两国表层上的不同文学心态，也造就了两国深层次的不同文化心态以及文化身份的建构和认同。日本从一开始就

---

① ［日］铃木修次：《中国文学与日本文学》，吉林大学日本研究所文学研究室译，海峡文艺出版社1989年版，第67页。

学习中国，加之其独特的岛屿文化所形成的一种"小国心理"，使其一开始就处于一种"离家"状态，一方面追求逍遥自在，另一方面又愿意虚怀若谷地积极接受和学习他者，对日本来说向他者学习是一种非常自然而然的习惯和常态。而中国的传统文学观让中国的个体文人和国家紧密相连，几千年的封建帝制不仅造就了一个国家的"大国姿态"，也造就了个体文人心中的"大国姿态"，这形成了中国文人所特有的文化身份及文化认同。中国文人始终是一种"在家"状态。由此，中国晚清的启蒙诗人在自觉学习西方诗歌时，心里始终隐藏着一种"大国姿态"，存在着一种本能的恐惧与焦虑，一种害怕被同化甚至被淹没自我的焦虑，这种焦虑自始至终都跟随着他们。由此，他们在学习西方诗歌的过程中一边想要积极地学习，一边又无时无刻不保持着警惕和拒斥，显现出一种消极地摄取。江上波夫曾在《文明转移》中说道："中国接受的时候，总是想作为自己过去传统的中国文化的一部分来理解，所以文化的本质丝毫不会变化。"[①] 而日本启蒙诗人在面对西方诗歌的时候，没有中国文人的那种"大国姿态"，也少有被同化或被淹没自我的焦虑，由此，他们对西方诗歌是进行全面积极地摄取。依田憙家曾说："日本在摄取他国的文化时，不只是技术，包括文学艺术在内，都加以全面吸收。而且不是分散的，经常要成套地吸收。"[②] 河田悌一也曾说过："以明治维新为起点的日本近代化，设定以西欧为模式，全力以赴如何去接近西欧之道。"[③] 与日本不同的文化身份和文化认同导致了中国启蒙诗人往往困于内心的矛盾或找不到契合点而未能真正吸收西方诗歌的精髓。这样一来，中国的启蒙诗歌虽有"欧洲意境"，但这种"欧洲意境"却是缺失了某种原有内涵的"欧洲意境"，更多的只是在形式上继承了"日本译西书之语句"，与日本启蒙诗歌较多地继承了西

---

① 转引自［日］依田憙家《日中两国现代化比较研究》，卞立强等译，北京大学出版社1997年版，第189页。
② 同上书，第189页。
③ ［日］河田悌一：《中国近代思想与现代》，东京研文社1987年版，第112页。

方诗歌的现代精神有所不同。

综上所述，正是中日两国当时特殊的历史政治因素和文学传统的差异导致了近代中日两国不同的文化身份，也造就了"言文一致"和诗界革命不同的产生背景。由于身份的不同，两者的话语及言说方式也自然不同，因此中日启蒙诗歌在思想内涵和表现形式上也就自然有所不同。在思想内涵上，中国诗界革命的"新意境"所蕴含的政治色彩更加浓厚，而日本启蒙诗歌的"欧洲意境"则更多地传承了西方自我意识等现代精神。

第二节　中日启蒙诗歌形神之别

中日启蒙运动基于各自不同的文化定位及文化身份，产生了各自不同的话语及言说方式，也形成了各自对西方启蒙思想不同的混杂和改写，这些不同在中日启蒙诗歌的内涵和形式上都有所体现。

一　"软派吟情"与"硬派议事"

虽然中日启蒙诗人都站在时代的前列，一心打破旧时代对社会文化的束缚，向西方寻求先进智识，追求思想解放，学习西方的先进文化以及背后的自由平等的人文价值观，同时又都对自己国家的传统文化进行反思和再认识，采取既不全盘肯定也不全盘否定的态度，力图取其精华去其糟粕，从而使得双方诗歌中都有感怀天下之心、怀古喻今之意、发展建设国家的豪情、宣扬亲情和传统美德、赞颂人间的真情和人性的善良等诸多题材。不过，由于双方显著而深刻的现实差异所形成的不同文化定位和文化身份，日本诗歌多为表现人间感情和生活的柔和婉曲之诗，而中方则多为表现忧国忧民题材的慷慨激昂之诗。

传统的日本诗歌通常呈现出非说理性、非逻辑性和非思想性的特征，多表现感受。与中国的"诗言志"不同，日本传统诗人极少把表达和说明自己的观点和思想作为诗的使命和任务，往往都是描绘景致和表达感受，更像是中国传统诗歌中的"比"和"兴"。因此，传统的日本诗歌中哲理诗和格言诗等是较少见的。正是因为这种非思想性，使得传统的日本诗歌呈现出很强的超现实性、唯美倾向和消遣性。多数日本传统诗人并不关心诗的思想内容，也不关心诗与现实的关系，反而是刻意让诗与现实保持最大限度的距离，甚至不在诗歌中直接披露和反映自己。在他们看来，诗是一种艺术修养，是怡情养性的消遣，他们关心的更多的是一些艺术形式上的问题。如此一来，传统日本诗歌也形成了题材多是四季更替、风花雪月、生死离别、恋爱应酬之作的特色。此外，加之明治维新已告成功，尽管国家仍处在近代化的起跑线上，但国内已形成统一，全国人民已经看到了努力的方向，无不信心十足，跃跃欲试，故而日本的诗人有"余裕"写大量怀古、颂德和刻画人性的诗歌，即使写有一些更贴近现实生活的诗歌，也仅仅流露于针砭时弊，讽刺批判一些社会问题，而不是像同时期中国的诗歌那样涉及国家的大政方针和内政外交。由此，虽然明治新体诗在这些方面都有所超越，但传统题材和风格依然根深蒂固地存在着，新体诗中仍然主要是描画自然景致、爱情等主题，当然也有写实性的讴歌时代变迁（如森鸥外《横滨市歌》），并借由上述主题抒发作者对自然的热爱，对人世的美好事物的留恋（如岛崎藤村《初恋》、高村光太郎《路途》），对人世无常、怀才不遇的感慨等（如岛崎藤村《千曲川旅情之歌》）；也有批判世态现实、表达诗人内心矛盾与挣扎的诗歌（如北村透谷《楚囚之歌》、川路柳虹《垃圾》）；偶尔还有以历史人物或事件为题材的诗篇，抒发诗人的怀古情怀（如土井晚翠《夕之星》与《星落秋风五丈原》）或者歌颂美好道德情操（如落合直文《孝女白菊之歌》）。总体来说，以自然、亲情、爱情、人世百态之类为题材的诗歌较多，而以历史、时事政治为题材的诗歌就比较少，整体基调属于"软派"。例如，岛崎藤村的《初恋》

是一首很有名的爱情诗歌,具有自然而细腻的文字描写和唯美的抒情风格。诗中作者与初恋对象的少女在苹果林中相遇,将对对方外貌的描绘、自己心中的感情和周边的环境巧妙地融合在一起。该诗传达了一种十分恬静的、柔和的、自然的美感,读后令人不觉沉浸于那种美好动人的气氛之中。"记得苹果树下初次相会,/你乌黑的云发刚刚束起;一把雕花木梳插在发髻,/衬得你的脸庞如花似玉。//你温柔地伸出纤纤玉手,/把苹果塞进了我的怀里;/那微泛红晕的秋之硕果,/勾起我纯洁的初恋之情。//……"①再如诗人的另一作品《千曲川旅情之歌》:"昨日复昨日,/今宵又是无举足;/何事苦奔波?/为愁来日复虚度。//……千曲川水日夜流,/川岸早春漫柳烟;/孤身绕山崖,/忧思逐浪翻……"②该诗意境优美,是其自然主义诗歌的代表作。

落合直文的代表作有新诗《孝女白菊之歌》,歌颂了一个少女对其在战争中失踪的父亲的深爱,感人至深。诗云:"阿苏山中浓浓的山色正值深秋,寂寞远眺夕阳西下黄昏将至,不知何时寺钟鸣响声远远传来,似乎在告诉众生诸行无常。此时有一位少女独自出到门外,焦急等候未归的父亲,她年龄方十四,容颜如早春的鲜花,鬓发散落风中,神情深沉而坚定。"落合直文的这首诗融合了新时代诗作的格式和传统的语言表达和主题,将两者巧妙地融合在一起。该诗的内容具有典型的美好的古典和传统感觉,表现了家族爱和孝道的美好品德,文笔也十分优美而自然,容易引人共鸣。该诗在当时受到民间的广泛欢迎和传颂,被谱写成歌曲,并被翻译成多国文字传到西方国家,广为流传。

反观中国,自古"文以载道",而晚清体制的腐败和黑暗还在延续,外国列强的压迫有增无减,国家面临内忧外患、内外交困的窘境。尽管有一部分

---

① [日]岛崎藤村:《初恋》,武继平译,陆耀东、邹建军主编《世界百首经典诗歌》,长江文艺出版社2004年版,第244页。
② [日]岛崎藤村:《千曲川旅情之歌》,罗兴典译,人民文学出版社编《外国抒情诗》,人民文学出版社1995年版,第234—235页。

仁人志士在不知疲倦、前仆后继地探索、追寻救国强国之路，甚至付出了鲜血和生命的代价，然而黑夜依旧未过去，可谓任重而道远。在这种民族矛盾与阶级矛盾都十分尖锐，国家处于灾难深重的多事之秋，中国诗人也大都忧国忧民，以时事政治为中心，表达诗人的政治立场或主张，故而写出的诗歌更多的是以爱国、反帝、抗争、变法改革等为题材的卓具现实性的、"硬派时事"类的诗歌，堪称"时事诗"的大集合。黄遵宪的《台湾行》《冯将军歌》《出军歌》等都是记录同时代重大政治历史事件的典型代表。除此还有很多介绍和表现西方先进物质文明的诗篇，如黄遵宪《今别离》四首中对轮船、火车等新事物的咏叹；还有倡导主张学习西方政治体制的诗篇，如谭嗣同的《金陵听说法》和蒋智由的《有感》《卢骚》；还有借物抒发历史沧桑感或个人感怀与抱负的诗词，大都充满了豪情壮志，气势磅礴，如康有为的《出都留别诸公》、黄遵宪的《锡兰岛卧佛》。总体来说，相对浅吟低唱的"软派"内容占据较大比例的日本诗歌，中国诗歌更具"硬派"特色，更加慷慨激昂，其思想性和说理性要高于前者，这些诗中所表现的思想内容是同时期前者诗歌中基本不具有的。

早在光绪十一年（1885）黄遵宪任驻美国旧金山总领事途径香港时，就曾写下七绝曰："水是尧时日夏时，衣冠又是汉官仪。登楼四望真吾土，不见黄龙上大旗。"甲午战争之后，台湾割弃，台北沦陷，黄遵宪愤而作《台湾行》："城头逢逢雷大鼓，苍天苍天泪如雨，倭人竟割台湾去！……我高我曾我祖父，艾杀蓬蒿来此土，糖霜茗雪千亿树，岁课金钱无万数。天胡弃我天何怒，取我脂膏供仇虏！眈眈无厌彼硕鼠，民则何辜罹此苦？"诗歌表现出黄遵宪炽热的爱国情怀。反帝卫国是黄遵宪诗歌创作的重要主题。从抵御英法联军到庚子事变，其诗中都有鲜明的反映，特别是《悲平壤》《哀旅顺》《哭威海》《台湾行》《渡辽将军歌》等关于中日战争的系列诗作。这类作品抨击投降、赞颂抗战，很多篇章规模宏大，形象生动，如《冯将军歌》中写道：

"将军一叱人马惊,从而往者五千人。五千人马排墙进,绵绵延延相击应。轰雷巨炮欲发声,既戟交胸刀在颈。敌军披靡鼓声死,万头窜窜纷如蚁。十荡十决无当前,一日横驰三百里。"① 再如收入中学历史课本的《台湾行》:"城头逢逢雷大鼓,苍天苍天泪如雨,倭人竟割台湾去。当初版图入天府,天威远及日出处。我高我曾我祖父,艾杀蓬蒿来此土。糖霜茗雪千亿树,岁课金钱无万数。天胡弃我天何怒,取我脂膏供仇虏。眈眈无厌彼硕鼠,民则何辜罹此苦?亡秦者谁三户楚,何况闽粤百万户!成败利钝非所睹,人人效死誓死拒,万众一心谁敢侮?"这类诗歌充分地显现了黄遵宪的爱国激情和忧国之思。

与黄遵宪一样,谭嗣同的诗歌也表现出对亡国之危的伤感和渴望变革的热情,如甲午战后的《有感一章》云:"世间无物抵春愁,合向苍冥一哭休。四万万人齐下泪,天涯何处是神州。"该诗作于《马关条约》签订后,所痛所愤,不在一家一姓之王朝,而在四万万人之家国。除此,谭嗣同还通过诗歌表达了对资本主义议会制的向往,对封建等级制的批判。如《金陵听说法》有云:"而为上首普观察,承佛威神说偈言。一任法田卖人子,独从性海救灵魂。纲伦惨以喀私德,法会盛于巴力门。大地山河今领取,庵摩罗果掌中论。"其中,"喀私德"是指印度的种姓制度,"巴力门"则是指英国议会。"卖人子"出自《新约·路加福音》,法田、性海、庵摩罗果,则是佛家术语。

除去黄遵宪和谭嗣同,蒋智由的诗也引领了时代潮流,代表了一种新的诗歌风格,将西方资产阶级自由、民主、平等等新思想用新词、新事、新典来进行直接宣传。其脍炙人口的《有感》即以痛切的口吻,沉郁悲壮的基调,表达了诗人拯时济世的愿望,抒发了一腔忧愤:"落落何人报大仇?沉沉往事

---

① 黄遵宪著、钱仲联笺注:《人境庐诗草笺注》,古典文学出版社1957年版,第136页。

泪长流。凄凉读尽支那史，几个男儿非马牛?"再如《卢骚》："世人皆欲杀，法国一卢骚。民约倡新义，君威扫旧骄。力填平等路，血灌自由苗。文字收功日，全球革命潮。"该诗语言流畅通达，传诵一时。蒋智由的诗思想内涵极为丰富，其中一部分表达出对日益加深的民族危机的忧虑和山河破碎的悲愤，以及觉醒的国家意识和民族意识，显现出急切的拯时救世心情和炽烈的爱国主义情感。

综上所述，由于文化定位与文化身份的不同，总体来说日本诗歌以自然、亲情、爱情、人世百态之类为题材的较多，而以历史、时事政治为题材的就比较少；在中国，诗歌题材内容则大不相同，由于民族矛盾与阶级矛盾都很尖锐，国家处于灾难深重的多事之秋，诗人也大都忧国忧民，诗歌题材大都以时事政治为中心，表达诗人的政治立场或主张，其思想性和说理性要高于日本的诗歌。

二　自由西肖与旧字新词

日本"言文一致"运动和中国诗界革命运动分别有两大诗歌流派，"言文一致"方面为文语自由诗（新体诗）和口语自由诗，诗界革命方面则为新学诗（新诗）和新派诗。总体而言，文语自由诗比较接近新学诗的风格，而口语自由诗则与新派诗较为相似。中日启蒙诗歌在表现形式上的相似，如前所述源于两个方面。一方面是双方都面临相似的时代背景，都是面对处于优势地位的西方文学。西方诗歌的写作技巧、手法，及其追求近代化、简易化的文学风格都极大地影响了中日两国文学界和诗坛，在这样的共同的大背景下双方的诗歌创作风格具有追求自由、简易、平实等共同特点也就再自然不过了。另一方面则在于中日文字和文化固有的相似性。众所周知，汉语使用的是汉字，而日语则是汉字和假名的混合体，日语中用来表现实际含义的实词大都为汉字，而表示语法关系的虚词则多为假名，这是两国在语言这个一切文学创作的基础上所具有的天然共性。此外，日本传统上的诗歌创作的形式除了日本民族固有的俳句、短歌之外，剩下来的便只有汉诗，千百年来一直如此，直到"言文一致"运动兴起后出现新体诗为止。所谓汉诗即纯粹使用汉字、按照汉文表达习惯和格律来进行的诗歌创作，与中国的传统诗歌如唐宋诗词别无二致。而日本明治时代的文化人大都具有很高的汉文修养，汉诗对于他们来说乃是十分熟练的诗歌形式。正是这一代继往开来的文化人开创和推广了"言文一致"运动，奠立了日本近代诗歌的基础。因而可以说，具有同样的文字和文学渊源的中日双方诗人，在从传统的汉诗到更加自由的新体诗的创作过程中，呈现出既保留了一定传统诗歌的格律、对仗方面的特征，又逐渐具备自由、写意的风格特点等相似的诗歌创作风格和手法，确是顺理成章的事。

然而，中日双方的文化定位和文化身份终究是不同的。其一，日本的"言文一致"运动中的文学改革和中国诗界革命运动中的文学革新在学习西方的文学方面所主要着眼和借鉴的部位有所不同。比如，日本的新诗主要在格式上学习西方诗歌的自由奔放、不拘一格的表现形式，而中国的新诗则主要糅合了大量西方的经济、政治、宗教、文化概念，用来传播学问，并表现发展科学文化、争取民权的思想。造成这方面差异的根本原因，笔者认为主要是日本的明治维新作为一场自上而下、遍及社会各个领域、影响全国各个阶层且相当成功的政治、经济、社会全方位的大变革，其带来的"文明开化"的功效可谓非常巨大，在社会各阶层基本形成了一致的共识，故而无须文学上进行特意的高调宣扬来唤起人民的觉醒，或者说这样的迫切性和必要性比起中国来说要小很多。而中国，虽然也进行了长达数十年的洋务运动以及后来昙花一现的戊戌变法，但其过程是曲折的，维新变法还面临着巨大的顽固派当权者的阻力，远远没有形成如日本那样的全国性共识，广大的中国社会尤其是底层社会还深深笼罩在封建愚昧之中。故而相对于日本文学和诗歌可以在内容上更加放松一些，而致力于模仿和追求西方文学形式的"余裕"而言，中国的诗人们完全没有这样的"悠闲感"，他们不得不在写诗的同时，兼做时事的鼓动者、开启民智的宣传者，在学习引进西方诗歌的新形式的同时，将更多的工夫花在诗歌创作的内容上。

其二，中国新诗的创作是使用纯汉字并建立在古体诗的基础上，而日本新诗的创作是汉字与假名混合且愈发刻意追求西化和简易化，两者在文字表达上具有固有的差异性。比如后面会列举出的黄遵宪《出军歌》那样的新派诗，其利用汉字高度精炼和独特的表意性可以创作出一些独特奇妙的表现手法，如"末尾词连读"等，而日语从其语言结构和表现特点的固有性上来看很难做到这一点，这也是带来中日双方诗歌在表现形式上相异的另一个因素。

（一）文语自由诗与新学诗

文语自由诗与新学诗都较为注重字数和对仗的工整，文字较为优雅，故而尽管在行文上已趋于自由诗风格，但还是在文语诗的范畴之内。例如，具有典型文语自由诗风格的森鸥外的《横滨市歌》："我们日本是岛国，朝日灿灿映海上，连绵群岛并肩立，万国轮船皆来航。因而海港有几多，唯此横滨数最优，昔日寒屋炊烟处，今朝百舸竞入港。如此繁荣盛世中，美好连连来登堂。"① 还有北原白秋的《落叶松》："……//落叶松林深处/有我走过的路/路上常有细雨霏霏/路上常有山风光顾//落叶松林路/总有人在走/曲曲折折羊肠路/寂寞无法让人留//……"② 上述两首诗的风格便与不少同时代的中国新学诗乃至一部分新派诗相近。比如谭嗣同的《有感一章》云："世间无物抵春

---

① 《横滨市歌》的歌词作者署名为"森林太郎"，即森鸥外。商金林对歌词曾作如下翻译："我们的日本是个岛国，/朝阳照耀着大海/连着的岛屿。//很多国家的船从这里往来，/日本虽有很多海港/都比不上横滨港。//怀念旧时，这一面只不过是/穷人住的地方哟/一个家、一个家连在一起。//今者千百艘船到处停泊，/你看，不断繁荣下去的/很豪华的世纪来了。/还可以说它是港口，装满宝石。"参见商金林《横滨掠影》，《感觉日本》，安徽文艺出版社2000年版，第361—362页。

② 《深夜的雪：日本近现代诗精选》，应中元译，北方文艺出版社2006年版，第37页。引文系该诗的第三、四节。另有译文如下："落叶松林深处/有我行进的路/——雾雨围锁的路/山风通过的路//落叶松林中的路/亦有他人行走/——细瘦坎坷的路/沉寂涩滞的路。"参见陈岩主编《日本历代著名诗人评介》，上海外语教育出版社1999年版，第471页。

愁，合向苍冥一哭休。四万万人齐下泪，天涯何处是神州。"又如蒋智由的《有感》："落落何人报大仇？沉沉往事泪长流。凄凉读尽支那史，几个男儿非马牛？"另土井晚翠的《星落秋风五丈原》："梦寐不忘先帝厚，临终托付诚惶受。鞠躬尽瘁老臣心，暴露奔征年岁久。而今落叶风吹雨，大树一朝倾倒去，汉家运祚将何续？可怜丞相病危笃！"① 该诗也与新学诗乃至一部分新派诗的风格相似。

"新学诗"的主要特点就是梁启超所说的"颇喜掊扯新名词以表自异"。② 这里的新名词主要是指孔、佛、耶三教中的经典术语，如果不加以注释，则往往无从索解。比如夏曾佑的《绝句》："冰期世界太清凉，洪水茫茫下土方。巴别塔前分种教，人天从此感参商。"诗中几乎所有的词句都出自西学知识和《旧约》中的典故，隐约表达一种感慨：产生于同一祖先、曾共同与自然界斗争的人类，由于上帝有意变乱而分裂成使用不同语言、居住不同地区的种族。此类怪异的新诗，是夏曾佑等人崇拜迷信"新学"、追求思想解放的产物，新学诗中对于新名词的重视体现出诗界革命在诞生之日起即表现出对新词汇的关注。这些新名词反映了新旧交替时期人们刷新自己的陈旧观点，校正自己思维的强烈渴望，在那样的时代环境下不失为一种有益的尝试，在一定程度上冲击了当时陈腐的形式主义诗坛。这类诗旁征博引、堪称繁杂的独特的表现手法，姑且不论其作为诗歌文学的利弊，是非常有特色且独树一帜的，也是同时期日本诗歌中所未见到的。然而这样的表现有堆砌辞藻之嫌，内容上也显得晦涩难懂，失去了诗歌本来的文学韵味和美感，令人读来有"消化不良"之感，"苟非当时同学者，断无从索解"③，自然难以为继，是背弃启蒙初衷的失败尝试。在诗界革命的指导者梁启超从理论上对其进行批判和否定

---

① ［日］松浦友久：《诗歌三国志》，［日］加藤阿幸、金中译，西安交通大学出版社2005年版，第13—14页。
② 梁启超：《饮冰室诗话》，人民文学出版社1982年版，第49页。
③ 同上。

之后，诗界革命同人很快便放弃了这种矫枉过正且幼稚的探索，因为"新学之诗"的形式显然与内容不和谐。

(二) 口语自由诗与新派诗

日本口语自由诗与中国新派诗在风格手法上的共通性在于文字随意、风格自由，不强求拘于每行诗句字数的一致和严格的韵律对仗，能够非常生动形象地表达作者的意思。不论是日本的口语自由诗，还是中国的新派诗，无不显示出以文为诗、铺叙直写、明白朴实、意脉贯通的创作特点。诗人注重对时或事发表议论，谈道说理，优游不迫，读者可以从诗中比较清楚完整地感受到诗人的评判和情感。

日本的代表性诗歌可以以下几首为例。其一是北村透谷的《楚囚之诗》："我的头发何时变得如此之长，/覆额遮眼如此之重。/这总是干渴、沉闷、萎靡、抽缩，/这瘦骨嶙峋的我的前胸，/啊，倦怠。/不是因岁月的重复，/不是因疾病的苦痛，/也不同于浦岛归乡，/骤然间变作白头老翁。//……"① 其二是岛崎藤村的《初恋》："记得苹果树下初次相会，/你乌黑的云发刚刚束起；/一把雕花木梳插在发髻，/衬得你的脸庞如花似玉。//你温柔地伸出纤纤玉手，/把苹果塞进了我的怀里；/那微泛红晕的秋之硕果，/勾起我纯洁的初恋之情。//……"以及同诗人的名作《千曲川旅情之歌》："昨日复昨日，/今宵又是无举足；/何事苦奔波？/为愁来日复虚度。//几度荣枯梦，/依稀深谷中；/江波依旧曲岸旋，/随沙沉复升。//……"② 其三是被誉为"日本近代诗之父"萩原朔太郎的《广濑川》："广濑川白水长流，/时光流逝人皆幻想消磨，/愿将此生寄托给一支鱼竿，/回想过去在川边垂钓的光景，/

---

① [日]北村透谷：《楚囚之诗》，兰明译，《蓬莱曲》，上海译文出版社1985年版，第133—134页。

② [日]岛崎藤村：《千曲川旅情之歌》，罗兴典译，人民文学出版社编《外国抒情诗》，人民文学出版社1995年版，第234页。

呜呼，那样的幸福已经远去矣，／连小鱼也不再出现于眼中。"以及《掌上的种子》："我把泥土盛在手上，／土的上面撒上种子，／用白色的喷水壶往土上浇水，／水潺潺地流进土里，／土的冰凉渗入手掌。／啊，推开远处五月的窗户，／我把手伸向日光的边上，／在这样爽快的风景中，／皮肤感到一种芬芳的暖意，／掌上的种子饥渴地呼吸空气。"其四为高村光太郎的《路程》："我，面前没有路，／我，身后道自成。／呵，大自然，／呵，我的慈父！／使我独立的伟大慈父！／愿您日夜为我守护。／愿您赋予我父亲的气度。／为了这遥远的路程。／为了这遥远的路程。"①

在中国，与上述日本的口语自由诗风格相似的新派诗代表和集大成者乃是黄遵宪。黄遵宪的诗绚丽夺目，风格不一，既有与日本文语自由诗相似的格律性更强的文语体诗歌，也有不拘一格、形态上自由奔放的口语体诗歌，而后者占据多数，充分体现了诗人作为时代先驱的不凡才能和个性。例如其爱国诗篇《冯将军歌》："将军一叱人马惊，从而往者五千人。五千人马排墙进，绵绵延延相击应。轰雷巨炮欲发声，既戟交胸刀在颈。敌军披靡鼓声死，万头窜窜纷如蚁。十荡十决无当前，一日横驰三百里。"再如其《拜曾祖母李太夫人墓》："上树不停脚，偷芋信手爬。昨日探鹊巢，一跌败两牙。"诗人追忆孩提时光，诗句非常口语化，简单明快。

虽然日本的口语自由诗和中国的新派诗有一些相似之处，但毕竟两者的文化定位和文化身份不同，由此也显现出各自的特色。

1907年，川路柳虹发表诗歌《垃圾堆》，诗中作者以近乎写实般的描述口吻对垃圾堆的状态进行了细致入微的刻画，并采用拟人等手法描绘了垃圾堆的昆虫的生活，以此对残酷而不公的现实社会进行批判，揭示社会底层的劳苦大众的生活惨境，表达诗人对社会不公的不满和愤懑。以垃圾堆及其中

---

① 武继平、沈治鸣译：《日本现代诗选》，青海人民出版社1983年版，第218页。

的生物来大胆比喻人世间,且描写如此细致而毫无忌惮,表现了川路作品的一贯特色。全诗如下:

> 在邻家谷仓的后面,
> 有一堆发臭的垃圾。
> 垃圾堆里充满了
> 形形色色的腐烂渣滓,
> 臭气弥漫着梅雨间晴的暮空,
> 天空也在热烘烘地溃糜。
>
> 垃圾堆里孳生着吃粮的蛆虫、蛾卵,
> 还有吃土的蚯蚓在摇头摆尾。
> 连酒瓶的破片和纸屑也腐烂发臭,
> 小小的蚊子呼号着纷纷飞去。
>
> 那里有一个苦海无边的世界,
> 呻吟的呻吟,死的死,
> 时刻上演着芸芸众生的惨剧。
> 那里充满了苦斗的悲哀,
> 还能常听到恶臭中的虫蛩
> 发出各式的喊叫和哭泣。
>
> 那哭声总是如此强烈,
> 震撼着沉闷的空气,
> 不久又消失在黄昏的黑暗里。
> 悲惨的命运,不尽的伤悲,

日以继夜无情地向这里进袭。

成群的蚊子还在呼号，

诉说着垃圾堆里的深重苦凄。①

  本诗是日本近代诗坛最初的口语自由诗作品，是当时文坛盛行的自然主义在诗歌方面的重要尝试。此时正值七五调的全盛时期，其韵律虽动听，适合歌唱，但仅仅述之于情感是其弱点，川路所创口语自由诗的出现是对千篇一律的文语自由诗的挑战，具有重大的革新意义。口语自由诗秉承"言文一致"运动传统，基于"言文一致"等于自然主义的观点，与象征诗进行对抗，被认为是时代精神的体现，引起了强烈的反响，并对其后的众多诗人如高村光太郎、萩原朔太郎等产生了巨大的影响。川路的作品首先以其口语自由诗的格式，从诗风上来说具有划时代的革新意义；同时以其批判现实主义的内容，具有浓烈的时代特色及不凡的勇气。其诗风不拘一格，描写细致入微，具有非常鲜明的现代特点以及偏激性和颠覆性意义，在那个时代的诗歌中无疑是独一无二的。其大胆的笔调、叙述性的风格和细致入微的写实手法在同时代中国诗界革命运动中的诗歌中也未曾见到。

  在中国，相对于日语中汉字假名并用的状态，由于具有纯汉字语言的固有特点，诗句的字数总体上保持一致，但在内容和风格上比新学诗有着较大的突破。中国的新派诗中以黄遵宪著名的雄壮战歌《出军歌》为代表所体现出的新派格式和跳跃性风格，是同时期的日本"言文一致"运动中的诗歌所不具有的：

四千余岁古国古，是我完全土。二十世纪谁为主？是我神明胄。君看黄龙万旗舞，鼓鼓鼓！

---

① 罗兴典译注：《青春·爱情·人生译诗集》，湖南人民出版社1988年版，第289—290页。

一轮红日东方涌,约我黄人捧。感生帝降天神种,今有亿万众。地球蹴踏六种动,勇勇勇!

南蛮北狄复西戎,泱泱大国风。婉蜒海水环其东,拱护中央中。称天可汗万国雄,同同同!

绵绵翼翼万里城,中有五岳撑。黄河浩浩流水声,能令海若惊。东西禹步横庚庚,行行行!

怒搅海翻喜山撼,万鬼同一胆。弱肉磨牙急欲啖,四邻虎眈眈。今日死生求出险,敢敢敢!

剖我心肝挖我眼,勒我供贡献。计口缗钱四万万,民实何仇怨。国势衰微人种贱,战战战!

国轨海王权尽失,无地画禹迹。病夫睡汉不成国,却要供奴役。雪耻报仇在今日,必必必!

一战再战曳兵遁,三战无余烬。八国旗扬笳鼓竞,张拳空冒刃。打破天荒决人胜,胜胜胜!

本诗共分为八行,每行六句,对仗十分工整。每行的前五句从字数到格律皆与其他同时期的中国新派诗相似,并无特别之处,但本诗的妙处在于每行的最后一句。它们都是三个相同的字重叠组成的短句,不仅气势磅礴,合乎主题,而且最为精妙之处在于,如将全诗八行的最后一句的那个字从上到下连在一起,即组成了"鼓勇同行,敢战必胜"八个字,实为点睛之笔。这种超越诗歌阅读的正常顺序,将诗歌垂直阅读亦可读出作者意图表达之意味的写作方法,可以说是导入了一种巧妙的文字游戏,增强了诗歌的表现力,在同时期的诗歌中并不多见。

综上所述,日中双方各自诗歌在内容上的对比亦反映在诗歌的风格上。日本古典诗歌主要是小巧的、抒情性的、非叙事性的,近代"言文一致"运动中的日本诗歌尽管力图改变并且实际上也在相当程度上改变了这一点,但还是不可避免地带着日本传统文学和诗歌的影子，即与社会、政治的直接联系较少，更像是一种纯文学的风雅之物。传统日本诗歌抒情的感受性、情绪性、柔弱性和淡雅性，可谓是日本诗人独有的。因此，如前所述，诗人们对客观事物感受的抒发是细腻轻柔的，不比阿拉伯诗歌的粗犷狂放和中国诗歌所推崇的"风骨"。虽然这在"言文一致"运动中由于新体诗和口语诗的崛起和时代的变革及需要得到了较大的改观，但与同时期中国诗界革命运动中众多思想性极强、雄浑豪迈的诗歌相比，日本诗歌的唯美倾向和非现实性特点依然较为明显。此时，中国诗歌的风格可以说更加豪迈大气，而日本则是纤柔婉约的。

第三节　教育启蒙与救亡启蒙

日本的"言文一致"运动与中国的诗界革命运动都有着积极的效果，对文学特别是诗歌创作的近代化都产生了非凡的意义。通过文语自由诗和后来的口语自由诗，"言文一致"运动在真正意义上创立了日本自己的近代诗歌，摆脱了日本诗歌只有从属于中国古体诗歌的汉诗体的局限性，使日本诗歌创作的广度和厚度都得到极大的扩展，具有不可磨灭的文学功绩，从而在应对和表现日益纷繁复杂的近现代社会的各种问题上更加具有了写实性和批判性，为明治以后日本文坛及诗坛各种流派的诞生，特别是后来左翼诗歌运动等的蓬勃发展奠定了基础。中国诗界革命运动具有与之相似的文学影响，它通过新学诗和新派诗以及两者交融并进的诗歌创作，确立了中国近代诗歌的基本模式，完成了中国古体诗到近代诗歌的过渡，为中国近代诗歌创作带来了巨大的繁荣和创新，开辟了可喜的诗坛新局面，产生了各种诗歌流派，为中国近代社会后来风起云涌的文学性表现和批判奠定了工具性基础。

综上所述，中日两国各自的诗歌革新都带来了深远的文学与社会影响。通过更加平易和平民化的诗歌写作风格和手法，为诗歌适应新时代的文学表现和社会批判任务做好了准备。尽管中日双方诗歌革新的程度不同，但在推动政治改革或社会变革方面的目的是相同的，同时也推动了包括诗歌在内的文学革命运动。中国的诗界革命运动将政治的现代化界定为以全民政治取代精英政治，那么"文学为政治现代化服务"，就应该是以现代思想（西方思想）教化传统"部民"，使之成为现代"国民"（新民），从而为全民政治提供基础。至此，文学的革命就不再像过去那样只在于高雅文学圈子内（比如传统诗文之内）关于自然表达和拟古守法的冲突（晚清诗文革新即在此范围之内），而变成了通俗大众化与高雅精英化的冲突。文学要从塑造少数"君子"的手段转变成将全民塑造成新型"国民"的工具。如此一来，形成了诗界革命运动成熟阶段的主要思想基石，即包括诗歌在内的文学形式的全民化与大众化是一种必然的要求和原则。日本"言文一致"运动的诗歌亦带有这方面的色彩，只是日本由于明治维新使其近代化进程相较中国来说更为全面和成功，因而使其诗歌创作的政治性诉求的表现程度与中国的诗界革命运动相比没有那么明显。

中日启蒙运动基于各自文化定位及文化身份的不同，两者的出发点和目的有所不同，最终对西方启蒙思想的混杂和改写所呈现出来的局面也是不一样的。"言文一致"运动主要旨在将复杂的文语口语化，一方面为诗歌等文学创作开辟新的局面，另一方面更重要的是要以此推动全民教育的普及，促进国家的发展和富强。而诗界革命运动的主要宗旨和目的是用新意境、新语句介绍新事物，传播新思想，启发知识界和国民的近代化思想，推动学习西方的先进物质和精神文明成果。两者虽然有相似之处，但日本的"言文一致"运动与大众教育的联系更为密切，而中国的诗界革命运动尽管试图开启民智，但还没有达到为国家的义务教育开展服务的高度，实践上的成效略逊一筹。

一 "言文一致"运动的文学和启蒙意义

具体来看,日本"言文一致"运动对西方启蒙思想的混杂和改写使日本民族语言和文学发生了重大变化,给日本国家和民族带来了深远的影响。"言文一致"运动帮助日本形成了现代书面语,使现代日本人即使不能像其先辈那样懂得古代汉语,也能在现代社会接受教育、工作和生活;使日语更加现代、简便、灵活,更适于引进先进的外来文化和知识,更适于开展科学研究和进行文化交流。统一了口头语与书面语,有利于知识的传播和教育的发展,客观上促进了日本社会的进步,有效地服务于当时的"富国强兵"的国策。"言文一致"运动自发端之后,随着其在文学界的逐渐普及,在新闻界也开始得到使用,社会各领域都在积极尝试用口语化的语言进行书面表达,逐渐取代原来的文言。到了明治末期,"言文一致"体逐渐确立了其作为书面语的地位,对一般意义上的文章写作产生了重大的影响,而自然主义文学运动在"言文一致"体的普及方面尤其有着重要的作用。唯一例外的是法律语言依然用文言写成,直到第二次世界大战后才改为口语体。"言文一致"运动的最大功绩是通过统一口头语与书面语确立了现代的书面文体,比如在"言文一致"运动之前,文言的书面文体往往以"けり""ぬ""候"结尾,和口语表达差异很大,而"言文一致"运动的兴起形成了以"です、ます""のである"及"だ、のだ"结尾的文体,如今的日语所使用的正是这三种结尾文调。"言文一致"运动的开展还对日语语言环境和总体思路带来了巨大的影响,其包含的核心理念即放弃难解的、文绉绉的表达,尽量使日语的表达平实易懂且一直延续下去,这些也表现在"二战"后"国语审议会"的活动中,以及"常用汉字表"和"现代假名使用"的订立等问题上。"言文一致"运动为日语的近代化和规范化奠立了基础,使日语告别了复杂烦琐的传统格式,进入现代化,成为今天日语的规范性书写语法形式,这种对于语言自身进化的贡献是显而易见的。奠定了日本现代口语和书面语基础的"言文一致"运动可以说是日本迈向现代化教育的关键，具有不可替代的伟大功绩。从对诗歌这种文学体裁的贡献特别是对于后世诗歌的前瞻性指导性作用，以及对于各自母语语言的进化发展与对各自国家教育普及的推动作用而言，日本的"言文一致"运动相较中国诗界革命更加突出。

对于日本文学而言，"言文一致"运动中先后出现的新体诗（文语自由诗）和口语自由诗最终为日本近现代诗歌的用词和行文定下了基调（口语、自由体），成为后来的浪漫主义（诗歌）、象征主义（诗歌）直至战后诗歌的开端和本源，具有划时代的意义。新体诗的诞生一改过去日本没有真正意义上的现代诗歌的局面，开创了日本近代诗歌的新篇章。文语自由诗向口语自由诗的转变，也是一个不断现代化与平民化的过程。写作这些诗歌的诗人与时代紧密结合，创作出了许多脍炙人口、令日本人民耳熟能详的诗歌。它们内容丰富、韵律优美、节奏明快、朗朗上口，或讴歌时代的进步，或鞭挞社会的丑恶，或抒发心中的情绪，极大地丰富了日本的近代文学，为后来的现代文学、左翼文学的到来打下了语言的基础，也定下了风格上的基调，为日本现代文学的丰富和繁荣做出了巨大贡献。

当然，笔者认为"言文一致"运动也有其自身的问题和局限性。"言文一致"运动的依据是为发展近代教育须使用简易的文字和文章。然而这一主张未免有失偏颇，稍有志气不足或志向过低之嫌。原本日本这个国家，人民勤恳好学，教养较好，在江户时代300年封建社会的和平与封建经济的发展以及德川幕府以儒学为正统官学等诸多因素的作用下，以"寺子屋"为代表的办学之风十分兴盛，包括农民在内的大多数国民几无文盲，四书五经皆会，汉文素养惊人。17世纪有欧洲传教士来到日本就有此体会，并颇感震惊。[①]所以，在这样的国民文化素质普遍较高的情况下，并不一定非要使用所谓平

---

① ［日］大石学：《江户的教育力：近代日本的知性基盘》，东京学艺大学出版社2007年版，第101—102页。

实简易的文体才能达到发展教育的目的。再加上文字和口语本应有所区别，方显品位，如全无变化，亦可谓文化上的缺憾。书面文体与口语文体一致，也有可能使得文章轻浮浅薄，缺乏厚重感。在诗歌方面，"言文一致"的新体诗，尤其是到后期的口语自由诗，由于口语的过于泛滥，造成诗歌鱼龙混杂，其中不乏相当数量格调低俗、轻薄浮夸、颓废堕落的文字和内容，对日本文坛和人心造成了消极的影响。

此外，"语言一定要简单化"这一倾向从此生根，把教育带入了严重的误区，其消极表现到战后更是变本加厉。战后在GHQ①的授意下，作为"言文一致"运动的延伸，"国语审议会"进行了大幅度削减汉字等所谓教育改革，"国语审议会"的设立及其制定的所谓"当用汉字表""常用汉字表""新假名使用条例"等大行其道便是明证。这些名义上的文字改革大都在一些时髦的现代教育口号下草率行事，不但损害了日语的传统美感和庄重性，还引发了颇多争议，比如降低了儿童的国语水平，阻碍了国语素养的形成，不利于学习和欣赏古代文章和传统文化，在战后日本社会造成了历史和文化的断代，推动和助长了战后日语的衰退和外来语的泛滥，导致日本年轻一代汉字能力和古典修养的全面下降，给日语和日本的教育事业带来了不可估量和难以挽回的损失，后果十分严重。今天的日本文化和教育界作为"言文一致"的继承者，各种声音此消彼长，不断的流动和变化，因此，可以说作为写文章来使用的现代口语依然未最后完成，"言文一致"运动及其产生的文化和思想遗产在当代日本仍将继续变化发展下去。

二　诗界革命的深远影响

中国的诗界革命，由于始终坚持和强调"传统格式"，所以未能对后来的

---

① 英语"General Headquarters"的缩略语，指麦克阿瑟以"驻日盟军总司令"名义在日本东京都建立的盟军最高司令官总司令部。

新诗产生必然的指导作用；语言上尽管如黄遵宪的部分诗歌中开始出现白话，但整体上沿袭那个时代的主流书面语，对于汉语语言本身的发展进化没有显现出太大的贡献。不过，就诗歌本身及其试图表达和传播的"内容"方面所具有的意义和带来的影响，尤其是长远影响，诗界革命运动较之"言文一致"运动更胜一筹。如前所述，为了达成政治的现代化，包括诗歌在内的文学应从塑造少数君子的手段变成教化全民的工具。为了这个目标，以梁启超为首的诗界革命运动代表们进行了不懈的努力。尽管由于中国落后而复杂的国情以及众多陈旧体制的阻碍，其以大众化、全民化诗歌创造为工具而力图推行的改革文学及教育的实际成果并不理想，然而，其宣扬民族存亡意识和危机感，鼓舞激励民众自强报国的"爱国主义教育"作用却十分突出，不仅影响了当时那一代人，甚至在当下也被作为爱国主义教育题材而受到广泛宣传，教育和熏陶着中国的青年一代，培育了今天中国人在各方面的强势和自信。

诗界革命要求反映新时代、新思想，一些新体诗语言通俗，不受格律束缚，对长期统治诗坛的拟古主义和形式主义形成了冲击，解放了诗歌的表现力。不过，随着资产阶级革命派与改良派在政治上的对立，革命派不愿再明确提倡诗界革命，甚至有人想别创一宗，诗界革命便逐渐销声匿迹。梁启超所期望的真正意义上的革命并没有发生，他本人对诗歌的态度后来也向古典传统回归，向"同光体"靠拢，更宣告了这一"革命"的结束。晚清诗歌变革运动成效不大的原因是复杂的，不过最关键的一点还是梁启超所说的"古人之风格"问题。中国的古典诗歌有着悠久的传统和辉煌的成就，也有其独特且成熟的审美特征。诗歌既要充分保持古诗之优长、不背离"古人之风格"，又要成功、富有创造性地表现现代人的生活与心理，实际上是很困难的。这也就是新诗必然要兴起的原因。

诗界革命对当时中国文坛和社会产生了深远的影响，其"新意境""新语句"的宗旨，继续指导着后来中国近现代文学及诗歌的发展，为新诗的兴起开辟了道路,带去了启迪,发挥了不可磨灭的重要作用。同时,诗界革命运动昭示了中国知识分子作为时代的先觉者所具有的学习先进、开拓创新、救国图强、不屈不挠的伟大精神和智慧,在灾难深重的中国近现代历史上写下了闪光的一页。诗界革命运动的意义和精神必将永远流传下去,为中国人代代传颂。

目前,国内学界有一些对诗界革命运动的批评,比如,认为梁启超等在主张"新意境""新语句"的同时,却又强调要保持诗歌旧风格,以至于束缚住了手脚,只能旧瓶装新酒,致使中国古典诗歌的改革进步不大。此类批评,其实是忽视了当时中国的特殊时代背景。在当时中国的政治、社会及文化环境中,欲利用文学宣传新思想,启发民智,选择国人熟悉的文学形式——传统诗词是最为适宜的,诗界革命运动的实际状况也证明了这一点。试想,倘若一开始就采用新诗的形式,缺乏过渡,是否能收到同样良好的效果十分令人怀疑,很可能会像内容生僻的新学诗一样不为人所接受而草草收场。因此,这种认为诗界革命运动因保持诗歌旧风格而前进不大的观点忽略了时代的因素,不符合实际情况,也不符合事物发展的规律。这种对于诗界革命效果的质疑可谓只见树木不见森林,值得商榷。

此外,还有一种较为普遍的观点,认为自胡适以来存在着一种普遍的误解,即把黄遵宪的"新派诗"和夏曾佑、谭嗣同、梁启超在戊戌变法前所写的"新诗"视为"诗界革命"的实践,将他们都列为"诗界革命"的倡导者。因为在梁启超看来,这种新诗"已不备诗家之资格"(《夏威夷游记》);黄遵宪的许多诗(如《今别离》《出军歌》《军中歌》等),确被梁启超称为"诗界革命"的杰作,但黄遵宪本人却始终讳言"革命"二字,他对"新派诗"的解说也和梁启超"诗界革命"的明确标准大有出入。上述说法,就文学的狭义层面而言,在理论上并无差错;然而夏、谭、梁等人的"新诗"和黄的"新派诗"尽管达不到后来梁对诗界革命的要求,但并不影响将他们视作诗界革命的前驱。因为从历史的角度来看，他们的思想和创作确实都引领了随后的诗歌革新运动。弱化或忽略诗界革命运动主流的一致性和彼此关联承接的流动发展，会陷入一叶障目的狭隘局面。

对于诗界革命运动的研究，切忌只从文学的狭义层面去看待问题，秉持追求文学上尽善尽美的观念对这一历史运动提出过多过高的要求进行不切合实际的评价，而忘记了诗界革命运动本身的重要目的和一大初衷，即实现通过诗歌的革新而启发民智，振作民族精神，"改造思想""改造社会"乃至进行"文学救国"（梁启超语）的政治学、社会性的终极意义。从梁启超开始，新文学就明确以西方思想为内容。梁启超在其现代政治学说中论证了一种逻辑，那就是中国当世之第一急务就是"新民"，就是要以西方思想武装国民。这成为新文学当以西方思想为内容的理论依据。

梁启超倡导的诗界革命运动与当时的政治社会环境及诗人心中的强国目标是分不开的，蕴含着对后者的强烈呼声，其具体目标就是要通过诗歌倡导新理念，教育和鼓动中国的知识阶层乃至全体国人发奋自强。要实现强国目标，就必须推动政治改革，也就是要实现政治的现代化。为政治现代化服务，而不是为传统政治服务，这从根本上更新了儒家文统诗教中经世致用的具体内涵与目标。诗界革命运动也因此与晚清早期的诗文革新运动区别开来。以"现代政治"之"道"更替传统之"道"，从而使现代文学之"文"取代传统文学之"文"，这是包括诗界革命在内的梁启超三界（文界、诗界、小说界）革命理论和实践活动的实质。

中日双方对西方启蒙运动的不同混杂和改写呈现出不同的效果和局面，对各自的国家和民族造成了不同的影响，产生了不同的历史意义。归根结底，其原因在于中日双方的文化定位和文化身份不同。一言以蔽之，那就是基于中日双方不同的文学传统和不同的时代政治因素。日本的"言文一致"运动是在明治维新之后，在举国上下对于国家的政治运营体制及国家发展方向取得了重大共识的基础上进行的，其文学改革运动自然也就主要针对诗歌和语言乃至教育本身来开展，而没有太大必要去超越文学、语言的层面去冲击和影响政治；中国的诗界革命运动则不然，由于中国当时的政府和社会都未能就国家应该进行的政治体制改革的性质和国家发展的方向取得一致意见而仍处在内部分裂、相互抗争的局面中，作为时代先觉者的诗界革命的文人们自认为很有必要通过新诗这一武器向旧制度开火，并将其作为唤醒民众、开启民智、学习西方先进政治和经济模式的工具，在诗作方面自然会更多地包含浓厚的政治、经济的内容，而不会将过多的精力投向诗歌作为纯粹的诗歌艺术就事论事地进行文学创作和语言革新。

  从长远看，对于中国方面而言，那个时代的先驱者对于爱国主义和国家忧患意识的大力宣扬和强调，的确唤醒了潜在的民族自尊心和自信心，这为后来中华民族走过决定民族生死存亡的、充满艰难险阻的、灾难深重的近代，一直走向21世纪的今天，迎来民族的伟大复兴注入了强烈的国民意识，打下了深厚的精神基础，可以说功不可没。中国诗界革命运动尽管当时的效果似乎不如近邻东瀛，但对后世潜移默化的作用却是巨大的。而"言文一致"运动中的日本诗人由于面对在前面论述到的业已形成的政治共识，加上日本诗歌非思想性、非说理性的传统，其效果和影响仅仅停留于文字变革、教育普及和写诗作文上，而未能深入国民的灵魂，未能像中国诗界革命运动中的诗人那样通过诗歌加深和强化了国民的爱国主义与忧患意识。

第二章　中日象征主义诗歌比较

"诗界革命"为中国诗坛带来了向西方瞭望的大转向，而"言文一致"运动也把欧风美雨洒到日本诗苑。自17、18世纪至19世纪末，西欧从浪漫诗风、唯美诗风到象征诗风，共经历了一、二百年的时间。到20世纪初期，伴随着东西方文化交流的不断深入，西方诗坛的流派兴衰更替史，在中日两国文学史上仅用了几十年的时间就轮流上演了一番，象征主义诗歌便是其中之一。中日两国不仅引进了象征主义诗歌，还努力消化吸收，力求形成具有中日两国文化特色的象征主义诗歌。中日象征主义诗歌以一种震惊文坛的姿态登上历史的舞台，世人带着新奇的眼光对其进行打量与接受。然而，中日象征主义诗歌走过的路程太短了，犹如划过夜空的流星，聚集所有的能量只为最绚烂的一瞬。如今，象征主义诗歌作为一个诗歌流派在两国已成为文学的历史，但它对之后的文学却产生了深远的影响，也给后人留下了思考的空间。

第一节　悄然转身的东方缪斯

"人们穿过象征的森林，/森林投以亲切的目光注视着行人。"① 这是波德莱尔（Charles Pierre Baudelaire，1821－1867）《应和》（或译作《感应》）中的诗句。20 世纪初，中日诗人饱含激动的心情穿过这"象征的森林"，然而他们带回的不只是"亲切的目光"，还有与本国的诗歌传统所结合而创作的大量诗作。法国是象征主义的"重镇"，中日诗人主动吸收"异域熏香"，并结合本国的诗歌传统，形成了自己的诗歌风格和先锋技巧。由于中日两国在社会环境及文化传统方面有一定的差异性，因此两国象征主义诗歌在形成过程和先锋技巧方面亦有所不同。

一　中日象征主义的形成

（一）诗歌的演进萌发了象征

19 世纪末 20 世纪初，中日诗歌都受到了来自西方诗歌理论的"冲击"，一批先锋诗人开始主动接触西方的象征主义并加以吸收，结合本国文化传统，创造自己的象征主义诗歌。

中国的"五四"文学革命给文学界带来了震颤，让中国诗歌开始摆脱传统诗歌的规范，主张"以白话入诗"。正如胡适在纲领性的《谈新诗》里提出："必须'推翻词调曲谱的种种束缚；不拘格律，不拘平仄，不拘长短；有什么题目，做什么诗，诗该怎么做，就怎么做'。"② 以胡适为代表的诗人主张"作诗如作文"，认为诗歌不必局限于形式和内容，这在当时急切需要诗歌

---

① ［法］波德莱尔：《波德莱尔诗选》，苏凤哲译，花山文艺出版社 1995 年版，第 13 页。
② 胡适：《谈新诗：八年来一件大事》，《星期评论》纪念号，1919 年 10 月 10 日第 5 页。

改革的背景下是有一定积极意义的。1921年,郭沫若的《女神》出版,开创了新一代的浪漫主义诗风。郭沫若与胡适不同,虽然也主张形式的开放,但在他的诗歌中加入了"情感"这一因素,主张用"适当的文字"表现"情感",出现了浪漫主义因素。1922年到1923年,中国诗坛还出现了以汪静之、冯雪峰为代表的"湖畔"诗人,其诗歌有了较多的浪漫主义因素,但这些诗歌终究是不成熟的。1923年还出现了以冰心和宗白华为代表的"小诗热",三五成行的短小诗篇虽在形式上有所创新,却也没能克服胡适等人所倡导的"以白话入诗"太过直白的缺陷。胡适的"作诗如作文"的观点承担了诗歌需变革的历史任务,却也存在着缺陷——只一味地注重形式的突破,却没有重视诗歌内容的考究,朱自清曾说新诗是过于"散文化"了。穆木天也在《谭诗》中指出:"诗的世界是潜在的意识的世界。诗是要有大的暗示能。……诗是要暗示的,诗最忌说明的。""中国的新诗运动,我以为胡适是最大的罪人。胡适说:作诗须得如作文:那是他的大错。所以他的影响给中国造成一种 Prose in Verse 一派的东西。"[①] 正如穆木天所说,胡适的新诗运动的确是太强调用白话入诗,却忽略了美感,新诗在形式上过于散漫,在内容上又过于直白。诗的作用不是说明,而是通过手法、意象间接地去抒发感情或表达思想,让读者置身于诗人所营造的情境中去体会、领悟。胡适在《老鸦》中有这样的诗句:"我大清早起/站在人家屋角上哑哑地啼/人家讨厌我/说我不吉利/我不能呢呢喃喃讨人家的欢喜……"一只惹人讨厌的乌鸦,大清早起便在枝头咿咿呀呀,这样直白的表述不会让人有陷入诗歌意境中去体会、领悟的必要,自然就缺少了诗歌应该有的美感。的确,以胡适为代表的写实派太注重用白话为诗,没有太多情感的融入;以郭沫若为代表的浪漫诗派又太过以自我感情的直接抒发为主体,二者都不太重视诗歌内容上的含蓄蕴藉,

---

① 穆木天:《谭诗——寄沫若的一封信》,陈惇、刘象愚编选《穆木天文学评论集》,北京师范大学出版社2000年版,第140页。

"湖畔诗人"与"小诗"更是不成体系。在这样的情况下,诗人不满足于现状,积极寻求突破,大胆借鉴别国的诗歌技巧,因此,既重视形式的独特新颖,又追求内容的含义深远的象征主义诗歌就应运而生了。

再观日本,情况又有所不同。要分析日本象征主义诗歌的形成原因首先应提及日本的浪漫主义。日本的浪漫主义显然受到了西方浪漫主义的影响。森鸥外的译诗集《面影》把西方的浪漫主义思想传入日本,浪漫主义以其忧伤的情调,奔放的激情,奇特的想象吸引了一大批日本诗人,他们在浪漫主义的熏陶下,开始创作诗歌。前期以岛崎藤村和土井晚翠为代表,后期以与谢野铁干为主的《明星》诗刊为中心,他们积极效法西方浪漫主义诗歌的技巧,结合本国的文化特点,创作了大量热烈奔放的诗歌,或讴歌爱情,或赞美自然,或抒发情感,如岛崎藤村在《黎明》中这样写道:"我愿/化做一抹黎明的茜云/在天空悠悠飘行/我愿/化做一片黎明的苍穹/冲破黑暗迎接光明/……"①,不管现实多么残酷,诗人亦无所畏惧,仍愿化做"黎明的苍穹",饱含热情,去"冲破黑暗""迎接光明",热情奔放的浪漫主义诗风由此可见一斑。但在后期,浪漫主义诗人被困在梦幻的"象牙塔"内,诗歌太过追求直抒情感,太过"空想主义",如河井醉茗在《蝴蝶之梦》中这样写道:"蝴蝶呵,你可不要醒来,/直到我们筑起的坟茔上,/明日开出春天的鲜花。/你呀,可千万不要醒来。//萩草结实的秋末,/海棠花萎谢枯凋;/大地撒满晶亮的寒露,/你柔弱的翅翼已经颓焦。//……"② 诗人笔下的"蝴蝶"太娇嫩,太脆弱,"柔弱的翅翼已经颓焦",这脆弱的"蝴蝶"正如后期的浪漫主义诗歌一般,诗人不愿它醒来正如浪漫主义诗人不愿从"浪漫"的美梦中苏醒一般。但是,春天总会到来,新的时期总是需要新的文学,诗歌自然也是这样。浪漫主义已经不能满足人们对于诗歌的更高层次的需求,这时,

---

① 武继平、沈治鸣译:《日本现代诗选》,青海人民出版社1983年版,第12页。
② 同上书,第51页。

文学界便开始酝酿着新的变革。"由于近代人的生活方式和思想感情日趋丰富、复杂,人们对已经兴起的'直抒'加'空想'的浪漫主义诗歌,渐渐由感觉'单纯'以至'单调'。为了寻求'新声',于是就有人暗暗向西方诗坛另求门路。"① 以上田敏为代表的诗人把目光投向了法国。在这种情况下,日本象征主义(诗歌)也就应运而生了。

因此,中国象征主义诗歌的出现是由于新诗的"中衰",而日本的浪漫主义诗歌太过"空想主义"的缺陷已不能满足时代对诗歌的需要。两国象征主义诗歌的形成都是本国诗歌自身发展需要的结果。

(二) 时代的苦闷催生了象征

社会背景对于文学潮流的重要性是显而易见的,时代的动荡让诗人的心灵无处安放,苦闷和彷徨如春雨般渗透到诗人们的心底。"五四"文学革命后,中国诗人的情绪由高亢转向苦闷、彷徨;日俄战争结束后,日本政府的高压政策亦让诗人们无法呼吸。两国诗人只能借由诗歌去抒发自己的内心感受,这时象征主义进入了他们的视野,时代的苦闷促动其对象征主义的接受。

1919年,一场轰轰烈烈的文化变革在中国大地上如一道闪电在文化界劈开了一道裂缝,大量的诗歌流派,西方思潮,外国的作家作品如洪水般涌进中国。如浪漫主义、自然主义、"唯美派"、"意象派"等。西方的象征主义思想也在这个时候进入了人们的视野,但却没有引起太多人的注意,也并不成熟。一场喧哗过去之后,剩下的总是沉寂与苦闷。"五四"文学革命转入低潮,一些文学青年由兴奋转入了苦闷、彷徨,开始关注自己内心的声音,在那个时代,革命后的苦闷与彷徨是很普遍的,就连鲁迅也带着这样的心情写出了《彷徨》和《野草》。他们由高唱革命的颂歌转而抒发自己内心的苦闷,现实中的失望让他们的诗歌更多了几分忧郁的气质。早期的象征主义诗人、

---

① 罗兴典:《日本诗史》,上海外语教育出版社2002年版,第82页。

被看作中国象征主义诗歌第一人的李金发，不满当时中国社会的丑恶，欲用浪漫的语句去描绘心中的完美世界，最终却还是摆脱不了掩盖不掉的失落情绪，如在他的《琴的哀》中有这样的描写："微雨溅湿帘幕/正是溅湿我的心/不相干的风/踱过窗儿作响/把我的琴声/也震得不成音！/奏到最高音的时候/似乎预示人生的美满/露不出日光的天空/白云正摇荡着/我的期望将太阳般露出来/我的一切的忧愁/无端的恐怖/她们并不能了解呵/……"被残酷的现实"溅湿"内心的李金发，有着别人不能了解的"我的一切忧愁"，"无端的恐怖"，身在法国的他，亦痛苦于国内的现状，然却无能为力。他只有在痛苦中希望他的"期望将太阳般露出来"，但终不可得。

穆木天也在这样的时代潮流中"迷失了自己"，他"怀到了很多的理想"，但是，社会的黑暗加上异域的孤单让他的诗歌充满了苦闷，如他在《心响》中这样写道："啊/广大的故国/人格的庙堂/啊/憧憬的故乡呀/我对你/为什么现出了异国的情肠/飘零的幽魂/几时能含住你的乳房/几时我能拥你怀中/……"他笔下的"飘零的幽魂"或许可以描写出当时很多诗人的状态吧。无处安放的苦闷，对黑暗社会的不满，广大的祖国已满目疮痍，然诗人们就如那"飘零的幽魂"，即使"怀到了很多的理想"，也终因眼前太过黑暗而无能为力。李金发如是，穆木天亦如是。在这样的情况下，诗人们只能通过他们的诗歌去抒发自己的苦闷之情。

同一时期，象征主义诗歌产生的社会背景在日本又是另一番景象。日俄战争以日本胜利而结束，国内的资本主义快速发展，经济增长，但社会的阶级矛盾却不断激化。国家为了加强统治，颁布了一系列的高压政策，这些政策给诗人们带来了苦闷、悲哀与彷徨。浪漫主义诗歌运动便在这样的背景下展开，但是，随着浪漫主义诗歌运动接近尾声，日本诗坛悄悄发生着改变："抒情的纹理开始细腻起来，语言的运用越来越巧妙，智能方面的感觉也越来越复杂，同时也就逐渐出现了热情的衰退，难于接近，从一般的现状游离开去的迹象。"① 诗人们逃避现实，转向自己的内心感受。战争的阴影，国家的镇压，让文人们的诗歌理想无处安放，国内的政策"给近代日本带来苦恼、悲哀和无常的幻灭感，从而形成一股世纪末的艺术至上的、享乐的、唯美的颓唐思潮"②。北原白秋和萩原朔太郎就是在这样的环境下生存的诗人。战后国家的一系列高压政策让诗人们选择逃避现实。如萩原在《妖冶的墓地》中这样描述道："你那彷徨的身影/带来了在贫困的渔村小巷飘荡的鱼臭/鱼的内脏在烈日下黏糊糊腐烂/悲哀 苦闷 难以忍受的哀伤的/腥臭。"③ 萩原朔太郎那"彷徨的身影"在现实生活中显得形单影只，现实的黑暗又岂是一位诗人能抗衡的呢？或许只有让悸动的心"在烈日下黏糊糊腐烂"，发出让人难以忍受的"哀伤的腥臭"。北原白秋在《幻灭》里同样倾诉了这样的苦闷："酷似真实，实为影子一片/宛若镜中血红的花瓣/置身现实又似游梦境/白昼，如同夜一般黑暗"④，诗人分不清梦境和现实，现实的黑暗让诗人无法喘息。以弗洛伊德为代表的心理分析学派认为：梦境是隐秘欲望的化妆。弗洛伊德说："在夜晚，我们也产生一些我们羞于表达的愿望；我们自己要隐瞒这些愿望，于是它们受到了抑制，被推进无意识之中。……夜晚的梦正和白日梦——我们都十分了解的那种幻想一样，是愿望的实现。"⑤ 当时黑暗的社会在北原白秋看来即使是白昼也"如同夜一般黑暗"，虽"置身现实"，但战后不堪重负的祖国和让人喘不上气的高压政策令诗人亦如"似游梦境"，这隐秘的哀恸投射到梦境中更显悲凉。这样的战后环境让诗人们去追求艺术至上的感觉，走进自己的内心，去感受苦闷、彷徨，进而抒发出来，在这种情况下，不愿直接表述自己的意思，往往采用象征和寓意的手法，在幻想中虚构另外的世界

---

① [日]吉田精一：《现代日本文学史》，齐干译，上海人民出版社1976年版，第45—46页。
② 叶渭渠、唐月梅：《日本文学史·近代卷》，经济日报出版社1999年版，第401页。
③ 李芒、兰明编译：《日本近现代抒情诗选》，译林出版社1991年版，第65页。
④ 武继平、沈治鸣译：《日本现代诗选》，青海人民出版社1983年版，第163页。
⑤ [奥]弗洛伊德：《创作家与白日梦》，伍蠡甫主编《现代西方文论选》，上海译文出版社1983年版，第144页。

来抒发自己的情感为特征的象征主义诗歌也就应运而生了。

由此可以看出，不同的社会环境为两国象征主义诗歌的形成提供了不同的思想准备："五四"文学革命后国内的现状让中国诗人由革命时的兴奋转入了低潮，苦闷、彷徨由此袭来；日俄战后国内的高压政策让日本诗人逃避现实，转而去抒发自己内心的感受，追求艺术至上的感觉。压抑苦闷的内心更容易让诗人转向自己的内心，正如厨川白村在《苦闷的象征》里提到："生命力受了压抑而生的苦闷懊恼乃是文艺的根柢，而其表现法乃是广义的象征主义"①，"倘不是将伏藏在意识的海底的苦闷即精神底伤害，象征化了的东西，即非大艺术"②。时代的苦闷催生了象征。

（三）"法国体验"与"日本体验"

19 世纪 80 年代，象征主义在法国兴起，然后向东方世界传播。日本诗人是东方世界实践象征主义理论的"先锋"，他们积极译介法国的象征主义理论及其诗歌并进行创作。中国的象征主义则受到了法国和日本象征主义的双重影响，日本的"法国体验"与中国的"法国体验"和"日本体验"的多元途径显示了两国对象征主义吸收的不同。

1. "法国体验"

对于法国象征主义的传播情况，1978 年出版的《法国拉罗斯百科全书》的"象征主义"条目中有如下阐释：

> 在欧洲语言之外的国家里，象征主义也有一定的影响。日本在 1905 年出版过一册法国象征派诗派家的选集。从此以后有些日本诗人便考虑创造一种韵律方面的新结构。这册选集对于中国写新诗的作者也起了相当大的影响。也许这是历史上头一次，一个文学方面的运动竟然发展到

---

① ［日］厨川白村：《苦闷的象征》，鲁迅译，人民文学出版社 2007 年版，第 22 页。
② 同上书，第 36 页。

遍及整个现代世界的地步。这个从19世纪欧洲的崇高愿望中诞生的象征主义，演化成为20世纪的文学界和美学界的世界性的憧憬。①

在这段表述里，提到了象征主义传播到日本和中国这一事实。诚然，日本的象征主义的确受到了法国象征主义的影响，但关于日本象征主义对中国的影响的说法却未免有失公允。中国吸收象征主义，日本的确起到了中介作用，但却不是唯一的途径。这一描述低估了中国诗人主动吸收法国象征主义营养的能力。实际上，中国有很多早期的象征主义诗人都受到过法国的影响。苏联学者契尔卡斯基认为"中国青年诗人带回国的并不是原生状态的法国象征主义而是他们自己所理解的法国象征主义"②。法国象征主义作为日本象征主义的源头是唯一的，然而中国的象征主义诗人接受的象征主义则既有来自西方的"刺激"，又有来自日本的影响。不同的来源造成象征主义具有不同的特点。

在比较文学影响研究的范围中，印象的渊源通常可以通过以下方式获得：旅行，旅居，留学等。"五四"文学革命之后，中国有大量的学生选择出国留学。安德烈·纪修在《论文学影响》中写道："除强制性的旅行、流放外，人们通常总是选择自己理想的地方去旅行。选择旅游地本身，就已经证明多少受到了该地方的影响。"③ 旅行如此，留学亦是如此。李金发就是当时进行"法国体验"的留学生之一。中国诗人与象征主义的接触并不是从李金发才开始的，早在"五四"时期，中国文人就已经开始接触并试图介绍象征主义了。1920年周作人在《新青年》上发表了《杂译诗二十三首》，其中就有法国象征派作家果尔蒙的《死叶》。他在之前的《小河》序言中也曾提到过法国的

---

① 转引自陈太胜《象征主义与中国现代诗学》，北京大学出版社2005年版，第2页。
② ［苏］Л. E. 契尔卡斯基：《论中国象征诗派》，理然译，《中国现代文学研究丛刊》1983年第2期。
③ 转引自［日］大塚幸男《比较文学原理》，陈秋峰、杨国华译，陕西人民出版社1985年版，第90—91页。

波德莱尔"有人问我这诗是什么体，连自己也回答不出。法国波德莱尔（Baudelaire）提倡起来的散文诗，略略相像，不过他使用散文格式，现在却一行一行地分写了"①。不过，据尹康壮考证，中国最早谈及象征主义的译介文章是1918年发表在《新青年》上的陶履恭的《法比二大文豪之片影》。而最早介绍法国象征主义的杂志是《少年中国》，杂志系统地介绍了波德莱尔、马拉美（Stéphane Mallarmé，1842–1898）、魏尔伦（Paul Verlaine，1844–1896）等人。之后也有很多文章、杂志介绍象征主义，很多诗人也主动关注，然而这个阶段的学习仅仅停留在译介的层面，还谈不上研究、借鉴与融合。

　　1925年李金发经周作人推荐在北新书局出版的诗歌《微雨》让诗坛为之一震，这通常被称为象征主义传入中国的标志性事件。象征主义开始广泛为人们所关注。"而且，正因为李金发的出现，中国新诗的象征派开始正式登上文坛。"② 1919年，李金发等一批青年留学法国期间，他深受波德莱尔的《恶之花》的影响。正如"李金发后来回忆说：'雕刻工作之余，花了很多时间去看法文诗，不知什么心理，特别喜欢颓废派Charles Baudelaire的《恶之花》及Paul Verlaine的象征派诗，将他的全集买来，越看越入神，他的书简全集，我亦从头细看，无形中羡慕他的性格，及生活。一方面订了不少中国的书报，如《东方杂志》，《新青年》，《新潮》，《少年中国》等，故对于中国的文艺运动，并不隔膜'"③，由此便可以看出其在留学期间对于波德莱尔诗集《恶之花》的喜爱。诚然，李金发受到波德莱尔的影响，笔下的诗歌也多阴冷、忧郁的气质。如在他的第二部诗集《食客与凶年》中的《时间的诱惑》一诗中有这样的描述："时间的诱惑强盛了/我心儿趁时哭泣/婉啭/凄清/单调/如伤冰之叹惜/听，在你的后方/笨重而阴哑之回声/宫线之谐音/太断续一点了/何

---

① 陈太胜：《梁宗岱与中国象征主义诗学》，北京师范大学出版社2004年版，第65页。
② 陈太胜：《象征主义与中国现代诗学》，北京大学出版社2005年版，第64页。
③ 同上。

谓将来，何谓反悔！"时间悄悄流逝，诗人感叹时间匆匆，"心儿趁时哭泣"。尽管"凄清"，"如伤冰之叹惜"，诗人也无能为力，时间终是要走的，只留下"笨重而阴哑之回声"，对于时间流逝却无可奈何的忧郁之感随笔流露到了纸上。在波德莱尔的《忧郁之四》中又这样写道："——送葬的长列，无鼓声也无音乐，／在我的灵魂里缓缓行进，希望／被打败，在哭泣，而暴虐的焦灼／在我低垂的头顶把黑旗插上"①，忧郁的感觉无法摆脱，就像那"送葬的列车"一样，从你身边走过，你无法不悲伤！就好像那唯一的对生的希望被忧郁打败，哭泣也无济于事，最后，忧郁插上象征"胜利"的黑旗。这样的忧郁感在波德莱尔和李金发的诗歌都占有一席之地。然而，李金发对于波德莱尔的诗歌模仿太多，略显生硬，缺少创新，也没有与本国的文化相融合。李健吾在《〈鱼目集〉——卞之琳先生作》中有如下表述："李金发先生却不太能把握中国的语言文，有时甚至于意象隔着一层，令人感到过分浓厚的法国象征派诗人的气息，渐渐为人厌弃。"②留学法国的李金发虽然对法国象征主义的吸收略显生硬，但是新颖、诡异的意象也给当时的传统诗歌以冲击。他的"法国冒险"或许并不成功，但却具有划时代的意义。

不止李金发，中国还有一些诗人是直接从法国学习到象征主义的。王独清和戴望舒都曾留学法国。尤其是戴望舒，他竭力翻译法国的象征主义诗歌并把西方的象征主义与中国的古典诗歌传统相融合，达到了中国象征主义的高峰。

同样是从译介法国的象征主义诗歌开始的还有日本的上田敏。他翻译的以法国象征主义诗歌为主体的诗集《海潮音》与蒲原有明的《春鸟集》被认为是日本近代诗史上划时代的作品。上田敏在东京大学英文科学习期间创办

---

① [法]波德莱尔：《恶之花——波德莱尔精选集》，郭宏安译，北京工业大学出版社2015年版，第101页。
② 李健吾：《咀华与杂忆——李健吾散文随笔选集》，中央编译出版社2005年版，第30页。

了《帝国文学》，在这个刊物上，上田敏用"微幽子"的署名对"白耳义文学"进行论述，介绍了莫里斯·梅特林克（Maurice Maeterlinck，1862 – 1949）、凡尔哈伦（Emile Verhaeren，1855 – 1919）。与李金发相同的是，上田敏也曾到过法国，他的《海潮音》虽出版在《春鸟集》之后，但却丝毫不妨碍它的重要性。《海潮音》这样的呕心沥血之作传达了法国的象征主义思想，将波德莱尔、魏尔伦、马拉美等象征派诗人的作品引进到了日本。它为日本诗人打开了一扇崭新的象征主义的"大门"。上田敏之所以主动接触象征主义并把它译介到日本是与他自身的诗歌理念分不开的，正如他在《诗话》中提到：

> ……总的来说，现在的诗的风格一般都是叙景风格的。虽说想要赞扬自然之美，捕捉潜在其中的情景，但是像那样单纯的歌颂大自然之美，把那种迂回的情感无残留的表现出来这样的情况还是很少的。好像大多数都是借助大自然的风景或者除那以外的自然美景来记叙情感。那固然是好的，但还是希望有一些心事的直接表达。不能用枯燥无味的大道理，要将热烈、冷静、委婉、直接的心理状态用有节奏的语言叙述的话，想必一定能引起深刻的感动吧……

他认为诗歌不能只是用风景来记叙情感，亦要有心事直接的抒发。不过要用"有节奏的语言叙述的话"，即用一些象征主义诗歌的技巧来表达，如通感、隐喻等的使用。上田敏的《海潮音》给日本的象征主义打开了一扇窗，之后的诗人北原白秋、三木露风等都受到了《海潮音》的影响。象征主义诗歌在日本蓬勃发展，后来甚至成为中国一部分象征主义诗人学习的来源。

由此可见，中（部分）日诗人都经历了"法国体验"，他们直接吸收法国象征主义的营养，为法国象征主义和本国诗人之间建构起了一座桥梁。从此，象征主义无须"隔海相望"。

2."日本体验"

不同于日本诗人和一部分中国诗人进行的"法国体验",中国的大部分诗人则是进行"日本体验"——先接受日本所译介的法国象征主义,间接接触法国象征主义的"纯正血统",或是干脆直接从日本象征主义中汲取营养,再与自身文化融合,形成中国的象征主义诗歌风格。穆木天、冯乃超就是这样进行"日本体验"的诗人。

穆木天是在"五四"文学革命后去日本留学的,在那里度过了八年的时光。1923—1926年他在东京大学法国文学科学习,进而接触到法国的象征主义。让他声名鹊起的《旅心》就是他留学日本期间创作的象征主义诗歌集。穆木天是从浪漫主义转向象征主义的,而这一过程则是完成于日本。如其本人所总结的:"到日本后,即被捉入浪漫主义的空气了。但自己究竟不甘,并且也不能,在浪漫主义里讨生活。我于是盲目地,不顾社会地,步着法国文学的潮流往前走,结果,到了象征圈里了。"① 正是在日本这个象征主义的大环境里,穆木天开始了他的"日本体验"。与直接接触法国象征主义的李金发不同,穆木天是通过法文的学习和日本的相关翻译文字间接接触到法国象征主义进而受其影响。所以,他的诗歌虽有法国象征主义诗歌的阴郁、诡秘的气质,却也多了几分日本式的唯美风格。如他的诗集《旅心》中就有这样的诗句:"绵花般的雪/重重/松花的江上徐徐地渡了一片冷风/吹送来沉幽的晚祷式的钟声/啊,肃慎的古城/这是不是你的福音的孤独的凄鸣/鹅绒般的雪/霏霏/鸡林的原头昂昂地披上了一身经衰/射放出沉寂的呜咽般的悲哀/啊,肃慎的古城/这是不是你的福音的荒冢垒垒……""重重""霏霏",叠词的使用使诗歌更富有音乐性;"沉幽""孤独"的"荒冢",呈现给我们富有一丝幽寂感的画面,让我们仿佛可以隐隐地嗅到忧伤,或许还夹杂着些许清幽的味

---

① 穆木天:《我的文艺生活》,陈惇、刘象愚编选《穆木天文学评论选集》,北京师范大学出版社2000年版,第411页。

道。江上的冷风吹来了"晚祷式的钟声",一声、一声,打在我们的心头,让人不禁生出孤独的感觉来,忧伤的诗歌风格跃然纸上。"钟声"这个意象在日本象征主义诗歌中是常常使用的,如三木露风的《雪上的钟》里这样写道:"黄昏,飞散的回忆的白雪,/静静地在心上铺叠。/多么单调,多么寂寥,/心,带着轻柔的颤栗。//被掩埋的惆怅在雪下安睡……//那钟声回荡的悠扬……"① 在穆木天的诗歌和三木露风的诗歌中都用到了"雪"和"钟声"的意象。在雪花飞扬,一片洁白的世界,本就孤独,远处传来的古寺的钟声更让人感觉惆怅,雪和钟声的搭配可以明显看出日本特色。

出生于日本的冯乃超与穆木天相同,亦是进行的"日本体验"。冯乃超可以说是创造社三位诗人中进行"日本体验"时间最长的诗人,祖父辈就开始移居日本。冯乃超出生于日本的横滨,原籍是今广东省南海市盐步镇东秀乡高村,对于从小就生活在日本的他而言,日本象征主义对他的影响之深是不言而喻的。从1926年开始,冯乃超在《创造月刊》上发表组诗《幻想的窗》等具有象征色彩的诗歌。其接受的象征主义受到日本译介的影响,所以依然可以看出浓烈的日本色彩。如代表作《红纱灯》里这样写道:"森严的黑暗的深奥的深奥的殿堂中央/红纱的古灯微明地玲珑地点在午夜之心。/苦恼的沉默呻吟在夜影的睡眠之中/我听得魑魅魍魉的跫声舞蹈在半空/乌云丛簇地丛簇地盖着蛋白色的月亮 /白练满河流若伏在夜边的裸体的尸体僵/红纱的古灯缓缓地渐渐地放大了光晕/森严的黑暗的殿堂撒满了庄重的黄金/愁寂地静悄地黑衣的尼姑踱过了长廊/一步一声怎的悠久又怎的消灭无踪/我看见在森严的黑暗的殿堂的神龛/明灭的惝恍地一盏红纱的灯光颤动。"诡秘的意象——"殿堂""裸体""尸体""神龛"让人感到阴森、恐怖。"黑暗的""红纱""蛋白色""白练""黄金"——强烈的色彩感同样让人痴迷。尼姑踱过长廊,

---

① 武继平、沈治鸣译:《日本现代诗选》,青海人民出版社1983年版,第73页。

"一步一声"，声音的配合让整首诗更迷人。古寺是日本诗歌中常见的意象，古寺中有一盏忽明忽暗的红纱灯，诗歌的诡秘气质跃然纸上。这让笔者想到了北原白秋的《邪教秘曲》："多么美啊，邪教之尊主/请为我赐福/即便把百年凝为一刹 即便丧生于血染的/十字架……"① "血染的十字架"给人以强烈的视觉冲击，鲜红的颜色和冯乃超的"红纱灯"有异曲同工之妙。

由此可见，法国象征主义作为日本象征主义的源头是唯一的，然而，中国早期的象征主义诗人接受的象征主义则既有来自西方的"刺激"，又有来自日本的影响。以李金发和上田敏为代表的诗人直接吸收了法国的象征主义，进行的是"法国体验"，这是吸收象征主义的一种途径。而以穆木天和冯乃超为代表的一部分中国诗人受到日本的影响，进行的是"日本体验"，则是吸收象征主义的另一种途径。日本象征主义来源的唯一性与中国象征主义来源的多元性造成了两国象征主义诗歌的不同风格。那么，中日两国对象征主义的学习路径究竟为什么会出现异化和分离呢？

回答这个问题的关键在于：两国当时的社会政治环境。正如郭沫若所言："中国文坛是日本留学生建筑成的。创造社的主要作家是日本留学生，语丝社也是一样。"② 留学外国作为当时文人志士继续深造的方式十分受欢迎。在留学地的选择中，主要有美国、英法、日本和苏俄。如李金发就是在留学法国时接触到象征主义的。但大多数人还是选择留学日本。1894年中日甲午战争，清政府惨败，中国逐渐沦为半殖民地半封建社会。一个小小的岛国却打败了清政府。清政府开始意识到国力的衰弱，于是向日本大量派遣留学生，打通了留学日本的道路。日本作为留学生的首选地不仅因为它是中国的邻邦，还因为其语言、文化的相似性更容易让人接受。"五四"文学革命时期，留学日

---

① ［日］北原白秋：《邪教秘曲》，李芒、兰明编译《日本近现代抒情诗选》，译林出版社1991年版，第59页。
② 郭沫若：《桌子的跳舞》，《郭沫若文集》第10卷，人民文学出版社1954年版，第333页。

本的现象不减反增。中国的文人志士留学日本，就是在这时期接触到象征主义的。日本明治维新之后，资本主义制度建立，国内经济文化的快速发展为文化的繁荣奠定了物质基础，学术氛围浓厚，大量的文人学者开始积极接触西方的文学理论。一批先进的知识分子率先接触到西方的文学理论并将其翻译介绍到国内，使当时的日本文坛出现了全盘西化的现象。之后，上田敏等人接触到法国的象征主义并将其翻译，《海潮音》为日本诗人开启了一扇崭新的大门。"1921年日本文化界又刮起了'波特莱尔风'。"[①]

综上所述，象征主义作为文学浪潮在全球进行了广泛传播，而各国诗人在吸收时又加以"本土化"改造，形成自家的风格，中国和日本的诗人亦是如此，于是便有了中国的象征主义和日本的象征主义。然而，又因为本国自身诗歌的发展、社会环境的差异，两国象征主义诗歌在形成原因、学习路径上也就产生了差别。中国新诗太过直白的缺陷和日本浪漫主义诗歌太过空想主义的局限都已不能满足两国诗歌的发展，共同展现了两国象征主义诗歌产生的必然性；"五四"文学革命后的彷徨与日俄战后诗人的苦闷思想，为象征主义的形成提供了不同的思想准备；以李金发、戴望舒与上田敏为代表的诗人进行的"法国体验"和穆木天、冯乃超为代表的大部分中国诗人进行的"日本体验"展现了中日两国不同的学习来源。至此，象征主义在两国形成并开始了各自的"旅行"。

二 象征主义的先锋技巧

象征主义扎根中日两国土壤后，诗人的眼光开始转向诗歌的技巧。日本象征主义诗歌吸收了西方象征主义诗歌的技巧，开始运用"通感""音乐性""陌生化"等技巧创作诗歌，中国象征主义诗人在日本象征主义诗歌的影响下同样开始使用这些技巧。在日本，象征诗不仅具有感觉性、情绪性，而且富

---

① 童晓薇：《日本影响下的创造社文学之路》，社会科学文献出版社2011年版，第81页。

有几分官能享乐的颓唐色彩，他们在幻想中追求真实，更擅长技巧的使用，而中国象征主义诗歌具有更多的直觉敏感，缺少洞察力。由于两国象征主义诗人的审美趣味、价值取向、影响渠道以及性情修养等方面的差异，使得他们创作出来的诗歌风格迥异、自成一家。因此，对象征派艺术的把握并非完全适合于每一个象征主义诗人的诗歌，笔者在此努力追求的，是从宏观视角来整体透视这一艺术趋向的一致性。

（一）"象征的森林"：通感效应

"通感"是象征主义诗学体系的一块重要基石，它具体表述于波德莱尔《恶之花》中题为《通感》的一首十四行诗。诗中把自然比作一座神殿，殿堂里充满了神秘的回音与交响，构成一座"象征的森林"，一切芳香、色彩与音响之间相互感应。日本象征诗不仅具有感觉性、情绪性，而且富有几分官能享乐的颓唐色彩。矢野峰人指出北原白秋的象征诗集《邪教门》就是"烂熟的官能与忧郁的神经的交响乐"[①]。蒲原有明在《春鸟集》的序文提出要有新的表现方式，如强烈地表现"复合共感觉"（Composite Synaesthesia），即感觉交错的重要性。他在序文中写道："视听等又相交错，夹杂近代人的情念，在这里有银光的声音，有嘹亮的色彩。虽然可以说是心眼或耳眼，但我们在嗅味的诸官也感到灵魂的香味。称嗅味，所谓卑官难道不知道官能的痛切？"

蒲原有明接着又发表了《有明集》（1908），该诗集将象征诗风推向最高峰，被认为是"日本近代诗坛第一期象征主义的纪念碑"[②]。其中最有名的《茉莉花》第一联唱道：

　　心中一股朦胧的忧伤，
　　在哽咽叹息。

---

① ［日］市古贞次等编：《日本文学全史（近代）》，日本学灯社1979年版，第350页。
② 《日本文学小辞典》，日本新潮社1976年版，第292页。

>悬挂着的柔和的纱帐，
>
>在生辉发光。
>
>某天映出你的面影，
>
>绽开在明媚的郊野。
>
>阿芙蓉的枯萎，
>
>发出娇媚的芳香。①

这首诗通过听觉（哽咽的叹息）、视觉（生辉发光）和嗅觉（娇媚的芳香），来感受以"阿芙蓉"（第四联为"茉莉花"）为代表的恋人，诗人穿梭于现实与梦幻之间，充分地体现了官能的"共感觉"，即感觉交错。这种"共感觉"正好暗合了蒲原有明第一次提出的日本近代象征主义的理念："感觉的综合调整，即是以幻想意识的创造为内容的。"（《飞云抄》)②

诚然，象征派认为"诗不是某一个官感的享乐，而是全官感或超官感的东西"③。在象征派诗人的笔下，感觉相通相融，一切无形的东西可以显现出逼真的感觉。"奈寒气之光辉/发出摇空之哀吟"（李金发《一瞥间的感觉》）、"粉红之记忆/如道旁枯骨/发出奇臭"（李金发《夜之歌》），色彩呈现出带感情基调的声音和气味；"浓绿的忧愁吐着如火的寂寞"（冯乃超《红纱灯》），"忧愁"和"寂寞"因唯美而变得纯粹。"通感"的运用超出了正常的想象空间，造成了诗的间离感，拓展了诗歌审美的再造范围。

（二）纯粹的形式：音乐性

诗的形式本质是音乐美。音乐性是象征主义诗人表达超验精神和神秘感觉的重要手段。它表现在两个方面：一方面要求诗歌有音乐般的韵律和节奏；

---

① 叶渭渠、唐月梅：《日本文学史·近代卷》，经济日报出版社2000年版，第488页。
② 同上。
③ 戴望舒：《望舒诗论》，戴望舒著译《戴望舒诗文集》，万卷出版公司2014年版，第268页。

另一方面要求表达诗人内在的"心灵的旋律""灵魂的音乐"。当音乐旋律本身构成自足的诗时，词语的意义就变得不再重要。在日本象征派诗人中，据说萩原朔太郎非常喜爱音乐，他在前桥的家中弹过曼陀林和吉他，还和喜爱音乐的友人组织过管弦乐队。萩原朔太郎认为诗的本质是与音乐相同的，他的诗作力图表现出接近于音乐的流动感。请看其《竹子》一诗：

  在明亮的地面上，
  竹子在生长，
  青色的竹子在生长，
  根儿慢慢地变细，
  须毛从根尖上生长，
  蒙蒙胧胧的须毛在生长，
  微微地在颤动。
  在坚硬的地面上，
  竹子在生长，
  竹子在地上迅猛地生长，
  竹子在笔直地生长，
  在蔚蓝的天空下，
  刚劲的竹子一节节地在蓬勃地生长，
  竹子、竹子、竹子在生长。①

  这首诗每个句子结尾的动词都未使用终止形态，如"上""下""生长"，尤其以"生长"一词最多，更加令人有一种蓬勃生长的感觉。全诗使用的是日常用语，但在语言上令人感到有高度的音乐感，读起来朗朗上口。

---

① 北京师联教育科学研究所编：《外国文学基本解读·日本卷》下，人民武警出版社2002年版，第167页。

(三) 颠覆的传统：陌生化

中日象征派诗人受外来思潮的熏陶，纷纷选取颠覆传统审美观念的诗歌意象，给人造成一种难以理解和接受的陌生化印象。这让人不由想起了象征主义的鼻祖——波德莱尔，他的《恶之花》给世界带来惊艳的同时，也给自己带来了300法郎的罚金。究其原因，诗人将"腐尸""吸血鬼""犹太丑女""骷髅舞""破钟""撒旦"等意象拉进了艺术之殿。与波德莱尔有类似经历的，首推萩原朔太郎。他的处女诗集《吠月》，出版于大正六年（1917）二月，收录了50多首诗。友人室生犀星在其跋文中说："这些诗的韵律像患着热病、患着癫痫症似的，带有多么猛烈而敏锐的感人的迫力啊。我现在甚至认为，连爱伦·坡和波德莱尔也未能迈入其中一步。"① 白秋也在序文中称它是"深深地沉浸在忧郁的香水中的剃刀"②。其中的《爱怜》和《恋爱的人》两首诗，被当局以败坏风俗为由，强制命令删除。就连萩原朔太郎本人也说过，这是一部"以一种生理上的恐怖感为本质"③ 的诗集，全诗渗透着一种敏锐的异常的肉感和病态的幻觉。

在中国，象征主义诗人不仅使用审丑的陌生意象，还凭借超常的想象力，重组经验感觉，达到意象奇接的效果。如胡也频把殷红的落日晚霞视为"新丧者之殓衣""街头的更鼓／如肺病的老人之咳嗽"（《杂乱的意识》）。李金发将生命比作"死神唇边的笑"，看似荒诞不经，却又合乎常情，暗示性极强。朱自清评价说："至于有的讲究用比喻，怕要到李金发氏的时候。"④ 可见，李金发对中国象征派诗的探索可谓积极，且富有创造性。

总的来说，中国的象征派诗人直觉敏感，多细腻，而少思想上的洞察力。

---

① 转引自北京师联教育科学研究所编《外国文学基本解读·日本卷》下，人民武警出版社2002年版，第166页。
② 同上。
③ 同上。
④ 朱自清：《中国新文学大系导论集·诗集》，上海书店1982年影印版，《序言》。

他们将自己定义为艺术家而非哲人。中国象征派的主要贡献体现在传达意向的形式探索,它借用外国象征诗的形式来构建本国的诗歌,给人们带来了充满暗示效应的朦胧美感以及感官的交错奇接。正如李金发所言:"中国象征诗派企图将中西文学'两家所有、试为沟通'。"① 日本象征派诗人排斥写实,沉溺于空想和感觉,在幻想中追求真实,擅长人工的艺术技巧。他们在抽象的观念和主观性中,通过造作的咏叹创造一种艺术的氛围,具有很强的情绪性。

第二节 无法褪却的浪漫底色

"诗指出对象无异于把诗的乐趣四去其三。"② 象征主义诗人马拉美曾这样说过。象征主义自兴起以来就在世界各地得到了广泛的传播。20世纪初,象征主义远渡重洋,传入中日两国。两国的新诗先驱都结合本国的诗歌传统灵活地对其进行了本土化的再创作,其中最突出的就是将浪漫主义的相关元素融入其中,从而形成了一种开放的象征主义诗风。然而,由于两国社会文化等方面的差异,他们创作的象征主义诗歌中所蕴含的浪漫主义因素也不尽相同。

一 象征中的"浪漫轻歌"

19世纪中叶,象征主义横空出世。以暗示、象征等手法为宗的文学思潮,很快就在欧洲乃至世界传播开来。而强调自由抒发个人情感,偏重描写自然风光的浪漫主义在此时依然"势头强劲",象征主义的发展也多少受到了它的

---

① 李金发:《为幸福而歌》,商务印书馆1926年版,《弁言》。
② 伍蠡甫主编:《西方文论选》下卷,上海译文出版社1979年版,第262页。

影响。浪漫主义最早产生于德国，当时早期浪漫派诗人瓦肯罗德（Wilhelm Heinrich Wackenroder，1773-1798）、诺瓦利斯（Novalis，1772-1801）等人对世界的思索均带有宗教神秘色彩。瓦肯罗德在德国浪漫主义宣言——《一个热爱艺术的修士的内心倾诉》中特别强调"不受理性约束的艺术与上帝的关系"①，诺瓦利斯也认为"爱可以通过绝对的意志转化为宗教，其最高本质只有通过死才有价值"②。由此，浪漫主义从一开始就带有浓厚的神秘色彩。神秘主义作为象征主义的主要审美依据之一，通常会以非理性化、音乐化、陌生化等形式呈现出来。于是，"神秘"就成了象征主义与浪漫主义内在的连接点。另外，象征主义与浪漫主义均为西欧抒情诗歌的重要组成部分，从审美取向来讲，二者有所不同，不过它们也都不同程度地继承了抒情诗的一些传统，如表现人生哲理。现代诗人瓦莱里（Paul Valery，1871-1945）的《海滨墓园》中不少诗篇都对生存、死亡等进行了深刻的思考。浪漫诗人雪莱（Percy Bysshe Shelly，1792—1822）的《西风颂》更是沉思生命的产物。西方象征主义与浪漫主义虽分属不同流派，两者却有着内在联系，即同时保留了西方的诗歌传统和"神秘主义"，从而使象征主义附上了浪漫主义的底色。

20世纪初期，象征主义随着西方各种现代文艺思潮传入中日两国，象征主义所附带的浪漫主义色彩也被保留下来。在中国，象征主义最早由李金发引入并加以实践，之后得到创造社诗人王独清、穆木天、冯乃超的进一步发展。创造社高举浪漫主义的大旗，主张从内心世界出发，重视诗的灵感、情感、想象等，提倡艺术至上。后三位诗人又巧妙地将象征主义手法与浪漫主义诗风相融合，创作出了风格多元的象征主义诗歌。而日本方面，蒲原有明的《春鸟集》对象征主义理论进行了实践，上田敏翻译的《海潮音》也将法

---

① 章安祺、黄克剑、杨慧林：《西方文艺理论史》，中国人民大学出版社2007年版，第318页。
② ［德］诺瓦利斯：《夜颂中的基督：诺瓦利斯宗教诗文选》，林克译，香港道风书社2003年版，第21页。

国象征主义的部分思想及波德莱尔等人的作品引入国内,这两部作品开启了象征主义在日本发展的新纪元。此后,三木露风、北原白秋等诗人均不同程度地受到象征主义的影响,成功实现从浪漫主义到象征主义的转型,并逐渐形成了各自独特的诗风。上文所提到的几位中日诗人创作出来的诗歌几乎都带有浪漫主义色彩,即主观抒情性强烈,表达对理想、自由的追求,侧重对自然风光的描写。

(一)具有强烈的主观抒情性

西方的象征主义诗歌强调暗示性,反对浪漫主义那种强烈的倾吐情感的方式,主张在简单的形象描写中蕴藏深刻的哲理,因而显得晦涩、朦胧,如波德莱尔的《象征森林》《恶之花》等。中日两国的新诗诗人对象征主义诗歌进行积极的探索时,基本保留了象征诗歌的主要特点,即苦闷、忧郁的情感基调,并关注诗歌的音乐性和暗示性,如冯乃超的《消沉的古伽蓝》:

> 消沉的情绪,苍苍;
> 天空的美丽,凄怆;
> 祷堂的幽寂,渺茫;
> ……

诗人通过对古寺及其周围的萧条景象的描写,传递出一种淡淡的感伤情绪。整首诗结构均齐,韵律整饬,富有音乐美感。

然而,两国象征诗人的象征诗歌并不都是晦涩难懂的,他们的有些诗歌甚至极具主观抒情性,充满了浪漫主义色彩。中国诗人穆木天的《旅心》虽为象征主义诗集,但其整体的抒情意蕴却是浪漫的。陈太胜认为:"诗集《旅心》中的模糊诗观只是部分地(而且主要是技法上)与他本人在《谭诗》中阐明的明确诗观相符合,在其基本理论上则是悖离的。这种区别甚至可以概括地讲,《谭诗》的诗观是象征主义的,而《旅心》的诗观是浪漫主义的。"①《旅心》记录了诗人真实的心理变化,或抒发孤独苦闷的愁绪,或表达自己对爱情的憧憬,其中的每一篇诗歌都是抒情主人公的情感告白,真挚动人。如《伊东的川上》一诗中,在河边漫步的少年偶然听到优美动听的歌声,心生爱慕,"我听见伊人的歌声/震荡在薄冥的川上/逐着洒洒的夕风 旋转 静散流浪/如泣 如喜 如嗔 和应着流水的激浪"。少年追随着歌声寻找伊人的身影,时而疾步循声而去,时而放慢步调仔细聆听,以辨别歌声的位置。"我仍顺着平平的河边 静静的 疾走 慢停 寻找/啊 伊人的歌声越发的清楚了/啊 忽的 又听不见了——远远传来了一声狗叫。"悦耳的歌声"穿梭"于伊东的川上,在山腰、在野庙、在田间的幽径、在石板小桥间回荡。于是,诗人唱到:"听伊人的歌声在那里唱叫/那里的树森森的黑墨的山腰/那里的靠着山根的覆着青苔的野庙/那里的流水潺潺的稻田的中间的幽径/那里的纤纤的夹道上的石板的小桥/啊 伊人的歌声又如透出那灯火点点的林梢。"轻盈美妙的歌声,清幽雅致的景色,苦苦寻觅的身影,无限爱慕的情怀,交织成一幅唯美的画面。一个对爱情无比憧憬与渴望的抒情主人公形象跃然纸上。

爱情是甜蜜的,浪漫的,给人幸福温馨之感。所以,描写美好爱情的诗歌,即使是象征主义的也都多少带有浪漫的色彩,中国诗人如此,日本象征主义诗人们也是如此。如北原白秋的《黄昏》:

大海发出暖人的欢笑,
红花开在夕阳下的窗轩。

采撷一朵蔷薇,

---

① 陈太胜:《诗观与写作的悖离——穆木天的"纯诗"理论与写作实践》,《北京师范大学学报》2009 年第 3 期。

增添一缕忧伤。

那传入耳廓的,

是远市的喧腾,还是波涛的震响?

是逝去了的昨天,还是今日淡淡的惆怅?

大海发出暖人的欢笑,

蓦然忆起,在这样的黄昏,

你摆动着银白的罗衫,

温情地采来束束鲜花。

呵,红色的南极星下,

思我的恋人哟,

你可在倾听我謦吐心声?①

大海欢笑,夕阳西下,轩窗下的蔷薇花开得正艳,远处不时传来海浪欢腾的声音。诗人走到窗下采撷一朵盛开的红花,不禁感慨万千。彼时,也是夕阳西下,伊的倩影在鲜花丛中闪现。她时而低头采摘鲜花,时而起身巧笑嫣然,银白色的罗衫在清风的轻拂下微微摆动。这温情动人的一幕给诗人留下了深深的印象。然而此时此刻,自己与恋人天各一方,诗人只能在星空下呢喃自语,以此寄托自己的思念。诗人在这首诗歌中对美好的恋爱时光进行追忆,抒发了自己对恋人的思念之情。整首诗情感真挚,语言质朴通俗,直抒胸臆,不显晦涩朦胧,而是富有浪漫情调。

(二)意象鲜明,崇尚自然

中国的象征主义诗歌中有不少描写自然风光的诗句,细腻隽美。这一点

---

① 武继平、沈治鸣译:《日本现代诗选》,青海人民出版社 1983 年版,第 162—163 页。

在石民①的《夏日》一诗中得到了很好的体现：

  夏日以愉悦的光辉

  弥漫于纯洁的大气里；

  太空露出微笑的面容

  俯视这下界的盛会。

  鲜丽的杂花和野草

  织成了大地的锦绣；

  林树昂昂地伫立着

  舒展着繁茂的枝条；

  河水喜孜孜地进行，

  撒出闪耀的珠光无数；

  白云如雪山耸聚在天际，

  任诗人寄托游仙之梦；

  悠扬地合奏着的蝉声

  随清风浮泛于远近；

  燕儿翩翩地舞于音乐之上，

  告我以生命之活泼与自由……②

  初夏，阳光明媚，云卷云舒，诗人漫步郊外感受自然的恬静之美。晴朗的天空下，燕子穿着精神的燕尾服，在空中悄然划过；山间枝繁叶茂的林木

---

① 石民（生卒年不详）：湖南邵阳人。曾就读于北京大学。1925 年开始创作诗歌。1929 年出版诗集《良夜与恶梦》（上海北新书局）。1932 年患病后曾得到鲁迅的帮助。其诗歌创作受到法国象征派的影响。沈从文在《我们怎样去读新诗》中指出：在"比拟想象"上，石民和李金发的诗"有相近处"。但石民比李金发更讲求结构艺术。参见李德和主编《二十世纪中国诗人辞典》，作家出版社 2006 年版，第 80 页。

② 孙玉石编选：《象征派诗选》，人民文学出版社 2011 年版，第 253 页。

向世人昭示着夏日的无穷生机。潺潺的河水轻快地流淌着，时不时溅起朵朵纯白的水花。漫山争奇斗艳的娇花更为大地平添了几分活泼俏丽之感。空气中传来夏蝉那充满活力的鸣叫声，伴着清风的追逐，渐渐地便悉数散尽了。该诗意象丰富，画面感十足，着笔细腻，形象地再现了初夏郊外的唯美风光。

日本也有不少象征主义诗歌保留了"崇尚自然"这一特点。作为日本象征诗坛中坚力量的三木露风自幼成长于风景优美的小山村，家乡美丽的湖光山色孕育了他热爱自然，歌颂自然的文学灵性，因而他创作的诗歌中时常流露出一股"自然之息"。如《早春》①：

> 早春的天空
> 披着淡紫色的罗纱
> 晶莹的白雪
> 静静地沐浴在清冷的光芒下。
>
> 雪崩将忧郁的心
> 托向高耸的天崖。
> 灿灿的晨光
> 把红宝石漫天抛洒。
> ……

初春的早晨，薄雾蒙蒙，灿烂的阳光穿透云层，普照这充满生机的世界。冰雪在春阳的照耀下越发的晶莹剔透。山尖被暖阳融化了的积雪，汇成一股细细的涓流，欢快地向远方流去。诗人向大家展示了一个充满新生的唯美的初春世界。与露风比肩的北原白秋也曾在诗作中直接抒发自己对大自然的爱。

---

① 李芒、兰明编译：《日本近现代抒情诗选》，译林出版社1991年版，第100页。

如《吹牛角》①：

> 我亲爱的朋友哟 来 我们一同到田野去
> 吹起牛角 放开歌喉。
> 看 美果已经泛红
> 田里的庄稼也垂下成熟的头 风中
> 传来山鸠的鸣叫
> 走 越过马铃薯地
> 到爪哇人的园中 在那山冈
> 直到烛息钟休
> 啜引无花果汁 温暖地
> 吹起你脖上的牛角吧 放开歌喉。

孟秋时节，诗人邀约两三个友人，共赴山间田野，亲近自然。看，那山头的果树上挂满了沉甸甸的果实，红得惹人怜爱；田里的稻子结出颗粒饱满的稻穗，微微垂下；空中偶尔传来的几声鸠鸣，在这寂静的山野间回响。一路上，诗人与友人吹起牛角，放声高歌，边走边唱，歌唱生命的喜悦，歌唱自然赐予的自由与奔放。这是一个收获的季节，收获了食粮，也收获了心情。

二 中日象征主义的"浪漫"差异

虽然中日象征主义诗歌中都保留了一些浪漫因素并拥有一些相似性，但还是存在着一定的差异。

（一）画面色彩感的差异

中日两国的象征主义诗人都有不少融象征主义和浪漫主义为一体的佳作。他们通过对自然风光的描写来直抒浪漫情怀，但就他们在诗歌中勾勒出的画

---

① 李芒、兰明编译：《日本近现代抒情诗选》，译林出版社1991年版，第60页。

面感而言，中国诗歌若山水泼墨以写意为主，其色彩感整体趋于淡雅；日本诗歌如盛装的艺伎更关注画面色调的融合，其色彩感相对浓烈。

穆木天的《水声》一诗描写少男少女听到水声在山间、在石隙、在墨柳小荫里、在流藻梢上歌唱，于是决心荡起小船去寻找这歌声的故乡：

月亮的银针跳跃在灰色的桧梢
月亮的银针与鹅茸般的涟漪相照
看啊 宿鱼儿急急的逃走了
那里荡漾着我们的灰影与纤纤的小桥
来 拾起我们腐朽的棹杆
去荡漾那只方舟到灰色的芦苇中间
我们听水声明月的唱和
我们遥望那澹淡的鱼灯点点
……

静谧的夜里，一对沉浸在爱河里的少男少女借着朦胧的月色泛舟芦荡。凉风掠过，洒在芦荡周围树梢上的月光便轻轻晃动，地面上月影斑驳。棹杆划过水面，惊扰了水中鱼儿的清梦。远处零星的渔火，微微地闪烁着，欢快的流水声划破了这水天一色的静夜。幽幽的景致，轻轻的流水声，浓浓的诗情，深深的情谊，相互融合，交织成一幅淡雅清新的水墨画，画出了少男少女相依相伴的美好剪影。当然，穆木天、冯乃超等留日诗人在留学期间受日本文化的影响，他们创作的象征主义诗歌中也存在着融入色彩的特例，如穆木天的《薄光》："走在那淡黄的道上／看那腐草没着的小河罩着灰黄……"诗中虽然不乏对色彩的敏锐捕捉，但整体色调还是偏重素雅。

反观日本诗歌，则色彩感十足。如北原白秋的《晚夏》：

血红的晚霞呵

喷泉的水雾

那滋润、蒸腾、闪亮的
是小园里弯弯的绿树
萋草芳馨、鲜花簇簇
燃着五彩斑斓的回顾

那溢出喷池的水色哟
阳光熠熠、白云飞渡
那光灿灿的麝香珍珠哟
我的梦,在不断地滴露①

傍晚,天边的余晖为小花园披上一层红色的"霞衣"。喷泉的水柱在空中划过优美的弧线,留下一片片迷蒙的水雾。园边的树木在红霞的映照下越发显得葱郁。似锦的繁花,这儿一丛,那儿一簇,恰到好处地点缀着园子的每一方净土。诗人寥寥数笔,便勾勒出傍晚小花园的美丽之隅。小小的花园里,集合了晚霞的红,水雾的白,林木的绿以及各色的鲜花,远远望去,宛如一幅浓墨重彩的油画。

(二) 主体情绪的差异

中日象征主义诗歌中的浪漫因素不仅在画面色彩感上存在差异,其中所蕴含的主体情绪也不相同,这主要体现在两国诗人对"情调"的追求上。所谓"情调",即情趣格调,是人们情感体验的一种方式,也是人们情感活动表现出来的基本倾向。

明治四十二年到四十五年(1909—1912年),木下杢太郎发起一场名为

---

① 武继平、沈治鸣译:《日本现代诗选》,青海人民出版社1983年版,第157页。

"牧羊神之会"(又称"潘神会")的文艺运动,北原白秋、长田秀雄、永井荷风、高村光太郎等人都积极参与其中。这些诗人当时受到上田敏等人翻译的影响,对巴黎的美术家或诗人的生活充满无限的幻想,憧憬自己也能拥有那种小资情调。再加上他们本来也受到本国江户情调的熏陶,"此时浮世绘,江户情趣则时时牵动着我们的心,毕竟'牧羊神之会'是江户情调对异国情调憧憬的产物"①,因而,这些诗人不自觉地就将对异国情调的向往与追求这种主体情绪融入诗歌创作中。北原白秋在《邪教秘曲》这首诗中就引入了大量的充满异域情调的意象,"我想起,那末世的邪教,耶稣教上帝的魔法,/外国轮船的船长,红毛人的奇异国度,/鲜红的琉璃,芬芳袭人的石竹花,/南蛮的格子布,还有,阿力酒和红葡萄酒"②。琉璃,鲜花,南蛮格子布,葡萄酒,僧侣,咒语等,不断地刺激着读者视觉与听觉,使之陶醉于绵长无尽的想象之中,给人以热烈奔放之感。

相对日本诗人小资情调的闲逸,中国象征主义诗人更具社会责任感,因而他们在诗歌创作时会更加关注现实。无论是冯乃超还是穆木天都创作过反映传统家国之思的诗歌,这类诗朦胧气氛并不浓厚,主要是抒发诗人对祖国故土的热爱之情。如冯乃超《忧愁的中国》:"受难的大地哟/裸露的生命/饿渴的命运/荒废的叛乱哟/黄沙刮起沉痛的呻吟/原野燎起血火的掀翻/伴随历史的长途的大地的苦闷哟/世界的各隅响着解放的雷雨的欢欣……"列强的入侵,军阀混战,中华大地上一片狼藉,彼时的中华民族在磨难与痛苦的夹缝中艰难生存。这首诗可以说将诗人热爱祖国,心系祖国,为祖国前途命运担忧的情感表达得淋漓尽致。再如穆木天的《心响》:

几时能看见九曲黄河

---

① [日]木下杢太郎[パンの会の回想],陶凤译,http://www.aozora.gr.jp/。
② 武继平、沈治鸣译:《日本现代诗选》,青海人民出版社1983年版,第159页。

盘旋天际

滚滚白浪

几时能看见万里浮沙

无边荒凉

满目苍凉

啊 广大的故国

人格的庙堂

啊 憧憬的故乡呀

我对你 为什么出现了异国的情肠

……

"五卅"过后,国内的革命情绪高昂。身处日本的诗人,一心向往自己的祖国。当他站在异国他乡的土地上遥望天际之时,仿佛看到了那气势磅礴的母亲河在咆哮与怒吼中滚滚东去,心情无比激动,于是诗人大声疾呼:"地心潜在的猛火的燃疼。"诗人渴望祖国能早日复兴,扬我国威,重见那消失许久的"流露的春光","杂花的怒放"。诗人们的爱国情怀中交织着理想与现实,可以说他们的这些诗歌从情调到方法都是"家国之思"的强烈体现,整体更倾向于浪漫式的直接歌唱。

三 象征主义的本土化融合

在创作诗歌时,中日两国象征主义诗人都愿意将上述的浪漫因素保留下来,原因主要有两点。一方面,西方象征主义的产生及发展,本来就与浪漫主义有着千丝万缕的内在联系,因而当象征主义这一文学思潮传入中国与日本之时,其本来就附带的浪漫主义底色自然都一并被保留下来;另一方面,两国的象征主义诗人在接受象征主义诗学观之前多多少少也都受到过浪漫主义理论的熏陶。北原白秋在加入持反自然主义态度的"牧羊神之会"之前，曾经是浪漫诗派新诗社的成员。而穆木天、冯乃超等人去东京学习之前是创造社的成员，深受创造社"以浪漫主义为宗，艺术至上"理论的影响。所以，当象征主义传入后，他们凭借敏锐的文学洞察力，以象征主义附带的浪漫底色为契机，结合各自之前所接受的浪漫主义理论对象征主义进行了本土化的改造。穆木天本人也总结说："贵族的浪漫诗人，世纪末的象征诗人，是我的两位先生。"①

然而，因两国当时的社会、文化背景的差异，象征主义中附带的浪漫因素呈现出不同的特征。日本明治维新，以全盘西化的方式完成近代转型，并确立了资本主义制度。随着经济的发展，阶级矛盾愈加激化，再加上日俄战争的重负，日本国内民众陷入消沉、迷茫的状态，日本文学界也整体呈现出一种苦闷彷徨的哀感。身怀理想与抱负的青年诗人们一次次被残酷的现实磨灭了最初的激情，渐渐地开始逃避现实，终日沉溺于光影酒色之中，追求感官刺激。然而，这些诗人们期待能释放自己内心的自由，"什么都由自己的青春做主，任由自己的内心迸发出强烈的光芒相互照耀"（高村光太郎语），而法国巴黎那种充满了小资情调、自由自在的生活状态，正好与他们内心的向往相契合，因而木下杢太郎、北原白秋等人组织起"牧羊神之会"，以此作为彼此交流、畅谈文艺的平台。这也就是他们的诗歌中会流露出追求异国情调这种主体情绪的原因所在。另外，日本民族拥有深远而悠久的艺伎文化与和服文化，艺伎的浓妆艳抹以及和服颜色的考究都令日本国民对鲜艳的色彩十分敏感，这或许正是日本象征主义诗人偏好浓烈色彩感的主要原因。

中国的象征主义虽由受到法国象征主义影响的李金发引进与实践，但其之后的形成与发展更多依赖于王独清、穆木天等留日诗人。王独清、冯乃超、

---

① 穆木天：《我与文学》，时代文艺出版社1985年版，第214页。

穆木天等人在日本留学期间，虽然接受了象征主义诗学观，但骨子里中国人的那种偏好素净雅致、讲究气韵高格的审美情趣依然存在，因而，他们的诗歌中所呈现出的画面色彩感远不及日本的象征主义诗歌那么浓烈。中日两国的新诗先驱都对象征主义进行了探索，但中国诗人并没有像日本诗人那样陷入追求官能刺激的旋涡之中，而是立足现实创作了许多发人深省的诗歌。这与中国当时的苦难状态有着直接的关系。当时祖国的"羸弱"令身处异国的游子们备受轻视欺辱，他们深深地意识到国家强大与独立的重要性，所以殷切地期盼中华民族能重新屹立于世界民族之林，不再受到排斥与打压。

象征主义传入中日两国之后，两国诗人在深刻体现现代主义精神的基础上，对象征主义诗歌进行了民族化探索，而象征主义本身所包含的浪漫因素自然也得到了相应的承袭与发展。两国诗人在具体的诗歌创作中巧妙地将象征主义的表现手法与浪漫主义的内在情绪结合起来，形成了一种开放的现代文学思潮，开启了中日两国现代诗歌多元化发展的时代之门，从而使中日象征主义诗歌呈现出多姿多彩的风貌。

第三节　消而不逝的古典情怀

中日象征主义诗歌的引发模式、表现形式以及审美方式，均受到了西方象征主义诗歌的影响，容易让人产生将中日象征主义诗歌与各自的古典诗歌传统分隔开来的错觉。中日两国的古典诗歌传统对象征主义诗歌的影响虽然比不上西方象征主义诗歌的影响那样直观而明显，但它潜在而巨大，根深蒂固且渗透骨髓。中日象征主义诗歌在许多方面都可追溯到古典诗歌的渊源。中日两国的象征主义诗歌虽源起西方，但始终无法割舍传统与经典，他们引进的是西方象征主义，演绎的却是东方之歌。

第二章 中日象征主义诗歌比较

"五四"新文化运动之后，西方文艺思潮迅速涌入中国，促进了 20 世纪 20 年代象征主义诗学理论的蓬勃发展。当时许多著名学者把西方象征主义理论中所提倡的"象征"和中国古代诗歌所说的"兴"进行类比研究。因为"兴"与"象征"在整体上具有一定的相似性，如艺术特征、审美意蕴、创作心理等方面，所以，这两大诗学范畴之间的相似性大致上已成为一种共识。日本"幽玄"的审美意识也与西方象征主义中的某些因素十分相似。19 世纪末 20 世纪初，当上田敏首先引进西方象征诗及其诗论时，日本文坛恍然大悟，从而开始关注"幽玄"这一古老的术语在现代诗歌中的解释。上田敏认为，这种像诗人"冥想"一样的心理反应，就是象征的作用。它与"幽玄"讲究境生象外，意在言外，追求一种以"神似"的精约之美，从而引发欣赏对象的联想和想象，传达出丰富的思想感情内容的审美情趣有一定的联系。

同样是象征主义诗歌，同样是写家国、追忆、思恋题材的作品，中日象征主义诗人对其抒写的方式也是与两国的文学传统割舍不断的，表现出截然不同的特征。中国象征主义诗人心系家国，用悲壮抒写牵挂。而日本的象征主义诗人则不愿被现实羁绊，他们向往内心的故乡，沉迷于昔日的美好。中国属于政治文化，尤其是近代不断上演的灾难历史，大大加重了诗人的意识负担，使他们的行文思路意在突显"大我"。日本近代文学讲求为文学而文学，它与政治有着清晰的界线，诗人笔下纯粹、唯美的文字并不是为了传达某种思想或观念，那是政治家的事情，诗人认为心灵的审视才是最高的境界。

中国传统的"物感"论和日本古代的"物哀"观在中日象征主义诗歌中的显现可以更好地看出中日象征主义诗歌与两国古典情怀的丝丝牵绊。"物感"与"物哀"不仅分别是中国和日本古典文论的精华，同时也是渗透在两个民族骨髓中的审美经验和美学思维。"物感"说对中国历代文学创作产生了深远的影响。中国文人往往借物咏怀，在心灵化的意象中寄托自己丰富多样的情感，其情感表达立足于"天人合一"的哲理观，因而更具理性意识。日本民族文学也在"物哀"观的推动下取得了巨大的文学成就。日本文人在文学创作中更多的借自然之景抒发人物心灵深处的感情，"让心灵插翅翱翔"，他们在主张"心物合一"的同时，那一抹淡淡的悲哀之情和朦胧意识仍是日本文学中永不褪去的底色。象征主义诗歌吸收和融合了具有两个民族特质的"物感"与"物哀"的文学传统后生机勃勃，演绎出一曲"东方之歌"。中日象征主义诗歌分别在"物感"和"物哀"的影响下体现出不同的审美情趣，同时又在情景融会的审美体验上有着契合。

一 "物感"：中国象征主义的灵感之源

"物感"是中国古典美学思想中的重要命题，它的产生和发展对中国古代美学思想产生了重大的影响，进而也影响了后世的文学创作以及诗论、文论。

中国古代诗歌创作在天人合一、情景交融的"物感"审美理念的影响下硕果累累。诗人在诗歌创作中将"我"的情感"外射"到审美对象身上，使它变成事物的属性，达到物我同一的境界。这是情融于景的过程，也是艺术美的塑造过程。较为典型的如马致远的《天净沙·秋思》："枯藤老树昏鸦，小桥流水人家。古道西风瘦马。夕阳西下，断肠人在天涯。"全文无一字着情，通过"枯藤""老树""鸦""小桥""流水""人家""古道""西风""瘦马"这些物象，只寥寥数笔就勾画出一幅悲情四溢的"游子思归图"，通过客观之景，淋漓尽致地传达出漂泊羁旅的游子心。

20世纪中国诗坛的新诗对中国古典文论的优秀传统有诸多方面的继承和发展。新诗虽然深受西方文艺理论的影响，主张求新求变，但是新诗在创作实践和理论批评上来看，无论是审美意象、语言形式、表现手法、创作理念还是艺术精神都受到了古代诗歌传统的影响。如戴望舒的名篇《雨巷》的"丁香"意象，便是借鉴李璟《摊破浣溪沙》中的"丁香空结雨中愁"。沈从文也曾经这样评价过李金发的《微雨》："在文言中借来许多名词，补充新的想象，在诗中另成一种风格。"① 古今诗歌在表现主题上也有诸多相同，如都倾心于表现爱国主题、政治主题、爱情主题、乡愁主题等。

以李金发为代表的中国现代象征主义诗人在接受了西方象征主义和唯美主义创作原则的同时，也在某种程度上对中国传统的"物感"说有诸多借鉴和承袭。象征主义诗人大都强调诗歌艺术的暗示性和音乐性，强调感觉和想象，以此去追求那种缥缈不定、朦胧幽暗的诗歌意境。"移情于物"的美学原理往往在象征主义诗作中得到充分的实践。诗人除了赋予自然景物以人的性格色彩，更将朦胧晦涩的象征意义注入其中。李金发在诗歌创作中就非常善于用社会环境和自然环境中的物象寄寓自己的情感，表现隐秘而丰富的内心世界。

西晋时期，陆机在《文赋》中这样写道："遵四时以叹逝，瞻万物而思纷；悲落叶于劲秋，喜柔条于芳春。心懔懔以怀霜，志眇眇而临云。"这段话表明了人的思想感情的变换与四季景色更替之间的联系。李金发的《雨》不仅是雨的拟人化，同时也是诗人内心情绪的一种象征。故乡的雨，如泣如诉从天空倾泻而下："那时你欲河水骤涨，/拼命从屋后的树林里下来，/终于无益/鱼梁仍显出大半！/河水骤涨！有什么意思，/至多浸坏几块栗田"，此刻"你思想变迁了/终来此地作连续的呻吟。"从表面看，诗人似乎是在对故乡滂沱的大雨倾诉，表现出诗人对世间毁坏美好事物的势力的不满。然而，诗人所描绘的故乡的雨不仅仅是从天而落淹没栗田的雨，更是诗人心中哀怨忧伤的雨。拟人化的自然景物与诗人朦胧隐晦的抒情情绪在这里得到了统一。诗歌的表现主题夹杂着诗人内心个性追求不能实现的骚动困扰以及苦闷忧郁和梦幻的哀伤。

孙玉石曾经这样总结李金发的象征主义诗歌创作："歌唱人生和命运的悲

---

① 沈从文：《我们怎样去读新诗》，《现代学生》创刊号，1930年10月。

哀；歌唱死亡和梦幻；抒写爱情的欢乐和失恋的痛苦；描绘自然的景色和感受；这四个方面构成了李金发诗歌创作的主要内容。"① 这段评介表明李金发的诗歌创作内容涉及自然万物、个人遭遇和社会历史等方面。这些题材构成了李金发的诗歌内容，同时也表明了"物感"说在其诗歌创作灵感方面的表现。李金发诗歌的一个重要特征便是运用象征性的形象和意境来表现自己对自然万物和社会历史的感悟，以此抒发自己内心微妙复杂的情感。李金发在《故乡》一诗中这样写道："得家人影片，长林浅水，一如往昔。余生长其间随（引者按：当是'虽'之误）二十年，但'牛羊下来'之生涯，既非所好。"② 诗人是因为有感于家乡亲人的照片，而勾起了自己对少年时代生活情境的回忆，进而抒发内心复杂忧郁的情感。

中国早期象征主义诗人的很多诗歌创作都是在借鉴西方象征主义表现手法的情况下，继承传统"物感"的文学审美意识，使个人情感与某种诗歌意象相结合，抒情达意。

穆木天、冯乃超的象征主义诗歌往往既饱含了象征主义诗歌的色彩，又具有丰富的民族诗歌的意蕴。冯乃超《残烛》中的一节这样写道："焰光的背后有朦胧的情爱/焰光的核心有青色的悲哀/我愿效灯蛾的无智/委身做情热火化的尘埃。"这首诗弥散着古色古香的情调和淡淡的哀愁，诗人所使用的"青色的悲哀"这样具有通感效果的语言无疑是具有象征主义特点的，同时诗人所感触的"飞蛾扑火"是一个具有浓厚的中国民族艺术情趣和色彩的审美意象。刘勰在《文心雕龙·明诗》中写道："人禀七情，应物斯感，感物吟志，莫非自然。"他的《物色》篇着重强调了文学产生与自然之间的密切关系。在穆木天的《落花》中，诗人笔下的"落花"更像是诗人细心呵护和关切的少女，自然中的落花在诗人内心世界的观照下萌生出别样的意蕴和风采。"我愿

---

① 孙玉石：《中国初期象征派诗歌研究》，北京大学出版社2010年版，第59页。
② 孙玉石编选：《象征派诗选》，人民文学出版社2011年版，第22页。

透着寂静的朦胧/薄淡的浮纱/细听着淅淅的细雨寂寂的在檐上激打/遥对着远远吹来的空虚中的嘘叹的声音/意识着一片一片的坠下的轻轻的白色的落花/落花掩住了藓苔、幽径、石块、沉沙/落花吹送来白色的幽梦到寂静的人家/落花倚着细雨的纤纤的柔婉虚虚的落下/落花印在我们唇上接吻的余香/啊/不要惊醒了她。"诗人在动情的描绘落花的同时，也不禁感叹她的"孤独"、她的"飘荡"。诗人更愿意"透着朦胧的浮纱""深尝白色落花深深的坠下"，倘若落花可以"倾依着我的胳膊"，"细细的听歌唱着她"更是诗人心中所憧憬的梦幻的景象。

钟嵘、刘勰将"物"的内容进行扩充，不仅着眼于自然风物、社会政治，还说明个人的生活际遇、悲欢离合、宠辱得失对促成艺术动机的作用。因而，在"物感"传统影响下的中国象征主义诗歌，往往表现的情感比较广阔并且具有丰富多彩的色调和内容。我们也不难嗅出诗人抒发的情感所具有的"天人合一"的理性意识。此外，如穆木天的《苍白的钟声》《外国士兵之墓》《薄暮的乡村》，冯乃超的《古瓶咏》《苍黄的古月》《红纱灯》《酒歌》等都是象征主义与中国古代"物感"理念相承接创作出的具有代表性的作品。

二 "物哀"：日本象征主义的美学思维

"物哀"是日本文学中重要的美学范畴，也是日本的传统文论。"物哀"这一概念最先由谁提出尚无定论，多数认为是本居宣长在评论《源氏物语》时提出的。这一理论的形成和发展经历了一个较长的过程。日本首先在古代文学意识萌芽的状态下，出现了"真实"文学意识的倾向。日本文学从"真实"的文学思潮到"物哀"的演变大致可以分为三个时期。第一个时期是奈良时代到平安时代初期，这个时期从《古事记》《日本书纪》的追求国家、民族和集团的"真实"文学意识中产生"哀"。这里的"哀"主要用于表达可怜、亲爱、有趣等意思，在平安时代也用于情趣的感动。至《万叶集》之后，渐渐由国家的、民族的、集团的情感过渡到个人情感的表达和抒发，这种个人的感动是一种单纯的、怜爱的咏叹，赋予了比上一代更加明显的文学意识。而这种这种文学意识在《万叶集》中后期的诗歌尤其是恋歌中表现得最为充分。"《万叶集》更明确的将'哀'的内涵延伸，深化爱怜与同情的一种心绪。"① 第二个时期，即平安时代中期，其中以紫式部的物语论为中心，也包括清少纳言的随笔论和藤原公任的歌论。本来"哀"的倾向是以悲哀与同情作为主体，形成重层的思想结构。紫式部将"哀"推向了一个更高的层次，使"哀"的文学思想更具深度和力度。为此，紫式部使用"哀"时，也同时使用了"物哀"这个概念。"物哀"的使用更好地表达了日本文学中"哀"的真实感动、情趣和美学理念。"物哀"作为当时文学思潮的主流，逐步走向成熟。第三个时期，从镰仓、南北朝、室町而至江户时代，"物哀"逐步走向理论化。本居宣长对和歌、物语中的"物哀"文学精神进行了长期的研究，从理论上系统论述了"物哀"文学精神的本质，提出"知物哀"的学说。至此，"物哀"也更具普遍意义，成为一种社会文化思潮。叶渭渠在《日本文学思潮史》中对"物哀"这一美学范畴作了如下阐述："'物哀'是将现实中最受感动、最让人心动的东西（物）记录下来，写触'物'的感动之心、感动之情，写感情世界。而且其感动的形态，有悲哀的、感伤的、可怜的，也有怜悯的、同情的、壮美的。也就是说，对'物'引起感动而产生的喜怒哀乐诸相。也可以说，'物'是客观的存在，'哀'是主观的感情，两者调和为一，达到物心合一，'哀'就得到进一步升华，从而进入更高的阶段。"②

"物哀"这一日本传统的美学思想不仅推动了日本民族文学的巨大发展，并且逐渐渗入日本民族文化之中，成为日本民族文化的精髓，或隐或显影响了日本每个时代、每种体裁的文学，甚至影响到每个日本作家的文学创作。

---

① 叶渭渠：《日本文学思潮史》，北京大学出版社 2009 年版，第 94 页。
② 同上书，第 102 页。

日本象征主义深受英法象征主义流派的影响，法国象征主义诗歌多习惯于描写城市发展中的丑恶现象。除了描写外部事物的丑，他们更善于表现精神状态的忧郁等情感，在艺术表现上则是化丑为美，丑中见美。法国象征派追求诗歌的音乐效果和诗歌的神秘性，抒情内容主要是发掘自己内心世界的情感，一般是比较狭窄的，多通过诗歌意象抒发内心的忧思和幻想，营造出不一样的抒情意境。上田敏的《海潮音》与蒲原有明的《春鸟集》揭开了日本象征主义诗歌的序幕。日本象征主义诗人多直接或间接地吸收了西方象征派诗人的"世纪末""果汁"。但是，当法国的象征主义与日本的"物哀"思维相结合之后，便呈现出别样的意蕴。

日本象征主义诗人对"物哀"这一美学思维有着深刻的理解。在日本象征主义诗歌中我们不难发现诗人们在对人、对自然物和社会世相的认识中所表现出的"物哀"。如日本著名象征主义诗人西条八十在《大海和八仙花》中这样写道："夏日的大海/好冷清呀！/恰如/废园里/能变七色的/八仙花。//只要有你在/大海就微笑/碧波中/满眼光辉闪耀。/只要你走开/傍晚沙滩/黯然失色/遍野呜咽兴叹。//青春期的大海/好冷清呀！//恰如废园里/每日变色的/八仙花。"① 诗人有感于"废园"之中八仙花的多变，八仙花时而光鲜夺目，时而又黯然失色，诗人由此陷入感伤的旋涡中，延续了古代日本诗人"物哀"的审美情趣，日本古代的"物哀"精神跨越时空界限，根植在象征主义诗人无意识的灵魂深处。只不过在新的历史语境中，诗人对八仙花倾注了新的象征意义，即青春期的复杂心境——大海，反映出青春期细腻敏感的内心世界。

蒲原有明被认为是孤独的自省的"诗人"，他把"幻想的意识的创造"作为诗的第一内容，并且常常沉迷于"幻想的奇怪盛宴"。蒲原有明的《有明

---

① ［日］西条八十：《大海和八仙花》，罗兴典译注，《日语知识》2001年第6期。

集》往往给读者留下一个强烈的印象。在这个诗集中最具特色的便是,作者将"寂静""不安""绝望""孤寂""苦恼""哀伤"这样近代的抽象观念,以自然为认识对象,用深沉含蓄的情调加以表现。在这种夹杂着复杂情感、朦胧细腻的诗意表达中,我们不难窥见日本传统"物哀"美学的影子。蒲原有明在《仙人掌和焰火之鉴赏》曾如此谈道:"倏然,我的脑海里浮现出仙人掌与焰火的记号式的概念。于是乎,这一概念便开始摸索内容。在人们日常生活风马牛不相及的两种事物渐次在同一情调中创造出了具有人工色彩和形状的有机整体。"① 诗人对"仙人掌"和"焰火"的记忆,可能来自于少年时去植物园和在河岸观看对面的焰火大会的回忆,他有感于这样"记号式的概念",由这些印象产生了神秘而丰富的联想。在蒲原有明的世界里,我们总能感受到那种世纪末的颓废的忧愁、官能的香味和古典的语感交错融合的美感。正如蒲原有明《茉莉花》一诗:"悲叹呜咽,我灰暗的心百无聊赖,/室内悬着缥缈的纱帐,耀眼地/映出你那日的芳颜,在妖媚的郊野,/开着娇艳的茉莉花,清香四溢。//纵令有你迷魂的私语劝诱,/我仍得拥着你无休地哭泣,/致密的忧愁,梦幻的圈套——/你的柔腕,缠住我可怜的粗臂。//待到一夜不见你,/只闻你沙沙的丝裙传声息,/我的心也定会痛裂不已。//在夜室的茉莉花的香波里,/浮现出你的微笑,永远地,/温柔地,沁透我的疮痍。"② 在这首诗中,诗人在闻到茉莉花的强烈的芬芳之后,身体和思想不自觉地在香味的引导下产生了一些反应。茉莉花有着奇特的"魔力",将诗人带入了一种淡淡的细腻的忧伤和哀愁。"茉莉花"这样一种异域植物的形象加上花香这样一种奇特的嗅觉刺激,再加上象征主义表现手法的运用,读者可以身临其境般感受到诗人那由"物"现"哀"的细腻而含蓄的哀愁和感动。

---

① 陈岩主编:《日本历代著名诗人评介》,上海外语教育出版社1999年版,第451页。有关蒲原有明的评介系孙树林所撰。
② 罗兴典译注:《青春·爱情·人生译诗集》,湖南人民出版社1988年版,第162页。

"物哀"是一种建立在直观感受上的美学理论，流连于身边眼前的景物世相，多是多情善感的人在恋情活动中触物有感，产生幽怨悲哀的情绪，发而为咏叹。"物哀"中的"物"更亲近于外在的物象——亲见之景、亲历之事，萌动着具体生活情境中的情趣。除了蒲原有明，活跃在日本象征主义诗坛的三木露风、北原白秋、萩原朔太郎等象征主义诗人的创作中都弥散着"物哀"的美学思维。如三木露风在《废园》中的《逝去了的五月》的诗中这样写道："呵，在这荒颓的园内，／'回忆'正把头低垂，／暗暗地流着伤心的泪。／呵，昔日的时光，／摇撼着一颗甜蜜的心灵；／透过哀切的袅袅余香，／匆匆穿出我那快乐的住房。"① 诗人驻足于"荒颓的园内"不禁感慨岁月的无情流逝。是废园内颓败的景色触动了诗人敏感的神经，让一丝哀切和伤感涌上心头，"摇撼着甜蜜的心""穿过快乐的住房"。诗人也曾对窗外咆哮的暴风有过深切的体悟："悲切、叹息、远方幽然断续的交响／迷惘、彷徨的风暴哟……"(《风暴》)② 然而风暴不仅是简单的一种自然现象，它更交织着诗人由此而引发的悲哀忧伤之情"风暴正酝酿着，扑来／枯叶上蜷缩着忧郁的哀戚／修女般的爱怜心／泪盈盈的叹息"(《风暴》)③。诗人俯卧在灯火阑珊的屋内，内心却追逐着窗外呼啸的暴风，暴风使得诗人的内心痛楚不安。"透过那谜一般的窗口／哦，遥远的那端也有悲痛/惶惑、恸哭、放歌般地／风暴又发出阵阵感激的呼声//当我入睡时——／风暴哟／你终宵做着伤心的梦"（《风暴》)④。

三 "情"与"景"的交融

（一）"天人合一"之"物感"与"心物合一"之"物哀"

　　在"道"论和"太极"说的朴素宇宙观的基础上，"物感"说着眼于天

---

① 武继平、沈治鸣译：《日本现代诗选》，青海人民出版社1983年版，第72页。
② 同上书，第76页。
③ 同上。
④ 同上书，第76—77页。

地万物与人的审美感情的关系，是一种建立在哲理观念上的美学理论。它立足于"天人合一"的哲理观。"物感"说表明了中国审美观念与哲理思考、理性意识相关联，注重情理的统一。"物哀"较"物感"更加贴近现实生活，并且以恋情、哀思见长，更为委婉、细腻、单纯。"物哀"观深受佛家思想的影响，追求的是人与自然的"心物合一"。"物哀"观表明了日本的审美观念与直观感受、感性认识相关联，更加重视人的情感表达，更多地突出一种"悲哀"的感情。

首先，"物感"论立足于"天人合一"的哲理观，因而从创作论上来看，"物感"与人内心的想象与构思紧密相连。在创作之初和创作过程中，它除了关注具体的、外在的物象，更加注重表现寄托在物象中的心灵化了的意象，并以这种意象来促发审美情感与想象的展开，达到"立象以尽意"。其所"感"之"物"不仅是自然之物，很多时候也指涉具有某种政治意义的社会存在和社会现实。中国象征主义诗歌往往借鉴西方象征主义的表现手法，在诗歌创作中表现内心情感的意象，赋予意象以深邃含蓄的心灵化的审美意义。正如穆木天《旅心》中的《野庙》一诗："微动的绳锤无情的荡摇／绿锈掩住的古钟欲响响不出了／岁月腐蚀的褪色的帐帏里头／沉默的佛影只得寂寂的冷笑／房檐上浮着黄褐的枯色／老树上掩着湿润的青苔／鸟雀的欢叫唤不得行人来／潺潺的流水仍不住的徘徊／树叶刷刷，好如告诉了当年的事情／腐朽的熏香寂寂的放射出灰色的阴影／幽静中凝着多少的温和的酸情／听不见人声——心波振和着朦胧的憧憬。"表面看来这是一首写景状物的诗歌，在诗中诗人对郊区野庙中的景物逐一进行了描绘，有"绳锤""古钟""帐帏""佛影""房檐""老树""鸟雀""流水""树叶"等，这些景物虽然并无新意也不甚美观，但是诗人融情于景、寄情于物的诗意表达却着实耐人寻味。绳锤的摇曳与佛影的沉寂显得苍白无力，沉闷的钟声与欢悦的鸟鸣声似乎奏响了一曲孤独的断肠人之歌，无声的流水与凋落的树叶仿佛预示着迟暮的到来。自然的诗歌意象幻化为诗人内心独特的感受，诗人在超越时空的自然景象中完成了一段心灵的旅程。再加上诗人象征主义表现手法的运用，用这些寂寥而幽静的景物衬托出诗人内心的平静温和的状态。诗人带着忧伤寂寞的情怀驻足于这乡间野庙之中，心头微微泛起波澜，同时又夹杂着些许对未来的朦胧憧憬。"物感"的"物"不仅是外在的物象，也可以是内在的心志和感情化了的"意象"，它本着"言志"的情理合一的原则，表现多样性的情感。如冯乃超的《古瓶咏》，诗歌不仅是对古瓶的精心细致的描绘："金色的古瓶／盖满了尘埃／金泥半剥蚀"，"金彩辉煌，若是初开的花朵，艳射画堂"，"花瓣零落后，剩下黄金的花蕊"；诗人更是将古瓶作为一种中国文化和社会传统的象征，"染上了暗淡的悲哀"，"朱色的古梦／消沉岁月之中／黄铜的夕照／阑入寥落的行宫／金色的古瓶／盖满了尘埃／诗人心隈／蔓着银屑的苍苔"。诗人看着古色古香的金瓶，心中萌发的是对社会没落和文化衰微的悲叹和哀伤。

"物哀"所强调的"心物合一"之"物"更多的是具体的物象或自然景物。因而"物哀"亲近于外在事物，由具体的事物萌发出对事物的情感和生活情趣。由物生情，与现实生活密切相关。在三木露风的《午后的林荫树》中，这样写道："不知是在何时／谁人播下／这蓝色的梦。／／阳春午后的水边／多美丽的林荫树／令人不由伤情。／／洁白的鹄／从水边一群群飞起／掠过林荫树的园庭。／悲哀的午后的林荫树／女郎哟／是你播下这蓝色的梦……"[①] 诗人由一棵伫立在水边的午后的树而引发抒情情绪。诗人对那棵春日午后的树表现出哀愁感伤的情感，并由此而想到了美丽的恋人。

诗人与恋人分离的相思愁苦之情，还渗透进父亲与儿子的疏离关系中："呵——爸爸／您是否还沉浸在梦里／沙滩已变得又暗又冷／黄昏的海滨阒寂无人……／眼睛里幻影般地闪现着／那点点苍白的帆影／／是呵，我的孩子／海上那

---

① 李芒、兰明编译：《日本近现代抒情诗选》，译林出版社1991年版，第97—98页。

一片片风帆里/藏有那白发祖先的影子/它终日萦绕在夜来香开放的砂丘/对着我那早已衰老的耳廓/轻轻唱着怀念昔日的歌曲"（西条八十《老人与帆》）①。诗歌仿佛是儿子与父亲之间的一次温暖而平静的对话，阴冷的沙滩在夕阳的余晖下显得静寂落寞，海面上时而浮现的帆影更增添了儿子心中的惆怅。父亲望向那一叶叶风帆也不禁感慨时光的流逝和岁月的变迁，"怀念昔日的歌曲"在耳畔又响起，一丝哀伤之情掠过心头。这是诗人看到眼前老人与风帆的场景而萌发出的对生活和生命的感悟和冥想。一切都来源于生活而又指向生活。萩原朔太郎的《蛙之死》《竹》等也是诗人由日常生活中的常见之物而萌发出的悲哀、感动、怜悯等情感。

其次，在情感表达上，"物感"中的情感，具有更为广阔的内容，它的情感表达往往与哲理思考、理性意识相关，注重情理统一，表现出多样性与丰富性的包容。西方象征主义所表现的内容往往是比较狭窄的，抒情内容局限于诗人内心的情感世界。中国象征主义诗歌不仅"情动于物"，而且所抒发的情感具有相当丰富的内涵。我们不难看到，在中国象征派的诗歌中，有表现对国家和民族命运的关切和痛苦："绢丝的夜色/渺渺的虚寂/没有樽酒在身旁/猩红的哀怨无由息/清莹的酒精在手/赤热的哀怨在心头/我的身心消灭后/荣华的夜梦也枯朽/荣华的夜梦也枯朽/玉姬的珠饰也陈旧/青史不录艳情歌/芳冢垒垒无从究。"（冯乃超《酒歌》）有对爱情欢乐幸福的歌颂和失意无望的悲叹："啊，玫瑰花！我暗暗的表示谢忱：/你把她的粉泽送近了我的颤唇，/你使我们俩的呼吸合葬在你芳魂之中，/你使我们俩在你的香骸内接吻！啊，玫瑰花！我愿握着你的香骸永远不放，/好使我的呼吸永远伴随着这水绿色的明灯，/我愿永远这样坐在她的身旁。"（王独清《玫瑰花》）诗人在这里借玫瑰花来抒发对恋人热烈的爱和现实情境的失意无助。也有表现对社会没落和

---

① 武继平、沈治鸣译：《日本现代诗选》，青海人民出版社1983年版，第108—109页。

传统文化衰微的哀伤:"世纪的繁华于你何有?/被遗弃的古城哟,/再不见宫装的粉女,/在你怀里细诉圣王的恩宠/……只剩秋草,久病的瘦,/蹲在缺角的城头,/叹息着,对夕阳细诉/你过去繁盛的日子。"(蓬子《古城》)"物感"中的情感具有比较广阔和丰富多样的色调和内容,表现更为广大的社会生活和更为多彩的自然景观,这是由它深厚的历史和意识沉淀所决定的。

日本的"物哀"观更多表现的是"心物合一",抒情主人公流连于身边的自然之物,抒发的情感也更多是内心真切细腻的感受。"物哀"在具有丰富性和多样性的同时,更强调一种混合着悲哀、感动和爱怜的情感。并且,"物哀"表达的悲哀之情,是一种油然而生的感动。"物哀"的表现多与恋情相关。如北原白秋的《风信子》:"是皎皎的月色?不,不是。/是熠熠的阳光?不,不是。/呵,这淡淡的清辉,/为何沁透了我的心房?/哦,那原是一个淡馨的梦。/记得我枕着你的胸脯,/在暮色朦胧的岸旁。/我俩哼起悠悠的小曲,/彼此把知心的话儿诉讲。虽然那是早已忘却了的过去,/虽然那是两小无猜的童年;/却记得我俩一同失足跌进水中,/风信子花簇簇映在眼帘。"① 诗人由在眼前摇曳的"风信子花"而联想到自己与恋人两小无猜的童年,彼此"在暮色朦胧的岸边"将"知心的话儿诉讲"。在这种对过往的回忆和思念中掺杂着诗人淡淡的哀伤和忧愁。"一串串耷拉着耳朵的大象,/缓缓地走在黄昏的荒野上。/黄澄澄的月儿,在风中摇动着上升,/帽子似的草叶到处飘荡。/孤寂吗?姑娘,/……"(萩原朔太郎《绿色的笛子》)② 诗人看到夕阳迟暮的荒野景色也不禁心头微凉,在那远方我深爱的姑娘啊,你此时此刻正在做些什么,也会像我一样感到忧愁和孤寂吗?

最后,"物哀"观深受佛家思想的影响,因而带有深重的佛教意味。佛家的心法意趣与中国古代的诗论有诸多的相通之处,如佛教的"涅槃妙心、实

---

① 武继平、沈治鸣译:《日本现代诗选》,青海人民出版社1983年版,第160—161页。
② 同上书,第101页。

相无相""语言道断、心行处灭"与诗论家们追求的"不着一字、尽得风流""空山无人、水流花开"的诗境暗相契合。然而佛教的影响,在中国"物感"论及其情感表达中却很难寻觅。"物感"论更多的是受到我国古代朴素唯物主义的理性思想和儒家思想的影响,因而更加关注社会存在和现实。佛教的"悲观遁世、向往极乐净土"的人生观对日本民族有着很大的影响,并在某种程度上改变了日本人审美意识的发展方向。在佛教禅宗的影响下,日本文学着重于发挥文学的想象力,疏远现实而沉湎于自己的内心世界。从文学作品中我们亦不难发现佛教中的"空苦无常"观在"物哀"观中的体现。在象征主义诗歌中诗人这样吟诵道:"为了我的诗,/我别无期望。/除了天上浮动的几朵行云,/一片凋零的花瓣,/一掬潺潺的流水,/和它们映在/你碧蓝瞳仁中的形象。/为了我的诗,/除此之外,我别无期望。//……//为了我的诗,/我别无企望。/为了这些微不足道的、这些区区缈①小的企望,/我的呼吸变得多么急促,/我的生命变得脆弱易亡。/我创造我的诗,/除此之外,我别无企望。"(崛口大学《我什么都不企望》)② 在诗歌中弥散着诗人无欲无求、目空万物的情怀。诗人笑看"云卷云舒""花开花落",甚至当"呼吸变的急促""生命变得脆弱易亡"也不在乎。这里印刻着浓厚的佛教意味。

(二)"物感"与"物哀"共同的审美体验

"艺术通过媒介进行模仿。"③ 亚里士多德以后,西方世界的艺术创作遵循其"模仿论",主张包括文学在内的艺术创作都是通过不同的媒介对现实生活的模仿。他们认为,"每个人都能从摹仿的成果中得到快感"④,因此这种审美体验是建立于对客观事物的摹仿之上的。随后浪漫主义作家又提出"诗

---

① "缈",原文如此,或当作"渺"。
② 武继平、沈治鸣译:《日本现代诗选》,青海人民出版社1983年版,第114—115页。
③ [古希腊]亚里士多德:《诗学》,陈中梅译注,商务印书馆1996年版,第28页。
④ 同上书,第47页。

是强烈情感的自然流露"①，他们认为诗歌是诗人内心情感的流溢和抒发，这种审美体验是根源于创作主体的。然而，象征主义的美学观、艺术观最基本的特征便是摒弃传统的"模仿论""表现论"，既观照外部世界，又强调内心想象的作用。这样的美学原则与注重"情理表达"的东方美学思想有着一定的相通和契合。

"物感"与"物哀"的相通之处是二者都把事物的形象与内在情感进行交融，由物象来进行情感的抒发，情感移注于物象，达到情景融会的审美体验。如李金发《韦廉故园之雨后》："孱弱的野鸟，／在枝上喘着叫，／欲唤静寂醒来；惟草茎／落点残泪，／说不愿意。／／春流涨了几分？／恨无舵夫指点去，／杈枒之枝张着手，／交给我们全部清新。／／该写云的行么？／他们像猬务匆忙，／朝天之东角走去，／欲看他们何处相逢，／恨被短墙遮住。"② 诗人使用拟人的手法，使草茎、春流、行云都带着自己的情绪在自然界中生存。雨后野鸟在枝头啼叫，这一声声的啼叫打破了雨后故园的一片沉寂。这样寂静中的声音不免让人产生"鸟鸣山更幽"的感受。当诗人看到草茎上还残留的一点点水珠，更平添了寂寞孤独的愁绪。大雨使河水涨了许多，然而没有舵夫的指点却不知涨了多少。再看向树上的枝丫，天边的流云，又使诗人感到舒适自然。然而当他想看更远之时，却被短墙遮蔽了视野。雨后故园中的自然之物都应和着诗人心中的情感。诗中充满情绪的自然景物构成了一幅万物应和的象征图景，象征的另一端指向诗人忧郁、无奈的内心真实，两者微妙朦胧地实现了统一。在日本象征主义诗人的笔下，人与自然可以轻松流畅地交流情感，自然景物都笼罩着象征的意味。在日本的象征主义诗歌中我们可以看到诗人将自己的内心情感糅合在自然景物之中，这样便有"小草会发抖，

---

① [英]华兹华斯：《抒情歌谣集·序言》，曹葆华译，《古典文艺理论译丛》第1册，人民文学出版社1961年版，第54页。
② 孙玉石编选：《象征派诗选》，人民文学出版社2011年版，第45页。

野花有勉强的情绪,流泉汩泪,阴灵嬉笑,行云随性排列,风光会持久地对人谄笑"①。"我是一只金杯,/永远/快乐地静察人生。"(三木露风《金杯》)② 在诗人的眼中,金杯有着人类的智慧和审美。"黄昏,飞散的回忆的白雪,/静静地在心上铺叠。/多么单调,多么寂寥,/心,带着温柔的颤栗。//……忧伤的银色的日暮,/仿佛在我胸臆中深情地微笑。/雪中柔弱的小草啊,/我真想像你那样,朝着远方/伸出纤纤希冀的手臂。"(三木露风《雪上的钟》)③ 在大雪中寂寥的钟多么希望自己可以像一株柔弱的小草,将自己"纤纤希冀的手臂"伸向远方。诗人借雪上的孤钟来表现自己心中孤寂哀伤的呻吟和呐喊。

西方美学强调对"物"的关注。而同为东方美学的中国和日本文学不仅关注"物",更注重主观的"情",并使情景交融,达到更深的审美体验。中国和日本的象征主义诗人都擅长将自己的主观情愫移注于客观情境之中,以追求物我同一、情景融会的情感表达。

在对两个不同国度的"物感"和"物哀"审美范畴的比较中,我们不难发现,"物感"和"物哀"各自有着不同的内涵和形成过程。"物感"论的形成和发展基于中国古代朴素的宇宙哲理观念,具有理性色彩,讲究"情理统一"。在中国深厚的历史文化沉淀的影响下,所表现的情感具有广阔的和丰富多样的色调和内容。"物哀"观也或多或少的体现出与中国"物感"论的内在一致性。但是"物哀"观因深受佛家悲世的无常观的影响,具有相当多的宗教色彩。总之,两国的象征主义诗歌在共同借鉴西方的象征主义表现手法的前提下,始终无法割舍传统与经典。他们引进的是西方象征主义,各自演绎的却是属于本民族的"东方之歌"。

---

① 谭桂林主编:《现代中外文学比较教程》,湖南师范大学出版社2009年版,第104页。
② 武继平、沈治鸣译:《日本现代诗选》,青海人民出版社1983年版,第77页。
③ 同上书,第73—74页。

20世纪初象征主义诗歌是弱小的,它们在各自的新文学史上走过了相当短暂的道路,仅仅十几年,除了诞生时的惊艳亮相,更多的时候是人们的不解与排斥。然而,它又是强大的,强大于挑战传统的勇气以及生生不息的活力。我们看到,象征主义作为一个诗歌流派虽然只是昙花一现,但它对之后的文学却产生了不可磨灭的影响。在中国,现代诗派、九叶诗派与象征诗派明显有着密切的联系;而在日本,萩原朔太郎与其他象征主义诗人在象征主义诗潮中断之后将象征主义诗歌推向另一个高潮,战后"荒原派"的诞生更是强有力地昭示了象征主义诗歌的生命力。

第三章　中国现代"小诗"与日本俳句

　　与象征主义几乎同时影响中国诗坛的还有西方浪漫主义诗潮，而这一诗潮浇灌的花朵，值得一提的是20世纪20年代形成的"小诗运动"。它的出现和流行一时除西方浪漫主义给予的情感启示之外，还有泰戈尔获得诺贝尔文学奖后世界开始聚焦东方诗歌的文化大背景，当然也离不开中国古典诗歌的浸染，但最为直接的促成因素则是周作人等留日学者对俳句的翻译和介绍，由此也形成了"小诗"在情感内涵、艺术风格等方面与日本俳句的密切关联性。可以说，"小诗"是在内外因的多重影响之下形成的现代诗坛上的一颗流星。而日本俳句兴起于江户时代，经受了400年的历史淘洗，经久不衰，延绵至今。为何深受日本俳句影响的中国"小诗"在短短数年间迅速崛起，却如流星一般转瞬即逝？由对这一问题的思索引起的深层次的文化探讨和研究或许对当代诗坛有一定的启发意义。

第一节 "小诗"和俳句的产生、发展

一 何谓"小诗"

诗歌是最古老也是最具有文学特质的文学体裁之一，诗歌是文学王冠上那颗最璀璨的明珠。中国毫无疑问是一个诗的国度，而与中国一衣带水的日本也离不开吟咏的诗歌。在日本诗歌中有十七音的俳句，中国现代诗歌的星空也有一颗耀眼的流星——现代小诗。

小诗，从字面含义而言，就是形式短小的诗歌。而最早的"小诗"称谓大约出现于1919年4月出版的《新青年》第6卷第4号。而小诗的界定首先是周作人在《论小诗》中提到的："所谓小诗，是指现今流行的一至四行的小诗。"① 在当代，也有许多学者对小诗下过定义，如吕进说："小诗……是随感式的诗，篇幅一般只有三五行、七八行，最短的只有一行。"② 刘福春提到小诗"主要指'五四'以后，一九二一年——一九二四年前后出现在我国诗坛上的少至一两行、多至四五行的这样一种短小的诗体"③。此外，龙泉明、林焕标都曾提出自己关于小诗的界定。而在张永健的《中国当代抒情小诗五百首·序》里提到中国白话小诗的发展其实有三个时期，20世纪20年代为第一时期，抗战时期为第二时期，80年代之后为第三时期。

除了对小诗的兴起有所认识外，小诗的衰落也是无法回避的问题。学界对20世纪20年代小诗的衰落，一直有着不同的观点。朱自清认为"周启明氏民十翻译了日本的短歌和俳句，说这种体裁适于写一地的景色，一时的情

---

① 周作人：《论小诗》，《民国日报·觉悟》1922年6月29日。
② 吕进：《新诗的创作与鉴赏》，重庆出版社1982年版，第302页。
③ 刘福春：《小诗试论》，《中国现代文学研究丛刊》1982年第1辑。

调,是真实简炼的诗。到处作者甚众。……《流云》出后,小诗渐渐完事,新诗也跟着中衰"①。他的观点得到了很多人的认同,认为小诗在 1923 年之后就开始走向衰落。但也有人认为小诗的衰落是在"五卅"运动之后,如谢冕在《年青的觉醒者的歌唱》中说道:"到了一九二五年'五卅'运动前后,随着新的革命高潮的到来和发展,小诗运动也便逐渐低落下去了。"②

综上所述,在 1924 年左右,中国小诗已露衰败之象,难以获得学者的认同和欣赏。由此可知小诗的兴起、繁荣时间较短,衰落较快,可谓中国新诗发展中一颗划过天际的"流星"。本章因强调日本俳句和中国小诗二者的相似性与差异性及原因初探,故选取 20 世纪 20 年代的小诗作为主要的研究对象,并称其为现代小诗。需要说明的是,本章不涉及抗战及 20 世纪 80 年代之后的小诗作品。

中国现代小诗和日本俳句以特有的精简形式和独特的艺术魅力,深深激发了两国诗人的创作热忱,同时也成为文人学者的关注焦点,可谓中日诗苑中的两朵奇葩,让人回味无穷,探寻不绝。

从发生学角度而言,中国现代小诗受到了中国古典诗歌中的某些传统和日本俳句的双重浸染;作为现代小诗影响源之一的日本俳句,则携着古典和歌的遗风余韵。从各自的发展演变而言,现代小诗曾在中国诗坛风靡一时,历经短暂的辉煌之后,逐渐衰微,其衰落的命运仿佛昭示了小诗是特定历史时期的产物;日本俳句则在不断的自我演进中,探寻时代新质,并与古典审美传统相结合,延绵至今而不衰。

二 "小诗"和俳句的破土

中国现代小诗和日本俳句的产生并非凭空出现的,它们与各自的传统文

---

① 朱自清:《中国新文学大系·诗集》,上海文艺出版社 1981 年版,"导言"第 4 页。
② 谢冕:《年青的觉醒者的歌唱》,《山西大学学报》1980 年第 1 期。

化及诗歌都有密切的联系,同时,又因中日两国不同的文化背景,在现代小诗和俳句兴起之时也有所差异。并且,小诗的产生及兴起还离不开日本俳句的影响,可见,中国现代小诗的兴起比日本俳句有着更多的历史社会因素,相较而言,日本俳句兴起的原因就单纯了不少。

(一) 小诗:中国元素与日本俳句的熏陶

1. 古典诗歌和时代需求的双重变奏

中国是诗的国度,先秦《诗经》重章复沓的歌声尚未消散,《离骚》的诡谲奇妙仍在口中萦绕,我们便追慕起隐逸的陶潜,建安的风骨;一句"海内存知己,天涯若比邻"的高呼,盛唐诗歌走进我们的视野,使人目不暇接;"不识庐山真面目,只缘身在此山中"又让人沉浸在宋诗的哲理与思辨之中;而元代小令的直率痛快,酣畅明达将我们引入另一片天地。中国数千年文化的积淀,离不开诗的演变,现代诗歌虽提倡用白话写新诗,古典诗歌却像集体无意识般扎根在我们的潜意识中,也许只在午夜梦回中流露出来。"它似乎已经由无意识向意识渗透,回忆、呼唤、把玩古典诗歌理想,是人们现实需要的一部分,维护、认同古典诗歌的表现模式是他们自觉的追求。"① 现代诗人无论如何与古典诗歌撇清关系,在他们心底仍有古典诗歌的影子。

正如宗白华在谈到他创作的《流云小诗》时说:"唐人的绝句,像王、孟、韦、柳等人的,境界闲和静穆,态度天真自然,寓秾丽于冲淡之中,我顶欢喜。后来我爱写小诗、短诗,可以说是承受唐人绝句的影响,和日本的俳句毫不相干,泰戈尔的影响也不大。"② 可见,以宗白华、俞平伯等为代表的现代小诗诗人,他们有着深厚的古典诗歌修养,古典诗词的浸染与熏陶,使他们在有意或无意间,从古典诗歌的土壤中吸取有益的营养——意象、意

---

① 李怡:《中国现代新诗与古典诗歌传统》,西南师范大学出版社1994年版,第11页。
② 宗白华:《我和诗》,《文学》第8卷第1期,1937年1月1日。

境来创作新的白话诗歌,在质朴的语言中,构建意境的世界。如宗白华的小诗《夜》:

> 黑夜深
>
> 万籁息
>
> 远寺的钟声具寂
>
> 寂静——寂静——
>
> 微眇的寸心
>
> 流入时间的无尽。

在这首小诗中,有着古典诗歌中常见的意象,"黑夜""远寺""钟声""时间"等。这些意象让读者联想到古典诗词中李煜独立西楼,空对黑夜,满园梧桐萧索,满心愁苦;也想到了张继赴京赶考,乘兴而去,失意而归,寒山寺的夜半钟声更敲响了他的失意与愁绪。诗人面对着万籁俱静的黑夜,想到了远寺的钟声,虽没有钟声打破寂静的夜,却更显夜的静寞与人的寂寥,可一切不过是过眼云烟,都将归入"时间的无尽"。借今思古,物非而人心相似,可终逃不过时光荏苒,遂感叹一声世事无常。

另一位诗人冰心也深受古典文化的影响,她自幼对春联、对联、联句这类变形的古典诗歌尤为感兴趣,而且这类诗歌的简短与《飞鸟集》的精炼在形式体裁上都很接近。因此,废名才说"打开《冰心诗集》一看,好像触目尽旧诗词的气氛"①。如《繁星·四五》中:"言论的花儿/开的愈大,/行为的果子/结得愈小。"上下两部分字数相同,意义相关却又相反,这样的手法常在我国对联文化中出现。

中国小诗的兴起,一方面是中国古典文化的意象传承和诗歌中绝句、散

---

① 废名:《新诗十二讲——废名的老北大讲义》,辽宁教育出版社 2006 年版,第 128 页。

曲、小令和民歌中的子夜歌形式的浸染,另一方面,中国新诗的发展规律对小诗的形成也起着重要作用。

"五四"时期的文学和现代新诗不仅是代表一个文学形式的转型、突破和创新,更多的是诗人个人情感的抒写和个性的张扬。正如宗白华所回忆的:"白话诗运动不只是代表一个文学技术的改变,实是象征着一个新世界观,新生命情调,新生活意识寻找它的新的表现方式。"① 在白话新诗的兴起和"尝试"中,已经为现代新诗的发展和转向及变革积累了许多宝贵的经验。以文学研究会为代表的现实主义诗歌完善了新诗的诗质与诗形,而以郭沫若《女神》为代表的浪漫主义诗歌则为新诗的发展开创了一个充满自信傲视世界的大"我",无论是写实的风格,还是浪漫的高歌,他们都为新诗的进一步发展铺设了坚实的基石。从旧诗到新诗的变革在现代诗人的不断探索中逐渐完成。但是,人们有时会觉得文学研究会的现实主义诗歌以白话写作,表达直白,情感流于文字之上,缺少了古典诗歌的余韵与意在言外,似乎缺少了值得细细品读与回味的情感。在当时已有人发现了诸多问题,指出"五四"白话诗存在着严重的只重"白话"的语言不重"诗"的情感的倾向。梁实秋在《新诗的格调及其他》中说:"新诗运动最早的几年,大家注重的是'白话',不是'诗',大家努力的是如何摆脱旧诗的藩篱,不是如何建设新诗的根基。""新诗运动的起来,侧重白话一方面,而未曾注意到诗的艺术和原理一方面。"② 同时他还指出:"自白话入诗以来,诗人大半走错了路,抵顾白话之为白话,遂忘了诗之所以为诗,收入了白话,放走了诗魂。"③ 从中可以看出,白话新诗的尝试虽打破了传统诗歌的旧有常规,摆脱了文言的桎梏,却也将新诗引入了另一个极端——"非诗化",诗歌渐渐只是诗人的直言其事,少了

---

① 宗白华:《欢欣的回忆和祝贺》,《时事新报》1941年11月10日。
② 梁实秋:《新诗的格调及其他》,《诗刊》创刊号,1931年1月20日。
③ 梁实秋:《读〈诗的进化的还原论〉》,《梁实秋文集》第6卷,鹭江出版社2002年版,第167页。

"推敲"的执着,少了炼字造句的艰辛,仿佛一夜间人人皆可为诗人。胡适作为白话诗歌的引领者,也受到他人的指摘,穆木天就认为他是中国新诗运动的"最大的罪人"①。

这样的状况对"小诗"的兴起具有某种决定性的因素,人们开始渴望一种摆脱"口语化"的诗歌,一种数言间却蕴含诗情与诗意的新诗。正如周作人所谈到的:"我们日常的生活里,充满着没有这样迫切而也一样的真实的感情;他们忽然而起,忽然而灭,不能长久持续,结成一块文艺的精华,然而足以代表我们这刹那内生活的变迁,在或一意义上这倒是我们的真的生活。如果我们'怀着爱惜这在忙碌的生活之中浮到心头又复随即消失的刹那的感觉之心',想将他表现出来,那么数行的小诗便是最好的工具了。"② 而且在中国传统文化中,人们也很接受短小的诗歌,从盛于唐朝的绝句中我们可以窥见一二。而小诗这种新颖诗体既能抒发人们的情感,又契合中国传统的审美倾向,故其能够很快被人所接受并投入创作中。当"五四"的激情回落,各地军阀连年混战,民生凋零,现实社会仿佛跌进历史劫难的又一个轮回。许多知识分子和青年学生,面对黎明前暗夜般的社会现实,逐渐陷入迷茫、苦闷、空虚、彷徨和孤独。在黑暗的现实中感到"最深的失望",就只好到幻想的世界中去寻找"最大的快乐",梦想着自己在"自然的微笑里,融化了人类的怨嗔"(冰心《春水·四九》)。"人们由于社会的压抑和黑暗,许多知识分子不同程度地陷入一种苦闷与彷徨中,他们的情感也由亢奋转向了冷静的沉思,此时他们便敏于感觉,偶有感兴,发而为诗;三言两语,道出某种哲理,写出某种感触,描画出某种景致,便为小诗。"③ 而小诗这种诗形简短、语言灵活、形式自由的诗歌体裁,正符合表现人们刹那间的情绪、感受的需

---

① 穆木天:《谭诗——寄沫若的一封信》,《创造月刊》第1卷第1期,1926年3月15日。
② 周作人:《论小诗》,《民国日报·觉悟》,1922年6月29日。
③ 龙泉明:《中国新诗流变论》,人民文学出版社2003年版,第111页。

求，受到当时知识分子和青年学生的普遍钟爱。因此我们可以说，诗歌自身发展的规律，历史的风云变幻，早已为现代小诗及小诗运动的形成，准备了适宜的土壤、气候。冰心也曾自述《繁星·春水》"是两年间的零碎思想，经过三个小孩子的鉴定"①，而成为诗集。对冰心而言，小诗只是生活中的点滴与偶然的思想灵光的表现，并不是有意为之的。在《女神》的疾呼呐喊之后，"小诗"的兴起既有着改变新诗坛的历史责任，也和日常生活中的"感兴"——即情感的表达相关，由此在新诗发展规律和情感表达的诉求中，在现代诗歌的天际留下了流星般的足迹。

除了中国古典诗词的浸染和社会时代的需求，现代小诗的产生也离不开异域文化的熏染，其中尤其是日本俳句对小诗的影响最大。

2. 日本俳句的熏染

周作人在谈及小诗兴起时说："中国的新诗在各个方面都受到欧洲的影响，独有小诗仿佛是例外，因为它的来源是在东方的；这里边又有两股潮流：便是印度与日本。"②谈到异域文化的熏染，就离不开翻译家对日本、印度诗歌的译入。而对日本俳句的翻译，周作人可谓中流砥柱。

周作人于1906年随兄鲁迅赴日留学，在日本期间，他就对日本"俳谐"（俳谐乃是俳谐连歌的缩称）产生了浓厚的兴趣，他"时常去买新出版的杂志来看，也从旧书摊上找些旧的来，随便翻阅"③。周作人认为俳谐体，无论诗歌、散文，最大的特点是"用常语写俗事"，按照他的说法，便是"自由驱使雅俗和汉语，于杂糅中见调和"。"他的兴趣首先是在其语言特色上，然后通过语言进入其内蕴，即周作人所说的'俳境'。周作人将其归结为高远清雅的俳境，谐谑讽刺，以及介于这中间的蕴藉而诙诡的趣味"④。对俳谐的兴趣及

---

① 冰心：《繁星·春水》，人民文学出版社2004年版，《自序》第3页。
② 周作人：《论小诗》，《民国日报·觉悟》，1922年6月29日。
③ 周作人：《周作人回忆录》，湖南人民出版社1982年版，第228页。
④ 钱理群：《周作人传》，北京十月文艺出版社2001年版，第156页。

其研究，为日后他的俳句翻译奠定了深厚的基础。

周作人于1911年从日本返回中国，1921年前后，我国的诗歌创作陷入僵局，周作人为了打开当时的诗歌局面，便开始陆续翻译介绍日本的诗歌。1921年8月，周作人在《新青年》第9卷第4号上发表了《杂译日本诗三十首》；10月23日在《晨报副刊》上发表了《日本俗歌八首》的翻译诗作；1922年在《诗》第1卷第2期上发表了翻译的《日本俗歌四十首》。除此之外，他写了《日本的诗歌》《日本的小诗》《日本诗人一茶的诗》《论小诗》《日本的小诗》等多篇介绍日本诗歌和日本俳句的文章，翻译介绍了宗鉴、贞德、宗因、芭蕉、一茶、子规、碧梧桐等人的俳句。可以说，周作人对于俳句的翻译不遗余力，不仅为中国新诗坛带来了新的诗歌形式，也为诗人学习小诗创作找到了学习的蓝本。

许多作家、诗人也逐渐开始注意到日本的俳句，称它"似空中的柳浪，池上的微波，不知所自始，也不知其所终，飘飘忽忽，袅袅婷婷"[①]，充满"余韵余情"，朦胧婉约，"'在那样简单的形式当中，能够含着相当深刻的情绪世界'。于是，在周作人等人译介的影响下，诗坛'模仿俳句的小诗极多'，连诗坛宿将朱自清都发出感慨：'从前读周启明先生《日本的诗歌》一文，便已羡慕日本底短歌；当时颇想仿作一回'，至于年轻的效仿者更多，'康白情、俞平伯、汪静之……都作过这种受日本俳句影响的小诗'，这从应修人给周作人的信尤可窥见一斑，他说：'前几天买来的几本去年的《小说月报》，重看了两遍你底论日本诗歌文，细领略了些俳句，短歌底美……终是散文而且是译的，但诗味洋溢之外，也更有一些诗音可听，终不能不说是诗。'"[②] 俳句的影响渐渐内化到作家的创作中，可见俳句经周作人的引入，对中国小诗的发展起着至关重要的作用。除了周作人翻译日本俳句外，对泰戈尔作品的译

---

① 郁达夫：《日本的文化生活》，《宇宙风》第25期，1936年9月16日。
② 转引自罗振亚《日本俳句与中国"小诗"的生成》，《中国社会科学》2010年第1期。

人也在中国文坛掀起了"泰戈尔热"。

"泰戈尔热"的兴起让中国诗人开始关注南亚半岛诗人的哲思,但在诗歌方面,对中国诗坛影响最大的当推他的《飞鸟集》,而《飞鸟集》的形成则是受到东海岛国俳句的影响。这要追溯到1916年,泰戈尔出访日本,在日本引起了万人空巷的巨大轰动,受到日本的多方关注,同时,他也接触、阅读了松尾芭蕉、与谢芜村、小林一茶等俳人的作品,并被他们用寥寥数语构造的意境所折服,如《古池》中万籁俱静,蛙入古池,令人遐思无限。他也曾在日记中表达了对俳人的欣赏之情:"这些人的心灵像清澈的溪流一样无声无息,像湖水一样宁静。迄今,我所听到的一些诗篇都是犹如优美的画,而不是歌",而"这些罕见的短诗可能在他身上产生了影响,他应(日本)男女青年的要求,在他们的扇子或签名簿上写上一些东西,这些零星的词句和短文,后来收集成册,以题为《迷途之鸟》(现译《飞鸟集》)和《习作》出版。"① 所以说泰戈尔的日本之行为他的诗歌打开了另一扇窗,从窗中望去,是俳句淡淡的"物哀"和悠远的"余情"。正如罗振亚所说:"可以确认,泰戈尔那些简短美妙的哲理诗是受到了日本俳句体启示、在俳句影响下写成的,其清新的自然气息、浓郁的宗教氛围和频发的哲思慧悟,有梵文化和'偈子'背景的制约成分,但更多来自日本俳句自然观和禅宗思维的隐形辐射。"②

经过大半个世纪的研究,我们终于拨开迷雾,看清了中国小诗的异域因素主要来自于日本俳句。虽有俳句译入与中国古典诗词的影响,但小诗的盛行,却是与我国的诗歌发展规律和社会发展轨迹密切相关。

(二)俳句:和歌之流变

俳句是日本诗歌的代表之一,也是日本韵文学的一种传统形式,还被称

---

① 转引自[印度]克里希那·克里巴拉尼《泰戈尔传》,倪培耕译,漓江出版社1984年版,第316—347页。

② 罗振亚:《日本俳句与中国"小诗"的生成》,《中国社会科学》2010年第1期。

为世界上最短的律诗。而论及俳句的产生，笔者不得不追溯到日本最早的诗歌——和歌。和歌（わか）是日本的一种诗歌体。这种日本诗是对汉诗而言的。日本最初的诗使用汉字写成，有的用汉字的意，有的用汉字的音。在此基础上产生了具有日本特点的诗。因为日本被叫作大和民族，加之诗是吟唱的，所以便称其为和歌。和歌具有固定的音数和句式，一般可以细分为长歌、短歌、旋头歌、片歌和佛足石歌等形式。随着日本历史和传统文化的发展，短歌相较于同类型的和歌更易融于韵律和表达人们的情感，所以今日提及的和歌主要是以短歌为主，它有31个音，以五、七、五、七、七为句式，如："月やあらぬ 春や昔の 春ならぬ ねが身一つは もとの身にして。"（《古今和歌集》）

　　月非昔日月，

　　春非昔日春；

　　唯有虔诚意，

　　深藏昔日身。①

在简短的31个音之间，将时光流逝，物是人非的情感借歌表达，同时也强调在万物变换中，保有虔诚的心，终不会虚度光阴，在回顾往昔时，能够在"昔日"中找到自己的足迹。

延喜五年（905）编撰而成的《古今和歌集》更是确立了以短歌为主体的和歌形式。在平安时代中期至后期，歌者为了表现诙谐和机智，开始将短歌五、七、五、七、七的句式分为五、七、五和七、七两句，并由不同的歌者来唱和，要求上下句的衔接、转折自然，以机智灵巧的应变能力判定胜负，颇有文字游戏之趣味。"这种源自于短歌、流行于平安时代的两句问答体短诗

---

① 马兴国：《十七音的世界——日本俳句》上，辽宁大学出版社1996年版，第1—2页。原文有页下注："此歌为《古今和歌集》第747页，汉译参照了李芒先生的译文。"

形式，被称作短连歌。"① 其形式如下：

> 佐保川の水を堰き上げて植えし田を
> 堰截佐保川，取水种良田。（尼作）
> 刈る早飯はひとりなるべし
> 收割早稻烧成饭，独享又孤单。（家持续）②

这首短歌二人一唱一和，和尚唱"取水种田"，加持和以"割稻烧饭"，时间连贯，意义衔接自然，表达了农作的艰辛，收获的喜悦及独自一人的落寞，含义看似简单，但乃开山之作，故流传至今。而在平安时期之后，出现了与短连歌句式交替连缀唱和的新歌体——长连歌，它的句式多样，首句五、七、五为发句，后接七、七句式的十四音为胁句（或称"配句"），再续五、七、五为第三句，长短轮流唱和，如此反复应和，咏至百句、千句，形成了连歌文学的新形态。到了室町时代（1336—1573），二条良基（1320—1388）编纂《菟玖波集》，才将连歌提到跟和歌相同的文学地位。同时，他还把连歌分为雅俗两类，第一次使用了"俳谐"这个称呼，并在连歌集中设了"俳谐"部类，这对俳谐的发展具有重大历史意义，也标志着"俳谐歌"开始逐渐在形式和技法上和连歌脱离，形成独特的诗歌类别。

"俳谐"一词源于中国，《说文解字》中"俳，戏也"，指出"俳"就含有戏谑、滑稽的意义。而"俳谐"出于《史记·滑稽列传》中的"滑稽如俳谐"一语。而在《新唐书》里则有"繁本善诗，其语多俳谐……"，此处的"俳谐"就不单指滑稽而带有机智之意。日本的"俳谐"大概就是沿用此意，因它本就是对和歌、连歌的机智应答，带有拙劣、滑稽模仿的成分。

在江户时代（1603—1867）"连歌"两字也被去掉，唯余"俳谐"。虽然

---

① 马兴国：《十七音的世界——日本俳句》上，辽宁大学出版社1996年版，第7页。
② 同上书，第8页。引文系《万叶集》卷8中的第1635首。歌系李芒译文。

俳谐在形成之初源于连歌，但它比连歌的表现形式更加自由，逐渐发展成为一种独立的文学形式。经过山崎宗鉴和荒木田守武二人的努力，俳谐才真正和连歌分离，制定了俳谐的格式。俳谐由17音组成，格式为五、七、五。它虽有17个音，但由于日语中复音词很多，这样算下来，俳谐里面独立构成意义的词（包括名词、助词、形容词、动词等）可能只有十余字左右。这就使俳谐没有过多的叙述空间，内容精炼，言简意赅，数言之间展现俳人的急智与滑稽。宗鉴主张用口语、俗语等口语化和大家耳熟能详的语言进行讽刺揶揄，他废除了格律的限制，只保留了季题这一特征。季题原本是题咏里的季的题，当题为季节时，即以与四季相关的题材为题，季题就涵盖了季语——就是表示季节的语言。相反，"当'杂'作为题的时候，因为杂题不能涵盖季题，季语作为题材则凸显其作用"。[1] 但是随着俳谐的发展，季题不再作为主题了，就剩下表示季节的季语（故后文中笔者也选用季语一词对俳句进行解读）。每首俳谐必须要有季语，季语的范围极广，举凡与春夏秋冬四季变迁有关的自然界现象及人事界现象都包括在内，如夏草、秋风、樱花、蚯蚓等都可以作为季语写入俳谐中。如以夏蝉为季语的《蝉声》："万籁俱静寂，却有蝉声骤。向欲穿岩石，惜乎难永奏。"[2] 句中有夏季的代表事物"蝉"，描绘了蝉在寂静夏日的鸣叫，它的声音力透岩石，像是害怕以后都没有机会鸣叫，要将一生的精力都在此刻耗尽，更显其声音之悲凉。而俳人也在此时想到了人生匆匆，韶光易逝，万不可轻掷。若在十七音中没有季语，就不能称其为俳谐，而被叫作"川柳"，与我国的"打油诗"类似。俳谐虽小，五脏俱全，既有严格的字数限制，又有写作题材的要求，俳人可谓"带着脚镣跳舞"的舞者。

---

[1] 谭晶华、李征、魏大海主编：《日本文学研究：多元视点与理论深化》，青岛出版社2012年版，第130页。
[2] ［日］松尾芭蕉、与谢芜村、小林一茶：《日本古典俳句诗选》，檀可编译，花山文艺出版社1988年版，第36页。

可见，俳谐的产生是日本和歌发展的必然趋势，也是顺应文学发展规律而动。和歌到俳谐的步步演化、发展是迎合了贵族对诗歌的审美要求和民间文化的日益繁荣的产物，在二者的影响下，带着诙谐幽默，以机智博取众人一笑的俳谐日趋成熟。但若要说俳谐真正具有文学特质，即具有诗歌的审美情趣，却需后继俳人的不断努力与完善，这也就是要将俳谐脱"谐"并创造出新的审美情调。

综上所述，日本俳句的形成主要是由其自身的发展规律，在原有诗歌的形式上逐渐演变，内容仍保持了日本诗歌的特征，可谓与日本和歌一脉相承，以新的形式延续日本诗歌的独特审美风格。而中国现代小诗既受到古典诗歌无声的滋养，也受到日本俳句的启发，更有诗歌发展的时代使命。小诗的兴起较日本俳句的形成，原因更加复杂，是多种因素相互交织、相互作用产生的结果。

三 茁壮成长的"小诗"和俳句

（一）小诗风靡诗坛

中国现代小诗兴起以后，不仅受到诗人们的广泛关注，诗坛也对它开启的清新之风青眼有加，诗人的创作，杂志、诗集的传播及学者们围绕小诗的争论都为它的发展提供了肥沃的土壤，小诗很快便风靡整个诗坛。

1922年至1924年，小诗运动真正发展为一个运动并达到兴盛，之所以有如此认识，可从以下三方面了解一二。首先，从创作队伍来看，人员众多，群英荟萃。有朝气蓬勃的青年学生如汪静之、何植三、冯雪峰、应修人、郭采江等；有信手拈来，随感而记的冰心；还有许多学者也纷纷加入小诗的创作中，如刘大白、郭沫若、朱自清、郑振铎、宗白华、王统照、冯文炳等，都曾写过小诗。他们的创作为小诗的发展起到了推动作用，也可以见出现代小诗在当时受到的青睐。

其次，从作品发表的园地来看，三大报纸的副刊（北京《晨报》副刊、上海《时事新报·学灯》副刊、《民国时报·觉悟》副刊）发表了大量小诗诗作，尤其是1922年创刊的《诗》月刊以及《小说月报》《创造季刊》等杂志，刊登了大量的小诗作品。仅以《诗》月刊为例，从1922年至1923年共出的七期中，小诗不仅每期都有，数量也相当可观，有的月份，小诗的内容占据了百分之七十之多。在这三年里，还出版了大量的小诗诗集，如冰心的《繁星·春水》、宗白华的《流云小诗》等，刘大白的《旧梦》、湖畔派四诗人的合集《湖畔》《春的歌集》，汪静之的《蕙的风》以及文学研究会的诗合集《雪朝》中也有大量的小诗，此外，在《踪迹》《晚祷》《童心》《将来之花园》中也收集了不少小诗作品。报刊的纷纷关注，诗集的出版，增加了传播媒介，构成了信息传播网络，扩大了小诗的影响；并且从出版物可以看出，不仅创造社作家写小诗，"人生派"作家基本上也写过小诗，小诗在当时可谓盛极一时。

最后，从作品产生的社会反应来看，当时社会上对小诗展开了激烈的讨论和论争。小诗被称为"新诗坛上的宠儿"①。学术界给予了关注，周作人、成仿吾、朱自清、梁实秋等批评家纷纷撰文，其中比较具有代表性的有朱自清的评论："周启明氏民十翻译了日本的短歌和俳句，说这种体裁适于写一地的景色，一时的情调，是真实简炼的诗。到处作者甚众。"② 而成仿吾却对小诗的泛滥持有相反的态度，他曾在《〈创造日汇刊〉终刊感言》中说："我们的人数太少，事情太多，与外来的投稿太少，'小诗'太多了。"③ 在1923年5月，成仿吾写的《诗之防御战》一文中，也谈到中国新诗中的小诗，多有否定之意。在他看来俳句与小诗形式过于短小，无法容纳广博的情感，"抒情诗的真谛在利用音律的反复引我们深入一个梦幻之境，俳句仅一单句，没有

---

① 转引自龙泉明《中国新诗流变论》，人民文学出版社2003年版，第110页。
② 朱自清：《中国新文学大系·诗集导言》，上海文艺出版社1981年版，第4页。
③ 成仿吾：《〈创造日汇刊〉终刊感言》，《成仿吾文集》，山东大学出版社1985年版，第137页。

反复的音律，他实在没有抒情的可能"①，所以针对这些诗歌，成仿吾提出了自己的诗歌见解："诗的本质是想象，诗的现形是音乐，除了想象与音乐，我不知诗歌还留有什么。这样的文字也可以称诗，我不知我们的诗坛终将堕落到什么样子。我们要起而守护诗的王宫，我愿与我们的青年诗人共起而为这诗之防御战！"②尽管成仿吾对小诗持有怀疑、否定的态度，但也由此可见小诗发展之迅猛和影响之大。

现代小诗从诗人队伍、传播园地、作品影响诸因素的集合反应，说明在这三年中，小诗发展达到鼎盛，风靡诗坛之势为中国新诗坛注入了新的活力，也为读者带来了小诗的盛宴。

（二）俳句从"谐"入"寂"

中国现代小诗在中国现代诗坛有着风靡一时的盛况，而日本俳句则如涓涓细流，流淌不息；小诗是在夜空中滑过天际的流星，而俳句则是天上的恒星，数百年间以淡淡的光华昭示它的存在。

经过宗鉴和守武对俳谐的贡献，俳谐逐渐由连歌的余兴、难登大雅之堂转变为平民文学，走上了独立发展之路。在此之后经历了恪守规则的贞门俳谐，在宽文末期，伴随着资本主义经济的兴起，町人阶级逐渐强大，要求一种更加活跃、自由轻松、清新洒脱的俳谐形式，以连歌师西山宗因为首的谈林俳谐逐渐受到人们的关注。谈林派在貌似滑稽的俳谐中，表现了生活中的某些思想感悟，他们行文恣意、清新洒脱、不拘一格的风格受到町人阶级的喜爱。由此，俳谐开始在平民间流行，俳人用俳谐表现日常生活中的趣味，为它成为民众的诗歌奠定了基础。但是谈林派的俳谐常有流于卑俗之嫌，并未在俳谐中表现出深刻的体悟，直到江户时代的松尾芭蕉，"才以如椽巨笔开

---

① 成仿吾：《诗之防御战》，《创造周报》第1号，1923年5月。
② 同上。

拓前人未臻的天籁自鸣之化境，把俳谐提高到具有高度文学艺术性的世界"①，至此俳句才真正达到纯正诗的地位，松尾芭蕉对于俳句的贡献可谓古往今来第一人。

松尾芭蕉虽没有明确的俳句理论著作，但将其俳句思想和审美情趣都融在了他的俳句中。他的俳句成长之路也是一波三折，经历多次转变与摸索，才最终将俳句从重"谐"轻文的世俗文学转变成为以"寂"为审美风格的文人文学。在创作俳句的过程中，松尾芭蕉采众家之长，不仅学习汉诗的意象、意境，也转向禅宗（沉思）以求慰藉，经常参禅、读书，并通过参禅理解庄周思想，在顿悟中获取生命的真谛。如收入《东日记》的"寒鸦栖枯枝，深秋日暮时"②，松尾芭蕉通过"寒鸦""枯枝""深秋""日暮"等意象表现了羁旅的惆怅与孤寂，此俳与中国古典诗歌的意境如出一辙，让读者联想到秦观《满庭芳》中的"斜阳外，寒鸦数点，流水绕孤村"，马致远《天净沙·秋思》里的"枯藤老树昏鸦"。同是离乡诗人，面对异乡大地的萧瑟之景，天涯游子的离愁别绪，孤独悲凉之情跃然纸上。

除了中国文化对松尾芭蕉的影响，他也重视俳句自身的古典风格，更融入了自己的人生体验与生命感悟。"他排除任何技巧修饰，以从容淡然的态度观察对象，含带有幽默发掘内心的真实感受，使用平淡如花的语言表现生活的日常性，使俳谐真正成为民众的诗歌。"③ 松尾芭蕉在传统文化的土壤中汲取养分——有着对自然的亲近，心灵的触动，平实的语言，将俳句既领入贵族文学的行列，也未远离民众审美。他将传统文化与旧道德思想灌入生活的点滴之中，也展示了新兴町人阶级的人生观与生活观，在二者平衡的基础上，创造出了独特的审美风格——"闲寂"。

---

① 郑民钦：《日本俳句史》，京华出版社2000年版，第28页。
② 转引自郑民钦《日本俳句史》，京华出版社2000年版，第30页。
③ 郑民钦：《日本俳句史》，京华出版社2000年版，第37页。

松尾芭蕉及其弟子重要的俳谐核心——"闲寂"（さび），即在以往幽玄的情调上增加了淡淡的枯寂。这里的枯寂并非指俳句字面上的感情基调，而是俳人在创作俳句时的心理反映，即便是吟咏华丽浓艳的题材，也可以表现出枯寂、闲愁的情调。"向井去来的解释是'闲寂'是俳谐的色调，并非指闲寂之句。譬如老者披甲胄上战场，或者着锦绣赴盛宴，皆有老者之姿态。无论华丽之句，还是宁静之句，皆有闲寂。"① 这是俳人心灵自然地流露，非人为矫饰与精心雕琢。俳人在纷扰繁复的世俗不重富贵荣辱，心静如水，以一颗纯净的心，体验自然的无限生机——"春至草木青，山好未知名。行至此山里，薄霭日照明。"（松尾芭蕉《往奈良路上》）② "山中多秋菊，娇姿雅淡妆。温泉自山出，犹带菊花香。"春去秋来，草木枯荣，终有宁静的感悟，"春草""秋菊"只是自然的某种形态，当看透万物表里，自有"闲寂"之心。闲寂的本质也许是风雅，形态万千，华丽也罢，喧嚣也罢，静默也罢，都具有闲寂的情趣，只待俳人去发掘。这样的"闲寂"并非浮于字面之上，更重要的是余韵或"余情"，从寥寥数语间缓缓流出，读者读来满心怜爱。这样的俳句并非闭门造车可得，需对生命倾注真情实感，是对生活的参详、领悟而得。正如松尾如芭蕉对凡兆的俳句过于写实的谆谆善导："一首唯十七字，一字也不可草率。俳谐亦与和歌一样，必须具有余情。"③ 有"余情"才能使读者由表及里，在文字中找寻作者的生命体悟，细细品读，自有一番怜悯、爱惜之情油然而生，而非情感一览无余，不值得回味。

松尾芭蕉除了"闲寂"之外，对俳句还有诸多贡献，如"禅"味、"不易"与"流行""风雅之诚""纤细"和"哀怜"的理念。经过他及其弟子

---

① 郑民钦：《日本俳句史》，京华出版社2000年版，第45页。
② ［日］松尾芭蕉、与谢芜村、小林一茶：《日本古典俳句诗选》，檀可编译，赤羽龙作校，花山文艺出版社1988年版，第8页。其下有注："初春时节，走在前往奈良的路上，看到山色青青充满春意，薄霭绮丽景色佳好，但却不知此山叫什么名字。虽然是写路上情景，但却寓有才德虽好未必知名于世的意思。"
③ 转引自郑民钦《日本俳句史》，京华出版社2000年版，第46页。

的努力，俳句在此时迎来发展的黄金时期。在此之后，俳句又经历了与谢芜村创造的俳画、小林一茶将日常生活入俳，在俳句中表现个人对弱者的同情和对强者的反抗，使俳句更加贴近平民生活。他们的努力都将俳句带入新的高峰。到了近代的正冈子规，强调俳句的现实性和写实性，开启了俳句革新的另一扇大门。俳句延绵至今四百多年的历史，历经岁月淘洗，确为日本文学之瑰宝，进入近代以来，更有走向世界之势。松尾芭蕉承前启后，开俳句审美之新风，芜村、一茶、子规等人的不断发展、创新，又将俳句引入另一片天地，使其经久不衰。

可见，中国现代小诗虽在特定的历史条件下盛极一时，但因社会历史变迁，数年之后，即呈现出衰败之势，让人不禁唏嘘。而日本俳句在中国诗歌的影响之下，结合大和民族的审美倾向，经过不断完善与发展，终于迎来它的黄金时期，俳句的题材虽有不同，但审美特质始终与民族心理契合，延绵四百余年而不衰。二者之间千丝万缕的联系与不同的诗歌内涵，更是我们探究诗歌发展不容忽视的问题。

第二节 "小诗"和俳句的情感内涵

《诗·序》中的"诗者，志之所之也"，奠定了中国诗歌千百年来的"言志"内涵，现代小诗却呈现出与传统诗歌不尽相同的情感体悟，同时，感物而叹的俳句延绵着日本和歌中对万物兴衰的敏感和日本文化中独特的生命体验。二者在情感内涵上呈现出许多相似之处，而在相似之中又有不同的表达方式与情感体悟。可以说，不同的文化传统和诗人经历造就了二者的差异性。

一 淡化的政治色彩

政治与文学有着一定的联系，但在中国现代小诗和日本俳句中，我们难以看到关于诗人和俳人政治抱负的书写，他们跳出了政治斗争的樊篱，他们抛开了政治的桎梏，在小诗和俳句中寻求心灵的宁静和归宿，在自我的世界中体味生活和感悟生命。

（一）亲近自然

自然赋予万物生命，人类文明的发展也离不开自然的馈赠，人类原始美的意识形成，是对自然的感觉与反应。人对美的触动与感悟源于自然之美，自然无形中促成了最早的美的意识萌芽，而对自然美的感受与歌赞则是诗中永不褪色的吟咏。

五四运动的热情还未散尽，中国诗坛进入了一个新的时期，现代小诗的作者满怀对生活、未来的期盼与憧憬，将自己的热情投入诗歌之中，借着对自然的歌赞，表达了对自然的喜爱与对未来的美好愿望。如："杨柳弯着身儿侧着耳，/听湖里鱼们底细语；/风来了，/他摇摇头儿叫风不要响。"（冯雪峰《杨柳》）这首诗歌是以春天的杨柳为题，将"杨柳"的自然摇曳写得天真活泼，更与"鱼儿"亲近互动，春天的景致瞬间变得灵气十足，生机盎然。作者以简短的四句话描绘了春天的"杨柳""鱼儿""风"，表达春的到来，充满了活力与生机，虽无传统诗歌的押韵，也无深沉的情感渲染，只以一颗纯真质朴的心写着自然之美，将春的美景写得惹人喜爱。相似的诗歌还有冯雪峰的《花影》，应修人的《柳》等，它们都以最具代表性的简单景物入诗，寥寥数语表达自己对春的喜爱之情，对万物复苏的欣喜。汪静之的《小诗·二》："风吹皱了的水，/没来由地波呀，波呀。"数语间将春风轻拂西子湖面，水波轻荡写得如在眼前，清新、自然。除了湖畔诗人面对自然之美不吝言辞外，宗白华、冰心等诗人面对着春的世界也有着自己特别的感触。如："你想要了解春么？/你的心情可有那蝴蝶翅的翩翩情致？/你的歌曲可有那黄莺儿的千啭不穷？/你的呼吸可有那玫瑰粉的一缕温馨？"（宗白华《春与光》）将春景与诗人、读者的心境相连，在自然的触动下，心的某个角落感受到了春的气息:"蝴蝶""黄莺儿""玫瑰",它们共同构成了春的景致,传达着春的讯息,春不仅是四季之始,更是澄净心灵谱出的美好一章。朱自清的《细雨》中:"东风里,/掠过我脸边,/星呀星的细雨,/是春天的绒毛呢。"将零星飘落的"细雨"喻为春天的"绒毛",自然的厚赐变得亲切可爱,雨中漫步时感受到细细的雨滴划过脸颊,轻柔并带有一丝凉爽,烦躁的心灵也会变得宁静祥和,让人在自然的恩赐中感受自然的魅力。

日本俳句由于"季语"的创作要求,有着大量关于自然景色的描绘。如:"连声发赞叹,花满吉野山。"(安原贞室)① 俳作中的"花"是指日本国花——樱花(桜Sakura),而"吉野山"位于奈良县吉野郡,每至阳春三四月,樱花漫天,一片红霞,风光旖旎,是俳人、歌者创作与吟作的好去处。此俳以樱花为"季语",反映了春日吉野的优美景致,作者对自然的赞美之情溢于字里行间,借景抒情,情感真挚。而池西言水的"猫逃梅枝摇,春夜月朦胧"② 则将"猫"与"梅枝""春夜"巧妙结合,以"猫"打破梅林的宁静,衬出月夜的祥和,动中显静,静中有动,营造出了春宵幽静,令人陶醉的氛围,于自然的林间生活中感受到生活的情趣。此外,松尾芭蕉的"かれ朶に鳥のとまりけり秋の暮"(晚秋少生机,萧索枯枝寒鸦栖,惨淡夕阳西)③,以简洁的语言,创造出"枯木寒鸦"的特殊意境。秋樱子的"葛饰水田边,竹篱桃花艳"④,将留有美好时光的"葛饰"入俳,于水光潋滟的"水田"旁,伴有"桃花"灼灼,两者相互映照,美艳动人,此俳不仅表达了作者对自然的纯粹体验,更带有淡淡的故土之思,自然景致清新明净,情感朴实真挚,情景交融,相得益彰。日本俳句在传统文化中对自然的敬畏和赞叹

---

① 安原贞室,贞门时代七俳仙之一。《旷野》收有其俳句:"连声发赞叹,花满吉野山。"参见[日] 松尾芭蕉:《奥州小道》,郑民钦译,河北教育出版社2002年版,第42页注释②。
② 郑民钦编著:《俳句的魅力:日本名句赏析》,外语教学与研究出版社2008年版,第15页。
③ 陆坚:《日本俳句与中国词曲》,浙江大学日本文化研究所、神奈川大学人文学研究所编:《中日文化论丛(1999)》,北京图书馆出版社2001年版,第256页。
④ 转引自郑民钦《日本俳句史》,京华出版社2000年版,第196页。

的浸染之下，对自然的描写和欣赏是俳人创作永不枯竭的源泉，而情景交融的情感抒发是俳人对自然之美的最好反馈。

自然给予了诗人创作的灵感，也赐予诗人创作的题材，中国现代小诗和日本俳句虽然都以自然美景入诗、入俳，可是却有着不同的文化背景与诗歌传统，呈现出与传统诗歌相异或相似的情感内涵。

（二）庙堂之远与传统之续

在中国古典诗歌之中，"诗言志"基本奠定了中国古典诗歌的基调，而"诗言志"之说由来已久。在春秋时期的《今文尚书·尧典》中就有"诗言志，歌永言"的记载，在战国时期的《左传·襄公二十七年》也有"诗以言志"的提法，《荀子》《孟子》《庄子·天下篇》等典籍中也都提到了"诗""志"，可见"诗言志"的观念在中国古典文学萌芽之初已见端倪。而在《中国诗学体系论》中陈良运就谈道："'诗言志'观念发端于接受理论中。"① 回望中国诗歌发展，《诗经》可谓中国最早的诗歌集，在其发展、流传和接受中，"赋诗被运用在各种社会交流的场合，人们不仅用来传达自己的意愿，听者还可以用来考察赋诗者的志意、修养。此即赋诗言志和赋诗观志"。② 在朱自清看来，诗歌最早的功用也就是人们交际酬答和表达自己的情趣志向。除了"赋诗"言志之外，他也提到，诗歌在古代还有"引诗"言志的，借用诗歌中的某些诗句，表达自己的见解与看法，并强化自己认识的理由，有时有断章取义之嫌，但是不管怎么说，诗歌逐渐由人们的被动接受演变为主动接受乃至学习和传播。而对"志"的考究，也可看出"诗言志"的内涵，在许慎的《说文解字·言部》："诗，志也"；郑玄注的《尚书》："诗之言，志也"；《荀子·解蔽》："志也者，臧（藏）也。"（注："在心为志"）；还有唐

---

① 陈良运：《中国诗学体系论》，中国社会科学出版社1992年版，第34—35页。
② 朱自清：《朱自清说诗》，东方出版社2007年版，第16页。

代孔颖达《诗·序》中说的:"诗者,人志意之所适也。虽有所适,犹未发口,蕴藏在心,谓之为志。发见于言,乃名为诗。言作诗者,所以舒心志愤懑,而卒成于歌咏。"可见,在中国古典诗歌中"志"与"情""意"内涵基本相同,而诗歌是诗人抒发个人情感的途径与载体,是诗人内心情感的积蓄与流露。

可见,"诗言志"是先秦诸子百家对诗歌本质的一种广泛的共识,也是诸子百家共同的诗学观念。在对《诗》的解说中,儒家建立起了其政教诗学理论体系。《诗》作为五经中的一部,不仅是诗歌集,也是培养人才的"教科书",《诗》中的很多诗歌都被视作政治、伦理和个人修养的范本。《关雎》被认为是"后妃之德";"巧笑倩兮,美目盼兮,素以为绚兮"被认为是"先仁后礼"的伦理;"如琢如磨"被看作男子自身修养的要求,像玉一般的历经磨砺,最终变得温润而又内敛。在儒家看来,《诗》不仅可以陶冶人的性情,更可以从中悟得修身、齐家和治国之道。在《诗·序》中就有"先王以是经夫妇,成孝敬,厚人伦,美教化,移风俗"之言,强调了《诗》的教育功用。而且在中国古代社会中,儒家学派占据着绝对的统治地位,在儒家文化的长期浸染之下,形成了一种"大家""国家"的概念,有"学而优则仕"的文化传统,要求文人必须有为君分忧的报国之志和"先天下之忧而忧"的人文情怀。他们的"志"就逐渐发展成为与国家命运,民族危亡紧密相连的"公志""大志",而非诗人个人的"私志""小志"。这样的例子在古代诗歌中有《观沧海》(曹操)、《在狱咏蝉》(骆宾王)、《临洞庭湖赠张丞相》(孟浩然)、《江城子·密州出猎》(苏轼)、《示儿》(陆游)、《八声甘州》(辛弃疾)、《满江红》(岳飞)、《过零丁洋》(文天祥)等,可谓不胜枚举。

可见,在中国古典诗歌中,诗人的家国之思、政治抱负占据着主要情感内涵,到了"五四"时期,学者、文人、诗人及作家要求打破儒家文化千年的桎梏,积极从国外诗歌中汲取营养,创作出新时代、新气象的诗歌,小诗作者中虽也有承袭古典诗歌特色之作，但是诗人情感的抒发也有所转向，不再是家国宏志，而是转向自我内心，抒发个人的人生感悟。如宗白华的《眼波》："她静悄悄的眼波/悄悄地/落在我的身上。/我静悄悄的心/起了一纹/悄悄地微颤。"将情人的眼眸微动，写得婉约动人，有着古典女子的娇羞和含蓄，而诗人不再顾左右而言它物，直接表达了自己内心的"微颤"，在那一眼的温柔里，感受到了心灵的颤动。"她"只是美的化身，不再兼有伦理的作用，诗人只是动情的男子，不再是道德的楷模。它改变了古典正统诗歌中对女子和男子形象的塑造，展现了诗人对自我内心情感的抒发，是一种"私情"，而非"公志"。与此类似的还有徐志摩的《沙扬拉娜》也对女性的娇媚予以歌赞。

同时，古典诗歌不太多的自然描绘成为诗人抒发自我情感的"起兴"之物，少了对它本身的探究，而小诗诗人却在自然风景中发掘出多彩的人生风光，找到了自我的心灵寄托，高歌对未来的美好憧憬。"遍江北底野色都绿了。/柳也绿了。/麦子也绿了。/水也绿了。/鸭尾巴也绿了。/茅屋盖上也绿了。/穷人底饿眼儿也绿了。/和平的春里远燃着几野火。"①（康白情《和平的春里》）在万物复苏的季节里，放眼望去，世界沉浸在绿色的海洋中，"绿"——春天的颜色，希望的颜色，在绿色的世界里是对美好未来的向往。

中国现代小诗可以说背离了传统诗歌中的个人"公志"，政治情怀，他们在诗歌中尽情抒发个人情感，诗歌成为情感的载体，在自然中感受万物的生机与活力，在四季变化中体验生命的荣枯，脱离了传统"志向"的束缚。日本俳句则承袭着日本诗歌的传统，对自然的亲近是大和民族永不褪色的文化底蕴。

日本诗歌自和歌集《万叶集》开始，就不乏以描写自然景观为主的诗歌，

---

① "几野火"或作"几团野火"。

《万叶集》《古今和歌集》《后撰和歌集》《拾遗和歌集》等和歌集中也有大量吟咏自然的诗歌，以自然为诗之内涵，表达歌人情感，可谓日本诗歌之传统。日本俳句延续了日本诗歌的传统，自然是俳人创作俳句的不尽源泉与生命体验的不竭之泉。

日本诗歌如此钟爱自然的原因由来已久，在日本远古神话中，日本人就将自然作为神灵、神明来崇拜，将神和自然一体化。"在佛教传入之前，日本神话传说，首先是日本民族对自然和神本能性的反应，是崇拜自然与崇拜祖先神相结合，将自然神化，以及自然与神一体化，它是经过自然神话进入人文神话的。"① 在日本的本土宗教神道教中，也将值得敬拜的山岳、树木、狐狸等动植物与大自然称为"神明"（Kami），并且在《古事传记》中对 Kami（かみ）作了以下的注释："凡称迦微者（Kami），从古典中所见的诸神为始，鸟兽草木山海等，凡不平凡者均称为迦微。不仅单称优秀者、善良者、有功者。凡凶恶者、奇怪者、极可怕者亦都称为神。"② 也就是说：神道教所祭拜的"神"不仅是我们所谓的神祇，亦包括一些令人骇然的凶神恶煞。可见，在日本人看来，国土山川、草木鸟兽都是有灵性的，它们都是自然的代表，也是神的化身，是他们崇拜的对象，在这样的原始信仰下，日本人的自然观也由此形成，并成为文化特征之一。所以说，在远古及古代日本人眼中，自然是神圣的，人对自然怀着崇敬之情，俳人怀着一颗敬畏、亲近之心，在自然中体味到万木枯荣，时光流逝，体会到人生的兴衰起伏。如"此山のかなしさ告ょ野老掘る（巍巍菩提山，山民向我说变迁，今昔非一般）"（松尾芭蕉《菩提山》），"菩提山即菩提山神宫寺，原是圣武天皇敕愿寺，由于在弘

---

① 叶渭渠：《日本文学思潮史》，北京大学出版社2002年版，第24页。
② 严桂林：《论中国道教、日本神道对古代天皇制的影响》，《郧阳师范高等专科学校学报》2009年第2期。

长年间（1261—1264）遭火烧，在松尾芭蕉到此之时（1688 年）已成废墟一片"。① 松尾芭蕉借着山寺的兴衰，敏感地觉察到人生和山寺何其相似，时光流逝之间，人事早已改变，人生无常。"在他们的心中，大自然的万物都是神灵的化身，于是在他们的眼里，大自然的一切不仅仅是美丽的存在，更是宗教般的圣体。"② 正是日本人对自然有着宗教般的崇拜，所以诗人们才会不吝言辞地赞美自然，歌赞自然之奇秀，美丽的自然之景也就成为他们诗歌中永不消逝的素材，自然崇拜思想在诗歌中沉淀。此外，日本语言的独特性也使歌赞自然成为诗歌常见的主题之一。

日本语言在一定程度上讲，具有"极大的暧昧性"，熟悉日语的人都知道，在日本文章的结构中，常常省略主语、谓语、宾语，多代名词、助词，读者主要通过语气、语感、敬语和上下文体会人物关系，带有很强的朦胧性和含糊性。并且，在日本诗歌之始——和歌，女性作家就占有极其重要的位置，在日本学者大冈信看来，"和歌是没有女性就不能存在的诗"，"女性比男性更加适合表现个人情感的和歌创作"。③ 由于日本女性在当时社会中的特殊地位、对爱情的向往、对恋爱的执着及内心的敏感，她们更容易触碰到心灵最深的角落，有时她们为了含蓄地表达对恋人的思念之情，便将自己的相思愁苦融于自然风景之中。若是与她心意相通之人，自然会懂得风景之后的女子的情思；不解风情之人，也会把诗歌当作风景诗来看，从而获得美的感受。如式子内亲王的"野园无人艾蓬生，露底松虫低低吟"④，表面上看来是写景之作，可诗人巧妙地使用双关语，使此和歌别有风情。俳句相较和歌而言，它的字数更少，自身所能承载的内容更少，表达爱情，抒发政治抱负的内容

---

① 转引自［日］关森胜夫、陆坚《日本俳句与中国诗歌——关于松尾芭蕉文学比较研究》，杭州大学出版社1996年版，第102页。
② 郑民钦：《和歌美学》，宁夏人民出版社2008年版，第7页。
③ ［日］大冈信：《日本的诗歌——其骨骼和肌肤》，尤海燕译，安徽大学出版社2010年版，第67页。
④ 同上书，第96页。

明显不太合适，它便继承了和歌中对自然的描绘，形成了叙事诗、抒情诗和戏剧诗之外的另一类诗歌，大冈信将其称为"叙景诗"。"我们也可以使用比'叙景诗'更高层次的概念，把它们称作'自然诗'。"① 对风景的描绘，就成为歌人、俳人心灵一隅的描述，这也是日本"自然诗"的独特气质。松尾芭蕉的著名俳句《古池》就是在万籁俱静，青蛙入水之声中感悟到世事变迁，人生无常。并且俳句与自然之间的亲密关系一直延绵至今，即便是近代俳句作品，都离不开"季语"的投影，自然之色仍在延续，如村上鬼城的"浅间山，煙出て見ょ，今朝の秋。（且看浅间山，立秋正喷烟）"中对自然的描绘，感叹四季轮回的奇妙。

可见，现代小诗勇敢打破传统诗歌的种种限制，以新的姿态唱出时代之音，淳朴之心归于自然之间，在特别的岁月中发掘出人生的美丽与生命的感动。庙堂之忧，家国之思，政治理想淡出了小诗的世界，自然之景展现了生活中美丽的片段。可以说，中国现代小诗极大地弥补了我国"叙景诗"的不足，使我国现代诗歌呈现出别具一格的崭新风貌。日本俳句则是对传统诗歌的继承与延续，深化了俳人内心世界与外在自然的感情契合，显得沉静而又深刻，在十七音的世界中沉淀下心灵的悸动。

二 对人生的吟叹

"以我观物，物皆著我之色彩"②，在中国现代小诗和日本俳句中，都有大量的景物描绘，在诗人、俳人笔下的景物难免都会有着作者独特的情感体验和生命感悟，是内心世界与自然景物之间的契合和情景之间的沟通，其中融入了他们对人生的感悟与对生活的吟叹、歌赞，是俳人心灵萌动的升华，是诗人自我情感的抒发，热烈或沉静，率直或内敛，是对人生的别样理解。

---

① ［日］大冈信：《日本的诗歌——其骨骼和肌肤》，尤海燕译，安徽大学出版社 2010 年版，第 123 页。

② 王国维：《人间词话》，上海古籍出版社 1998 年版，第 12 页。

（一）生活感悟

与西方诗歌多叙事相比，现代小诗和俳句由于其篇幅较短，内容较少，所以多以描绘自然景观，抒发自己的生活感悟为主。

在中国现代诗坛上，小诗虽篇幅较小，内容不多，却也将诗人的情感表现得淋漓尽致。如"芭蕉姑娘呀，／夏夜在此纳凉的那人儿呢？"（汪静之《芭蕉姑娘》）就是将满目芭蕉的绿叶，清凉的绿荫，透过一句浅声的低问展现在读者眼前，夏日的燥热也在"芭蕉姑娘"的倩影下变得清爽宜人。诗人在炎炎夏日里，找到了心中的宁静。还有谢采江的《清晨》："听胜利的恋歌啊！／雨后池畔的蛙声"，虽写恋爱的胜利，却也引入"蛙声"，仿佛它们的雨后叫声也是在为"我"的胜利而欣喜。生活中的点滴与自然巧妙地融合在一起，上下句看似没有关联，诗人却将自我心境融于诗中，欢欣鼓舞的心情是他们的共鸣。而冰心的"清晓的江头，／白雾濛濛，／是江南天气，雨儿来了——／我只知道有蔚蓝的海，／却原来还有碧绿的江，／这是我父母之乡！"（《繁星·一五六》），巧妙地将自己对故乡的爱恋融于美丽的家乡美景中，先言美景，在诗末才点明中心，远方的游子，放不下的是那遥远而又深埋心中的家乡景致，浓浓的思乡之情，融化在难以忘怀的家乡之景中，情真意切，让人不禁想起那熟悉却远在他方的故乡及等待中的父母音容。

俳句在兴起之初，由于强调它在宴席间的插科打诨、取悦宾客的作用，常常以生活中的逸事入俳，故写得乐趣横生。山崎宗鉴的"皓月添柄，妙哉团扇"①就将月亮和团扇联系起来，显示出俳人对生活中美的发现，也表现了生活中的乐趣和思想的飘逸。而西山宗因的"秋ゃ来るのぅのぅそれなる一葉舟"（秋将至矣，看桐叶一枚，如水上泛舟），"句中的'のぅのぅ'即是谣

---

① 马兴国：《十七音的世界——日本俳句》上，辽宁大学出版社1996年版，第14页。

曲中经常用的招呼语。此句给人以'一叶落而知天下秋'的情趣"。①

早期俳句的谐趣情感表达率直，重视俳人随机应变的巧智，后经松尾芭蕉等人的努力，俳句逐渐摆脱简单的文字游戏和双关语，将情感抒发变得越发沉静与内敛，开创了一番新的心灵世界。松尾芭蕉的名作《奥州小道》中的一首著名俳句"石山の石より白し秋の風"（飒飒秋风萧瑟起，堪比石山石更白）②，就将"秋风"给人的感觉与"石山"的视觉联系在一起，在奇妙的联想中，是俳人松尾芭蕉对生活的感叹，也是其心灵世界的再现，在他的内心，是"白"般的纯洁与"无"的世界。自我的内心在秋风的轻拂中，是一片澄净和无欲，过多计较生活得失反倒失去了一颗发现自然之美的心。松尾芭蕉门人服部岚雪的《寒梅》："寒梅一朵，一朵寒梅暖人心。"③ "寒梅"本是冬天的标志，俳人却另辟蹊径，在"寒梅"独绽中感受到"暖"，二者形成对比，也反映出俳人见到寒梅的欣喜之情，才觉暖上心头，别有情趣。相比之下，与谢芜村的俳句却注重色彩的构建，注重色彩美的呈现，如"一片菜花黄，东有新月，西有夕阳"（林林译）就具有很强的色彩感，形象地展现了田间的自然风貌和生活逸趣，令读者如见如闻，如身临其境。

现代小诗和俳句虽都有诗人或俳人的人生吟叹，但却呈现出有所差异的情感表达，相较而言，小诗诗人们显得热情洋溢，大胆率直，而俳人的情感则显得沉静、含蓄内敛，造成这种差异性的原因不得不从中日文化和诗人与俳人的不同人生经历说起。

(二) 青年之歌与禅者之思

中日除了文化上的差异，诗人和俳人群体不同的人生经历，造就了他们

---

① 马兴国：《十七音的世界——日本俳句》上，辽宁大学出版社1996年版，第19页。
② [日] 大冈信：《日本的诗歌——其骨骼和肌肤》，尤海燕译，安徽大学出版社2010年版，第102页。
③ 郑民钦：《日本俳句史》，京华出版社2000年版，第55页。

不同情感的抒写。现代小诗诗人，在动荡的社会中，或朝气蓬勃，或年少出国求学，在他们的笔下，不是忧国忧民的家国之思，是青春的朝气或是对亲情的依恋，他们热情而率真。

中国文化源远流长、上下五千年，在南亚佛教传入中国之前，中国社会可以说已经形成了比较完备和主导社会的哲理思想体系。其中有《周易》为代表的朴素唯物观，有孔子为代表的儒家社会伦理观和老庄思想形而上的宇宙本源观，以及诸子百家的各种思想观念的沉淀。所以在佛教传入中国之后，它只可能对既有社会意识产生一定的改变，而不可能成为社会的主宰意识，所以在中国文化中，宗教氛围历来比较薄弱，既是僧人，又是诗人的就更少了。在中国现代小诗诗人中，基本上没有僧徒，诗人也没有过多的禅学修炼的经历，而当时的中国也缺乏宗教氛围的浸染。湖畔诗人正值青春年少，海音社成员主要是青年学生，而宗白华、俞平伯等则是学者型的诗人，他们的人生经历中要么是青春年华、年少无惧，要么是少小离乡，尝到了人生冷暖，对家、对亲人有着深深的思念与牵挂，在他们的诗中，有着对亲人浓浓的关怀之情。如俞平伯的《忆》："爸爸有个顶大的斗篷。/天冷了，它张着大口欢迎我们进去。/谁都不知道我们在那里，/他们永找不着这样一个好地方。"表现了自己对父亲的追忆和父子间割舍不断的脉脉温情。冰心的："母亲呵！/天上的风雨来了，/鸟儿躲到他的巢里；/心中的风雨来了，/我只躲到你的怀里。"（冰心《繁星·春水一五九》）风雨来临之时，诗人想到了母亲的怀抱，表现了诗人对母亲的依恋之情和歌赞母亲对子女的无私奉献。

除了对亲情的歌颂，小诗中有很大一部分是对爱情的讴歌，这在日本俳句中是难以见到的。俳句囿于自身形式过于短小和"禅味"的沉静，使俳人无法同和歌般歌赞爱情的美好和失恋时的忧郁与痛苦，而在中国小诗中，却有相当一部分的诗歌是以爱情为主题，大胆、直接，情感炽烈。他们对爱情的描述，在当时社会引发巨大轰动，引起诗坛论争，最著名的算是汪静之

《蕙的风》出版后，胡梦华的激烈批判，称之为"不道德"的诗歌。但是在这场论争的背后是湖畔诗人勇于冲破传统礼教的束缚，大胆地讴歌爱情，为我国现代诗歌爱情诗部分留下浓墨重彩的一笔。虽然在我国古代民歌有着大量的爱情诗，从《诗经》《楚辞》、汉乐府到唐竹枝词里都有一定数量的爱情诗佳作，但是它们多是借物抒怀，含蓄蕴藉地表达爱意，很少直抒胸臆的作品。而其他的爱情诗与婚恋诗较多混在一起，多是表达"思夫""寄内"的作品，直写爱情的很少。在"五四"时期，湖畔诗人算是真正写爱情诗的诗人了。

他们借着对爱情的赞美，表现了对封建礼教的反抗，树立起他们标榜的新爱情观，新道德观。他们通过对异性的描写，反对受传统压抑的人性意识，如应修人的《妹妹你是水》："妹妹你是水，/你是清溪里的水。/无愁地镇日流，/率真地长是笑，/自然地引我忘了归路了。//妹妹你是水，/你是温泉里的水。/我底心儿他尽是爱游泳，/我想捞回来，/烫得我手心痛。//妹妹你是水，/你是荷塘里的水。/借荷叶做船儿，/借荷梗做篙儿，/妹妹我要到荷花深处来！"诗中将女性比作水，这与古代文化中"水性杨花"的女性形象形成了鲜明的对比，也将女性的柔美表现在诗中，使读者感受到女子的娇羞之态；并且作者在天真纯洁的爱情里，爱得热烈，爱得执着，爱得痴缠，能够融入这湾清泉，与妹妹相伴是作者的美好愿望。"那有兰花没香气？/那有蜂儿不采蜜？/我既然有了一颗心，/那有能够不爱你？"（汪静之《那有》）表现了心灵的触动来自于生活中美好的"兰花""蜜"，它们激起了诗人对美好爱情的向往，为自己的心灵找到爱的港湾作为归属，情感在爱的付出与等待中得到升华。诗人们对爱的歌赞，是对现实社会中美好事物的神往，是在黑暗政治社会里心灵的休憩之所，诗人在诗歌中找到心灵的寄托，以弥补现实生活中的不足。

他们的诗歌是青年的放歌，是一颗年轻的心的情感表达。他们打破了封建社会中伦理道德的枷锁，向传统礼教发出抗议："贞女坊，节妇坊，烈妇坊——/石牌坊上全是泪斑——/含恨地站着，诉苦诉怨：/她们受了礼教的欺骗。"（汪静之《小诗六首·贞节坊》）这首小诗对传统贞节观的实体"贞节牌坊"进行了反思，面对现实社会中各种妇女解放运动的呼声，将禁锢妇女的身体和精神的"牌坊"推上了风口浪尖，诗人的笔墨不惜一遍遍地重复，以期人们能够注意到这数千年的"枷锁"，让这样的悲剧不再重演，还新时代女性一片自由的天空。在湖畔诗人的笔下，女人不再作为男人的附庸而存在，她们走出了封建伦理的牢笼，是诗人情感归属的关键，是诗人魂牵梦绕的想念，是诗人感情的寄托与载体。

中国现代小诗中，虽有一定数量的哲理诗，但更多的诗歌情感是和亲情、爱情、友情等联系在一起，热情而率直，日本俳句则呈现出一种内敛、沉静的风格，这与他们国家的宗教氛围有着莫大的关系。

日本是一个有着悠久的宗教传统的国度。在东汉初期，佛教经百济（古代朝鲜半岛南部国家）辗转传播到日本，对日本传统文化产生了较深远的影响，同时也与日本传统文化相融合。在奈良、平安时代，由中国传入日本的禅宗，逐渐发展为日本历史文化中重要的一部分，对日本的诗歌、庭院建筑、茶道都有着至关重要的影响。在诗歌方面形成了带有"禅"的体悟的情感内涵，"禅"的趣味与底蕴可以说是日本诗歌审美意识的核心之一。佛教传入日本之前，日本原有的意识形态只是简单的祖先崇拜与泛神观下的言灵①信仰——对自然万物持有一种万物有灵、尊重自然轮回的态度。在当时的日本并无所谓的"经典"存在，这正是其思想理论的不足，所以"佛教的悲世人

---

① 言灵，亦叫"言魂"，即是说语言是有灵魂的。古代日本人，相信大和语是拥有被加持过的不可思议的力量的语言，由此传承下来一种言灵思想，后发展为言灵信仰及言灵学。参见万景路《你不知道的日本》，九州出版社2016年版，第136页。

生观却很快渗透进缺乏思想意识体系为后盾的日本的美意识"[1]。同时，佛教中的无常观与万物流转和必灭的思想及悲观情调冲淡了日本原有的较乐观的"诚"之美，"诚"（まこと）之美意识来源于日本人对自然的态度———一种纯朴的亲近，对身边的事物真切的感受。用久松潜一的话来说就是："'诚'体现在《古事记》和《万叶集》的一些诗歌中，其本质为一种自然和自有的格调。"[2] 佛教的轮回与来世说，冲淡了日本人的"诚"之美，转而对自然万物的兴衰、草木的枯荣，透露出"物哀"的情调与禅的"空"与"悟"。

这种受到佛教影响的审美意识，经过长久的浸染，经过几代俳人的努力，他们把生活的情感融入自然之中，透过对自然的感觉，将情感升华成"空漠的自然的情调美"，感情沉积于自然的景趣之中，逐渐使日本俳句趋向于闲寂清幽的意味。"闲寂静静然，／蝉声渗入岩石里"（松尾芭蕉）[3]、"大原月朦胧，／孤蝶来飞舞"（内藤丈草）[4]。大原本是京都北郊的地名，在朦胧的月夜，蝴蝶飞舞，两相呼应。我们从俳句中感受到沉静的禅思，缭绕的禅味，有着对自然，对人生无限的珍视。而且俳句表面上看起来不表达思想，只是反映直觉，没有过多修辞技巧，是一种直观的直接反映，"下京夜雨潇潇下，／落在积雪上"（野泽凡兆）[5]，下京是京都的一个区，这首俳句只是对"夜雨"落"积雪"的白描，却传达出了一种寂寥、清幽与宁静和谐，"雨"落"积雪"，化雨为雪，一片沉静。

除了"禅"文化潜移默化的影响之外，俳人也将"禅修"看作他们人生体验的一部分，或者说是心灵升华的一个过程。所以在日本的俳人中，俳人

---

[1] 姜文清：《东方古典美——中日传统审美意识比较》，中国社会科学出版社2002年版，第9页。
[2] 转引自姜文清《东方古典美——中日传统审美意识比较》，中国社会科学出版社2002年版，第8页。
[3] 于伶编著：《日语文章读解》，暨南大学出版社1992年版，第249页。
[4] 郑民钦编著：《俳句的魅力：日本名句赏析》，外语教学与研究出版社2008年版，第28页。
[5] 同上书，第30页。

与禅宗结下了不解之缘。许多俳人是佛教人士或是禅修者,有的俳人虽未出家,但也有着禅修的经历,向禅僧请教也是俳人提升自我俳句造诣的方法之一。山崎宗鉴、西行[①]、服部岚雪、内藤丈草等都是出家修行的僧人,松尾芭蕉、广濑惟然等倾心禅宗哲学,加贺千代也虚心向禅僧请教。他们笔下的俳句,更多地表现出对前世今生、生命无常的感慨。西行的"莫非前世结月缘,/今生同宿此波上"[②],透过月亮,诗人发出前世今生的感叹,在看似万年不变的月光中感受到了生命的轮回,体悟到"无常"与"来世"。松尾芭蕉的"君为蝴蝶我庄子,/两心同怀庄周梦"[③],将"庄周梦蝶"的典故联系到自身,也体悟到庄子的"玄"与禅的"虚幻",无论"蝴蝶""庄子""我"终是一场空,终是"梦"一场,深得禅宗的妙趣,超越生活,超越生死理念,在彻悟中体味到人生的意义。

宗教色彩的浸染使日本俳人对自然有了更多的感受与"体悟",他们能在万物变化的瞬间发现生命的意义,他们有着一颗敏感的心,禅宗重视的"悟"的特性,使原本就善于用直觉把握真理的日本人从平凡之中感知神秘,在忘我的世界中形成了独特的"无心""真心"的作品。以自然的轻触心灵,俳人"冷眼"旁观大千世界,直陈其事,貌似"无心",却将自身对生命、人生的感悟寓于俳句之中,在自然的世界中真正地体会到"一叶知秋"的感受。

现代小诗和俳句对生活呈现出不同的感悟,不仅源于诗歌形式上的差异,最重要的还是传统文化、诗人经历的不同,现代小诗诗人的"率直"和俳人的"禅悟",都表现了自我情感。小诗诗人在诗中发现了生命中最重要的情感,俳人在"禅"中得到心灵与思想的升华,二者虽有不同,但终是生活给他们的启示,是对人生的高歌或低吟。

---

① 或称西行上人、西行法师。
② 王贺英:《从西行法师的四季咏物和歌看日本民族的审美意识》,滕守尧主编《美学(第3卷)2010》,南京出版社2010年版,第159页。
③ 郑民钦:《日本俳句史》,京华出版社2000年版,第50页。

第三节 "小诗"和俳句的艺术魅力

现代小诗和俳句在情感内涵上对大自然有着相似的描绘，对人生有着自己独特的感悟与体会，又因中日两国不同的文化背景，在内涵的深层次中体现出不尽相同的诗人情感，此外，小诗、俳句在艺术手法上也是"叶徒相似，其实味不同"。

一 只言片语的悠长

现代小诗、俳句给读者最直观的感觉就是只言片语中意象跳跃，凝练的语言中意境悠远。小诗被周作人称为"一行至四行的新诗"，俳句只有十七音，因日语表达的特殊性，真正有实意的音不过十个字左右，现代小诗和俳句注重语言的锤炼，使得诗人和俳人在语言表达上讲求字字珠玑，没有赘言，更在寥寥数语之外余韵绵长，令人回味无穷。

（一）语言的凝练

现代小诗和俳句因诗形短小，因而诗人和俳者更加注重语言的推敲，力求通过寥寥数语将读者带入他们营造的意境之中。中国现代小诗无形中为现代诗坛增添了新的情趣，他们在两三行诗作之间，创造出新的意境。朱自清对小诗的看法是"贵凝练而忌蔓衍"[1]，要求小诗在语言上凝练、简洁，不言无用之物。如"那含羞伏案时回眸的一瞥，/永远地系住了我横流四海的放心"。（宗白华《系住》）此诗仅有两行，却将少女的娇羞，诗人的痴情刻画的入木三分，伏案间不经意的回眸，清浅的一笑，已将"我"的一颗游子心"系住"，刹那的笑颜，已成永恒。还有朱自清的《杂诗三首》："风沙卷

---

[1] 佩弦：《短诗与长诗》，《诗》第1卷第4号，1922年4月15日。

了,/先驱者远了!""无力——还在家里吧;/满街是诅咒呵!""她那眼波一转,/她底春意就滋润了我,/给了我温暖。"(汪静之《眼波》)"我把我自己当一块石头丢了——/哎哟,他丢不出这世界!"(废名《一日内的几首诗》)"天高了,/星辰落了。/晓风又与睡人为难了!"(冰心《繁星·春水 三十》)等,都只有两三行诗句,却将他们内心的悸动表现得淋漓尽致,由此可见,诗人对于诗歌语言的淬炼。此外,小诗的篇幅虽有如此精小之作,也有的小诗有六七行或者更多,但是它们都有很大的自我抒发空间,字数不限,行数不限,没有格律,没有平仄的要求,诗韵可有韵,也可无韵,充分满足诗人们自我个性张扬、自由抒情的需求,是一种个性解放的诗体。可以说它不拘一格,自由灵活多变,不受任何形式限制。小诗虽自由,但也并不代表它没有分量,诗歌本身就是凝练的语言,而小诗由于篇幅所限,其语言就更加准确与精简,常常透过"字""词"之间展现诗人的内心世界。

反观日本俳句,在十七音间为读者创造出了纤巧精致的诗歌之美,如"猫儿喵不休,红眼睨线球。"(小林一茶)[①]"春雨蒙蒙,伞与蓑衣谈笑行。"(与谢芜村《芜村句集》)"风筝当空舞,落叶比翼飞。"(正冈子规)[②] 俳句受到自身规则的限制,本身就对俳人的语言概括能力提出了更高的要求。而且俳句中的意象更加精致小巧,如"猫""伞与蓑衣""风筝""落叶"等,都是生活中常见的小事物。俳人很少歌颂山之壮美,他们"对自然景物是以纤丽纤小作为其审美的旨趣"[③]。他们爱秀而幽的小山,钟意涓涓溪流的山泉,喜欢菊花的纤细、樱花的精巧。在日本人的审美意识中,可以说是以小为美。纤细精巧的美学风格也沉淀在俳句之中,俳句中的景致也大多是小巧的,俳人会感叹樱花漫飞时生命的短暂,不会歌颂樱花树的高大,富士山之美,美

[①] 马兴国:《十七音的世界——日本俳句》上,辽宁大学出版社1996年版,第51页。
[②] 同上书,第70页。
[③] 叶渭渠、唐月梅:《幽玄与物哀——日本人的美意识》,广西师范大学出版社2002年版,第18页。

在它的秀丽而非它是日本最高峰。所以俳句的精巧也符合日本人的审美趣味，而俳人秉持着对纤细精巧事物的喜爱之情，在十七音中创造出触动心灵的美。还有，俳句在发展之初，人们普遍重视它的"谐"趣，语言逗趣有时也凝练在个别带有双关语的字词之间，所以俳句十分重视语言的凝练。

现代小诗和俳句为何能在凝练的语言中体现出如此让读者心动和神往的意境和情趣？可以借用卓立对小诗的评价："通常只有三五行的小诗如几片花瓣……字句的省略、跳跃，形象、意境的'残缺'，意绪的'零碎'，恰恰体现了小诗'有弹力的集中'的美学特征，因而虽小而意蕴丰富。"①

（二）韵味与"余情"之妙

言简意赅、意蕴丰富的现代小诗和俳句都具有"言有尽而意无穷"的美学特征，即它们各自的文论中提到的"韵味"和"余情"之说。正是"韵味"和"余情"之妙，造就了小诗和俳句独特的美学意境。

"韵味"之说最早由唐代司空图提出，在《与李生论诗书》《与王驾评诗书》《与极浦谈诗书》《诗赋》等中散见其观点。他的"韵味说"可谓上承钟嵘的"滋味说"，下启严羽的"妙悟说"、清代王士祯的"神韵说"，对我国古典诗论有着重要的意义。从司空图的诗论中可以见出，他的美学追求强调的是"韵外之致"和"味外之旨"，要求意境"近而不浮，远而不尽"②。这也是"韵味说"的主要内容。在司空图看来，好的诗歌应有言外之意，或如钟嵘所说的"文已尽而意有余"。读者可以通过诗人在诗中描绘的景物，感受到超越景物本身的无限意义，获得一种"韵外之致，味外之旨"的独特体验。而诗人创作好诗的重点就是意境的建构，以"象外之象，景外之景"传达出内心的触动。如"影儿落在水里，句儿落在心里，都一般无痕迹。"（冰心

---

① 卓立：《"五四"前后新诗流派之我见》，《福建论坛》（人文社会科学版）1994 年第 3 期。
② 司空图：《与李生论诗书》，四部丛刊影旧钞本《司空表圣文集》卷二。

《繁星·春水 九六》)影儿飘落,诗情萌发,都一般地无声无息地来,轻划波面,灵光一现,转瞬即逝,难以捕捉。冰心巧妙地将自己内心的诗情和影儿的飘落联系在一起,让读者感受到诗意的灵动与不易,更在诗外感受诗人对于诗情萌发的感动和感激之情。还有宗白华的《问》:"花儿,你了解我的心么?/她低低垂着头,脉脉无语。/流水,你识得我的心么?/他回眸了几眼,潺潺而去。/石边倚了一支琴,我随手抚着他,/一声声告诉了我心中的幽绪。"诗人轻叹,面对满目美景低声诉说,可惜美景不解诗人情,默默离开,诗人怅惋,只能抚琴以解心中愁绪,可是终归意难诉。美景在前,诗人的"幽绪"在诗人没有言明的地方漫漫铺开,引人联想。另外,"穿过了枫林,/恍惚见了一个影子;/我道是只蝴蝶,/原来是一片落叶。"(何植三《落叶》)在落叶飘落时,诗人的一恍惚间,落叶轻旋让他误认为是蝴蝶飞舞,待他看清,原是落叶归根,春之蝶与秋之落叶的反差,让读者感受到了四季更替,生命无常。在他们的诗中,虽未言明情感的真谛,但透过数语间的意境创造,却让人感受到了《沧浪诗话·诗辩》中提到的"空中之音,相中之色,水中之月,镜中之象"[1],似真似幻,犹如"羚羊挂角,无迹可求",真可谓"不着一字,尽得风流"[2]。

与中国的"韵味"之说相似,日本俳句在十七音和"季语"中,也是诗人精心勾勒的一幅幅生动的画面,烘托出某种审美意境,创造新的审美意象,可以借用日本诗歌文论中的"余情"一说。

"余情"这一审美观念,在平安时期是作为和歌的评判标准之一而被大家所接受,"指隐藏于和歌所表现的内容深处的美的情趣"[3],强调的是读者从俳人的语言之外或语言背后感受到的情绪,超越了语言的界限,捕捉俳人的

---

[1] 严羽:《沧浪诗话校释》,郭绍虞校释,人民文学出版社1983年版,第26页。
[2] 司空图:《诗品集解》,郭绍虞集解,人民文学出版社2005年版,第21页。
[3] 郑民钦:《和歌美学》,宁夏人民出版社2008年版,第87页。

言外之意，体味俳人心中的万千丘壑。而俳句作为和歌发展、延续的产物，自然也延续、继承了这一审美观念。"日本学者西田正好认为，余情，是在词的背后，心志所作的某种形而上的探索，以超越的飞跃性为特征。"① 余情可以说是与现实、写实相对的，是超越写实世界进入看不见、摸不着的虚幻世界，在虚幻的世界中，俳人构建了一种无法由语言传达的内心情感和精神感悟。"余情"就如同在山水泼墨画中的留白，它是外在语言隐藏下的深层意蕴，并且这样的深层意蕴远远大于外在语言所传达的内容，是俳人心境的体现。如"落花一片飞出城，/仰望仍飘飘"（山口誓子）。在俳句描绘的景致之外，更有"樱花"漫飞，零落飘散，花开花飞，到底是宿命的轮回还是生命的无常？而"夕照传远声，/钟鸣秋意深"（川端康城），夕阳之下的"钟鸣"悠远，惹得俳人思绪也在钟声的远扬中感受到了秋意渐浓，四季轮回。而读者却能感受他获得诺贝尔文学奖就如同那悠扬的"钟声"般，将东方美与东方文化传播到北欧岛国，让西方文明感受到东方之美。还有松尾芭蕉的"阵头云如烟，/一朵一朵又飘散，/清辉满月山"②，也是在寥寥数言间勾勒出自然的景致，但在他们的言语之外，却给读者留下了一片任想象驰骋和遨游的空间。

现代小诗和俳句在三言两语间，为读者建构了一个"言尽而意无穷"的神奇世界，在那儿我们感受到了诗人内心的悸动与怅惘，对生命的热爱，对世事无常的感慨，寥寥几句创造出了新的辽阔天地，任由读者畅游、翱翔。为何诗人和俳人能够构建如此意境深远的世界，不得不提现代小诗和俳句创作时瞬间情感的捕捉。

---

① 转引自姜文清《东方古典美——中日传统审美意识比较》，中国社会科学出版社2002年版，第153页。
② ［日］关森胜夫、陆坚：《日本俳句与中国诗歌——关于松尾芭蕉文学比较研究》，杭州大学出版社1996年版，第144页。

二 灵感的闪动捕捉

诗歌是情感的表达，心灵的悸动、外物的触动都能给诗人带来诗的灵感。现代小诗和俳句的情感抒发不是胡适那样的铺陈其事，也不是郭沫若《女神》那般的张扬恣意，他们更加注重瞬间情感的把握与捕捉，重视情感的瞬时性和即发性。这些一刹那的感觉、瞬间的情思是他们创作的素材，也是他们对人生的体悟与生活的顿悟，也只有这样的情感入诗或入俳，才能真正地打动读者，将读者领入他们创造的意境中，借着小诗、俳句感受到诗人与俳人的独特情感体验。

（一）心灵的凝思

现代小诗和俳句在思想内容上多是诗人自我的人生体验，是对个人生活天地的低吟浅唱，有写恋爱之甜苦的，也有写禅味之思的，还有悲生离死别之作，虽然它们形式短小，内容不够恢弘壮阔，但都重视作者的个人体悟及自我情感的表达，强调瞬间情感的捕捉，抓住瞬间的感觉，写出心灵的感触。同时，小诗诗人和俳句作者通过生活感悟、生命顿悟将自我复杂的情感浓缩在只言片语中，小诗、俳句不仅是灵感的闪现，更是心灵的凝思。

如刘大白的《旧梦之群》（三十六）中就有对人生三个阶段的概括："少年是艺术的，／一件一件地创作；／壮年是工程的，／一座一座地建筑；／老年是历史的，／一页一页地翻阅"，将人生经历总结为三个部分，语言凝练简洁，内涵表达清晰。在他看来，少年是一个创造和充满个性的时代；人到壮年，就开始经营家庭、事业；而到老年之后，昔日时光已逝，只能回首，只能追忆逝水年华。爱情是美好和令人向往的，在《恋爱》中，宗白华如是写道："恋爱是无声的音乐么？／鸟在花间睡着了，／人在春间醉了，／恋爱是无声的音乐！"他将爱情的愉悦与音乐联系在一起，诗人感受到恋爱给人"醉"的感觉，如梦如幻，美好的爱情就如同"无声的音乐"般令人沉醉。还有"无心的人"对月色的观望："月亮亮晶晶地，／一朵乌云，／冉冉地把她遮掩了。／／

月亮无心亮着;/乌云无心遮着;/无聊的人们,/也只无心地望着。"(吴俊升《无心》)在诗中,月亮、乌云和诗人在看似无心的情境中各自孤独地面对着这个世界,感情轻柔。诗人们通过凝练的语言,抓住了人生匆匆而过的"少年""壮年""老年";也发现了"恋爱"与"音乐"的联系;还有"月亮"的澄净与"乌云"的遮掩的片段,将自我情思凝结在一起,向读者展现了自我的内心感受。他们对于瞬间事物及情感的捕捉,正如冯文炳所说:"都是作者写刹那间的感觉,其表现方法犹之乎制造电影一样,把一刹那的影子留下来,然后给人一个活动的呈现。"① 同样地,俳人也在俳句中凝结了他们真挚的情感,将自我感情融入那寥寥数语的诗歌之中。

　　日本俳句也多有这样重视瞬间心灵情感的俳作。如与谢芜村的"琵琶觉沉重,/残春怀抱中"②,(《五车反古》)俳人瞬间的情感从"琵琶"转到了"残春"伤感中,或许琵琶的"重"是伤春之感,春之将尽,也许是想留住这即将逝去的春色,他的情感就凝结在那"重"中,而"苍苍横暮色,/池上望残荷"(高滨虚子)。在暮色来临之际,俳人在池边望着满池开败的荷花,心中无限惆怅,在苍茫暮色和满池残荷之间,他感受到了生命在走向尽头的无奈,也是对美好时光的留恋,其情感都凝集在"苍苍"与"残"中。而在"红花,白花,飘落山茶花树下"(碧梧桐)的俳句中,茶花飘落,色彩斑斓,春之美景都浓缩在飘落的"山茶花"中。俳人透过对生活刹那的把握,经过自身的独特体悟,在寻常事情中感受到了不一样的人生体验,他们将自我的人生与刹那的情感迸发相连,展现了内心世界中对生活、生命的态度。

　　对零碎的思想的重视,展现刹那的感觉是小诗和俳句的重要特征。诗是情绪的凝发,情绪是诗人心灵中最不稳定的部分,在外物的感染下,对生活

---

①　冯文炳:《谈新诗》,人民文学出版社1984年版,第135页。
②　[日]市古贞次:《日本文学史概说》,倪玉、缪伟群、刘春英译,东北师范大学出版社1987年版,第190页。

中的点滴体验将成为诗人的情感内省和心灵悸动。"但它不是认识而是体验,它不能用概念、判断、推理来把握,不能用逻辑思维来印证。它虽由认识所唤起,却超越认识之外,它的目的不是认识真理而是感受体验,它的价值不在含义深刻而在于打动心弦。它的形式不是清晰的逻辑命题而更像朦胧的梦幻的内心状态。"①

(二) 即物起兴与"物哀"

即物起兴与"物哀"是中日审美范畴的重要观念,中国的"兴者,托事于物则兴者起也",强调了兴是起发情感之功用,诗人将情感寄于事物之中,再抒发自己的情感,在古典诗歌中主要起着创造氛围、协调韵律的作用。而日本的"物哀"带有更强的诗人主观色彩,强调个体情感的触动和引发,即物起兴与"物哀"在各自诗文传统中都扮演着至关重要的角色,并且成为中日诗歌重要的艺术手法。

谈到即物起兴,就必须追溯到"兴"的源头。兴和赋、比最早出现在有关《诗经》的研究文献中,后来逐渐发展演变成文学批评的核心之一,其中因"兴者,先言他物以引起所咏之词也",内涵丰富,手法多变,成为古今学者们研究的热点。胡晓明就将其视为"中国古代诗学之基因"②,并探究了"兴"中蕴含的政治理想与生命共感。对"兴"的物象作用和"兴"的所感发、感动的情感研究一再被大家所强调,"兴"的借物言情、以此引彼的手法成为古典诗词延续至今的艺术表现,也是潜藏在诗人笔下的"集体无意识",在不自觉中运用到小诗的创作。"兴"离不开对外在事物的"感应",诗人"物"感于"心","物"之感应而"情"之萌动,可以概括为即物起兴,成为我国诗歌中独特的"物感"体验。必先由它物所引,寄情于物,方知情之

---

① 林焕标:《中国现代新诗流变史》,广西师范大学出版社2000年版,第94页。
② 胡晓明:《中国诗学之精神》,江西人民出版社2001年版,第4页。

深切。如冰心的"春天的早晨，/怎样的可爱呢！/融洽的风，/飘扬的衣袖，/静悄的心情。"(《繁星·春水 六九》）吹面不寒的晨风，有着春的气息，带着衣袖飘扬，给诗人、读者带来一天的好心情，从春天晨风的轻柔吹拂中，感受到了诗人新的一天的愉悦之情。而在"娇艳的春色映进了灵隐寺，/和尚压死了的爱情，/如今压不住而要沸腾"（汪静之《小诗八首·灵隐寺》）中，感受到了春色无限，春的到来，爱情的萌动，貌似打破灵隐寺的清修，和尚的心都开始激动。他们正是诗人感受到外在事物而萌发的情感，他们的情感有的含蓄、蕴藉，有的率直、大胆，都是心之所向，情之所动。他们的情感表达与中国古典诗歌中的适度、调和、不过分相比，又展现他们身为年轻人的青春活力和内心的急切渴望，笔下的"物感"体验来得真挚、热忱、心境悠远。

与中国文论中即物起兴相似的日本文论中有"物哀"一说，"物哀"的源头则是日本的"哀"文化。"哀"（あはれ）是日本人表现感动的词，最早出现在《崇神记》《古事记》《武烈记》等古代歌谣中，是一种情感的体现，这种情感可以是赞颂、喜悦、同情、怜悯、哀伤等，后来在文学上逐渐演变成"物哀"（もののあはれ），成为日本传统审美意识中的一个重要概念。"物哀"是指"在日常生活及艺术创造、艺术欣赏中，外在物象和主体内在情感意绪相融合而生成的'情趣的世界'，也就是自然、人生的各种情态触发而引生的优美、纤细、哀愁的情感表现"。① "哀"与"物哀"的情感表达不一定很激烈，而是平和适度的，强调情与物之间的调和、融浑的情感。"物哀"最早是对诗文雅趣的评判，指文人作品能否在情感上引起读者的共鸣，引人生"哀"。在平安时代，"物哀"的思想与佛教思想，尤其是佛教的轮回、无常观相结合，而成为高雅、典雅之美学特征。如小林一茶的"吾乃漂泊心，/

---

① 姜文清：《东方古典美——中日传统审美意识比较》，中国社会科学出版社 2002 年版，第 129 页。

莫非宿银河？"表现了他对自我将去往何处的宗教命题的拷问，在银河世界中是否能安放下他那颗漂泊的心灵。还有加贺千代的"静夜思杜鹃，／静思杜鹃不觉晓，／晨星挂天边"① 中由"杜鹃"引发"哀"，在"杜鹃"和"晨星"中感受到了禅的"无意识"，也感受到俳人写作时心灵的澄净和情感的平和。还有松尾芭蕉临终之作"旅途病转凶，／梦魂神绕一重重，／浮游旷野中"，可以看出，在面对死亡时，松尾芭蕉没有过多的人生眷恋和对死亡的恐惧，是一种禅修之人的了悟与看破生死。综上可知，"物哀"是"一种超越理性的纯粹精神性的美的感情。'物哀美'是一种感觉式的美，它不是凭理智、理性来判断，而是靠直觉、靠心来感受，即只有用心才能感受到的美"。② "物哀"的心灵体悟及读者的感悟显得尤其重要，正是有了这样的感觉，才能透过俳人营造的景致感受到他们心中的"哀"情。正如本居宣长所说："'物哀'就是善于体味事物的情趣，并感受渗入心灵的事，这是一种和谐的感情之美。"③

中国的即物起兴和日本的"物哀"都是对外物的感应，而引发心灵的颤动，咏而为诗。如果情感抒发上说现代小诗的即物起兴显得热情洋溢，炽热而率直；那么日本的"物哀"则是节而有度，显得单纯、细腻。"物哀"更注重的是俳人亲见之景，亲身所感，以生活中的具体情境引发的生活情趣，而借物起兴有时则超越了感官的限制，感受的空间更加辽阔。同时，在日本的宗教氛围及"禅宗"思想潜移默化的影响下，"物哀"之情有时具有浓厚的宗教意味，带着对"宿世"轮回、"宿命"无常的哀愁，这样的即物起兴在现代小诗中难觅踪迹。小诗尽管少了些宗教的意味，也没有写出20世纪20年代的时代风波，但却以简练、单纯的只言片语，传达出了"五四"时期知

---

① ［日］铃木大拙：《禅与日本文化》，陶刚译，生活·读书·新知三联书店1989年版，第153页。
② 叶渭渠、唐月梅：《幽玄与物哀——日本人的美意识》，广西师范大学出版社2002年版，第83页。
③ 转引自［日］本居宣长《日本物哀》，王向远译，吉林出版集团有限责任公司2010年版，第160页。

识分子的别样情感，写出了他们对自然、对生命、对爱情的欣赏、追求与歌赞，更为读者营造了余韵悠长的世界。

第四节 "小诗"衰微与俳句延绵

俳句从兴起至今，已400余年，无论是古代、近代还是当代，俳句都占据着日本诗坛的重要地位，绵延至今的俳句诠释了其独特的文学魅力与顽强的生命力，其原因是俳句对日本文化的承袭与延续。而中国现代小诗经过几年的繁荣之后，逐渐走向衰微，小诗作者们也纷纷转向，投入激烈的社会活动中，早夭的现代小诗激荡起中国新诗演变洪流中的一片涟漪。它的衰落或多或少都源于在新诗发展之中迷失了本民族的文化传统和民众的审美心理，与传统文化的背离使它在中国现代诗苑之中过早凋谢。现代小诗和俳句走向了两种不同的诗歌发展之路。

一 "小诗"的衰微

尽管小诗运动在20世纪20年代风靡一时，但是它也很快地开始衰落，没有发展成为我国新诗的主流而淹没在主流激荡的浪潮中。在现代文学史中，小诗运动也未能占据重要位置，犹如昙花一现般在中国新诗的园地中凋零，令人扼腕叹息。朱自清在《中国新文学大系·诗集》中指出，1923年宗白华小诗集《流云》出版以后，"小诗渐渐完事，新诗跟着也中衰"[①]。小诗衰落有着诗歌的艺术规律，风云变幻的时代背景及诗人的个人选择。

（一）诗性缺失

在现代小诗风靡诗坛之时，许多人加入了创作小诗的行列。由于作者素

---

① 朱自清：《中国新文学大系·诗集》，上海良友图书公司1935年版，《导言》第4页。

质良莠不齐，很多作品仓促而就，出现了一些粗劣之作，许多小诗徒具小诗形式，毫无诗味可言；有的则故意造就晦涩难懂之言，故弄玄虚；有的随手拈来，内容空洞乏味。在这种情况下，小诗的数量虽然有所增加，但泥沙俱下、鱼目混珠，其中能够引发读者共鸣和感动的小诗却不多，在现代小诗中，我们难以品位到古典诗歌的余韵缭绕之感。在"韵味"说中提出的思与境谐的观点，强调诗歌意境与作者情感的统一，可是在现代小诗中却难觅踪迹了。诗人有时只是单纯的景物描绘，少了情感的升华与提炼，致使诗歌变得乏味、干瘪，难有"余韵"。同时，现代小诗诗形短小，语言凝练，但是有的小诗语言过于直白，有口语化之嫌，少了古典诗歌中的"万取一收"——在普遍事物中寻找到典型的代表，如"春风又绿江南岸"中的"绿"字，虽是一字，却高度地浓缩与概括了春的特点，在现代小诗中，找到这样经得起读者反复咀嚼、推敲的"诗眼"更是困难。面对现代小诗对传统诗歌文化的诸多背离，诗作的杂乱逐渐被人们所反感，对小诗的批评和责难也接踵而来。郭沫若在致洪为法的信中提到："简单的写生，平庸的思想，既不足令人感生美趣，复不足令人驰骋玄思，随随便便敷敷衍衍，在作者写出时或许有实感随伴，但无选择功夫，使读者不能生丝毫影响。"[1] 1935年，朱自清在谈到小诗式微问题时认为是小诗的作者"到处甚众"，小诗"只剩下了短小的形式"。他特别强调，有的小诗诗人并"不能扑捉那些刹那的感受，也不讲字句的经济，只图容易，推动了那曲包的余味"。[2] 成仿吾也曾在《诗之防御战》中引用两首小诗："雄鸡整理他底美丽的冠羽，/在引吭高歌后，/飞到邻园里去强奸了！""德熙去了；/少荆来了。少荆去了；/舜生来了。舜生去了；/葆青绛霄终归在这里。"诸如此类的作品，真如成氏讥嘲的，读后"几乎把肠都

---

[1] 转引自刘福春《小诗试论》，《中国现代文学研究丛刊》1982年第1期。
[2] 朱自清：《中国新文学大系·诗集》，上海良友图书公司1935年版，《导言》第4页。

笑断了"。①

　　无论是郭沫若、朱自清还是成仿吾，都从诗歌的审美性方面谈到了造成小诗艺术手法拙劣的某些原因，有的小诗诗人忽略了传统诗歌的美学原则，一味追求新诗的"新"，却忽视了文化传统的"根"，从而使现代小诗那独特刹那间情思引发的随即消逝的生命体验和感受，那种贵凝练、忌散漫，重含蓄、暗示的语言变得轻慢、随意。这样的情况在小诗风靡的年代并不算个例，有些颇有成就的小诗诗人也存在此现象。如曾以自然率真、大胆热情而扬名诗坛的"湖畔诗人"，他们的创作，虽清新、质朴有余，但有时过于简单、幼稚，少了余韵缭绕，回味略显单薄。而且现代小诗在发展过程中并未形成自我独特的审美原则，没有像俳句那般延续着传统对"禅味"的追寻，对"余情"的回味，对"闲寂"的探索等审美情趣。现代小诗忽视了传统文化的"集体无意识"，失去了中国诗歌独特的审美特征和原则，变得过于直白与朴素，缺乏诗歌耐人寻味的意蕴和引人共鸣的情感体验，也就失去小诗的特有诗性。

　　（二）命运与时代

　　中国古代社会的发展，离不开文人的影响。可以说他们是思想的先驱，有着灵敏的思维，受过良好的教育，有着高于普通人的知识和智慧，他们的命运是和时代、社会联系在一起的。范仲淹就曾发出"先天下之忧而忧，后天下之乐而乐"的疾呼，他的想法可以说是中国士大夫阶层的共同意愿。古代文人满怀着家国牵挂，把国家民族的利益放在首位，为祖国的前途担忧分愁，他们以自己的绵薄之力，撑起了中华民族延绵数千年的历史文化，在他们的笔端，留下了几千年社会变迁的一个个缩影，历史洪流的涌动，是他们永不枯竭的素材。

---

① 成仿吾：《诗之防御战》，《创造周报》第1号，1923年5月13日。

现代小诗产生于20世纪20年代初期，正处在"五四"革命高潮之后和新的革命高潮来临前夕的革命运动的低潮阶段。在这样的社会历史背景之下，现代小诗诗人却沉浸于个人的小天地里低吟浅唱。茅盾曾评价冰心的作品说："冰心女士最属于她自己。她的作品中，不反映社会，却反映了她自己，她把自己反映得再清楚也没有。"① 现代小诗与时代社会的脱节，抛弃了中国传统文化中文人与家国的联系，小诗诗人淡化了古代文人的忧患意识，使他们及其作品难以获得大众的认可。而在1924年1月，随着第一次国共合作形成及第一次大革命高潮的到来，激烈的革命运动对文学及诗歌的战斗性提出了更高更紧迫的要求。现代小诗短小的诗形，无法表现波澜壮阔的革命运动，而小诗所重视的刹那间的感兴，难以抒发诗人们激越昂扬的斗志及繁复深宏的思想感情。现代小诗难以把握时代脉搏的不足，诗人深切的家国忧患，不能通过小诗传达给读者，渐渐地，现代小诗开始淡出人们的视野，被其他诗歌取而代之。

可以说，在现代小诗中除了偶尔表现对社会黑暗的批判，如《贞节坊》等诗作，他们对现实的否定却不怎么激烈和愤懑，更多的是一种无可奈何的慨叹，并没有将自己的命运与时代联系在一起，更没有家国忧患的深切思虑，更多的是对自然、爱情的歌颂和对人生清愁淡绪的浅斟和孤寂心波的低吟。从总的倾向看，现代小诗诗人们沉浸在自然及个人世界中，"大海"等意象本是表现激荡的社会和黑暗的现实，在小诗诗人笔下，却变得风平浪静，改变了它在传统诗歌中的意象，成为他们情感表现的一大媒介。同时，小诗诗人擅长使用一些较为纤细柔弱的物象，例如，"苦忆我的母亲""柔和的微笑""梦中的蝴蝶"，等等。这样的小诗已无法满足诗人们表达恢弘历史和波澜壮阔的革命运动。与传统文化中文人家国忧思的背离，放弃了文人的社会历史

---

① 皇邦君：《中国新诗大辞典》，时代文艺出版社1988年版，第83页。

使命，更无法适应大众关注现实的需求，也有违忧患文人的传统形象，所以大家也就逐渐开始冷落这风靡一时的现代小诗了。

（三）文人风骨

中国传统文人在公是对国家社会的忧患意识，在私则是对自身品格的修习，逐渐形成了一种文人风骨。屈原在绝望与悲愤中投江全志；司马迁忍辱负重，发愤著《史记》；五柳先生"不为五斗米折腰"；太白"安能摧眉折腰事权贵"等都体现了中国传统文化中的文人风骨。他们的故事在后世传唱不绝。中国传统文化中，文人不仅是历史的记录者、书写者，更是历史的参与者。文人们不应在严峻的现实面前，闭上眼睛，躲进象牙塔，玩弄风花雪月；而是应该不懈地追求真知，提升自我品质。

1924 年之后，社会现实变得更加黑暗，时代政治更加严峻，诗歌运动不可避免地担负起了沉重的社会责任。而现代小诗的主题多集中在爱情、亲情、自然等领域，无法反映风云突变的时代背景，无法满足人们的社会责任。在革命运动浪潮的推动下，许多小诗诗人报效祖国、投身社会运动的希望和热情重新燃起，骨子里的傲气与文人风骨，使他们不再沉浸在个人的美好愿望与憧憬中，那些曾经年少时的梦，感时悲秋的忧郁，都开始转向对社会现实的关注，和对革命的热情。很多小诗诗人都投身于历史的洪流和各种社会活动，逐渐放弃了对诗歌本身审美性的追求，转向了社会的历史使命，书写充满革命热情和革命运动的诗歌。如潘漠华、应修人等就加入中国共产党，积极投身于革命事业，在革命中体现自我价值，延续着传统文化对他们的要求，也是自我品格的提升。

现代小诗在其发展过程中，尽管强调它的"新"，但却无法与传统文化完全割裂，诗人们的意识里既有传统文化的熏染，更有传统文化对他们的要求与自我价值的实现。忽视了传统文化中"余韵""言志"、政治抱负和社会现实书写的现代小诗，仿似大海中迷失自我的扁舟，随波逐流、浮浮沉沉，当一个大浪打来，也只留下海面的涟漪证明它曾经出现过。现代小诗忽略了传统文化这片肥沃的土壤，在外来文化的冲击中即使有着一时的风光，但却无法延绵长久。最终，中国现代小诗，在经历了一场"小诗运动"之后，开始逐渐衰微，在诗坛被边缘化，只能在其他诗歌流派中寻找到它那单薄的影像。

二 俳句的延绵

俳句兴起于平安时代，后经松尾芭蕉的"闲寂"、与谢芜村的俳句与画的巧妙结合，即在对日本自然景色的深入观察，芜村凭着俳人对季节的变化和诗人敏感的心，令他的画作充满俳句诗意，并创造性地将中国文人画的精神变为具有个性的绘画形式，形成了独特的日本俳句式的"句中有画，画中有句"的审美风格。芜村之后，小林一茶将俳句的焦点投射到现实生活中，以一颗俳人敏感的心发现生活中的点滴，既有生活的趣味，也有对贫弱者的同情，还有对强者的反抗，使俳句与平民生活密切相关，扎根在现实社会的土壤之中。此外，还有正冈子规为代表的俳句写作，俳人用当代的语言，如实地反映事物，追求一种简洁平明而又富有起伏的风格。虽然俳句随着俳人的努力，有过一定的变化，但它一直以传统的形式，作为日本文化中"无心"的内蕴焕发着生机。

到了近代明治时期，碧梧桐要求打破"季语的象征"，转而重视"感受性的具体描写""个性发挥"，要求贴近生活，根据作者的直接体验创作俳句。后来，虽然有一碧楼、井泉水等俳人，要求打破俳句的形式，创作出了自由律、无季语的俳句；其间，坚持遵守传统俳句特点的高滨虚子（子规之得意门生）又与碧梧桐展开激烈的论争，但是这样的论争无形中为俳句在新时期的发展提供了可能，促进了俳句的繁荣。俳句在发展的过程中，有时有着浓厚的复古意味，有时却又推陈出新，二者间的消长，或多或少都体现了俳句不仅受到传统文化的滋养，又积极从现实中汲取养分，但它无论如何改变，都没有对传统文化背离与否认。自然风景，生活点滴，心灵感触都是俳句永不褪色的题材。

昭和初期,俳句多少也受到无产阶级文学运动的影响,《层云》杂志的主编井泉水就曾以追求无产阶级解放为己任,还有栗林一石路、桥本无道创办了无产阶级性质的俳句杂志《旗》。而虚子引领的"子规派"与碧梧桐倡导的"新兴俳句"仍在不断地争论,《子规》与《马醉木》成为两派各自的俳句阵地,不断地强调他们的俳句主张。俳句的争论、改革,最终都淹没在了战争的烟云中。

第二次世界大战结束后,日本兴起了控诉战争罪恶的热潮,而关于俳句,学者桑原武夫提出了"第二艺术论",在他看来,俳句只是老人或病人的休闲手段,而对于奉献作者整个人格的一流艺术而言,俳句只是第二艺术。桑原武夫的论调受到大家的指责,可见,俳句经过数百年的发展,早已成为日本人生活中不可或缺的一部分,对日本人的影响也与"无意识"紧密相连。但众俳人和学者也开始思考俳句在新时代的出路及变革问题。在传统俳句杂志《子规》、"新兴俳句"杂志《马醉木》及年轻前卫派俳人金子兜太的不懈努力下,俳句在新时期焕发出新的生机,俳句杂志琳琅满目:除了过去的《马醉木》《子规》之外,还有风生的《若叶》、波乡的《鹤》、草田男的《万绿》、中村汀女的《风花》等。除了俳句杂志的繁盛,对俳句的研究与思考也进入一个高峰期:"据日本俳志《俳句》介绍,1989 年 9 月到 1990 年 10 月,发行俳句杂志(以同人杂志居多)和出版俳句专著(含句集)各 800 余种,发表俳句研究文章 2600 余篇。"[①] 另外,俳句不仅是老年人抒发情感的载体,年轻一代也开始爱上了这种传统的诗歌类型,在 1990 年的一次全国学生俳句大会中,有 11 万 3000 名大中小学生自愿参加这场诗歌大赛,并有 200 余人获奖,可见其盛况。俳句除了在国内的复兴与繁荣,还伴随着日本的经济强盛

---

① 马兴国:《十七音的世界——日本俳句》上,辽宁大学出版社 1996 年版,第 100—101 页。

开始走向世界，英美文人大量撰文介绍俳句，同时也创作了大量俳句：法国库舒的《沿着河流》，美国英文俳句杂志《美国俳句》《俳句》《西方俳句》等，俳句的影响超出了地域的限制，漂洋过海，在西方诗坛上抹上了一笔东方诗歌之美。

俳句虽然只有17个音符，却奏出了动人心弦的乐章，它在俳人的争论与反思中，坚守住了自己的传统文化特点，并不断地抓住时代的脉搏，使其屹立于诗坛而不倒。

三 几点思考

现代小诗和俳句既是中日两国诗歌史上的一景，又根植于各自整体文学演进的历史中，正如朱光潜所指出："一个民族的诗不能看成一片大洋中无数孤立的岛屿，应该看成一条源远流长底百川贯注的大河流。它有一个公共的一贯生命：在横的方面它有表现全民众与感动全民众的普遍性，在纵的方面它有前有所承后有所继的历史连续性。"① 日本俳句延绵400余年，而受到日本俳句影响的中国现代小诗却只如昙花般早早凋零，二者虽然在形式、情感内涵和艺术特色上有着诸多相似之处，却又因两国不同的文化背景和诗歌中承载的不同文化内涵及各自的艺术原则走向了截然不同的结局。

在日本俳句中我们能够看到、感受到日本传统文化根深蒂固的影响作用，对自然的崇拜与敬畏，万物有灵，一草一木，一花一世界的自然万物都能够在俳句中找到它们生命的存在和其自身的价值，日本由于受到地理环境的影响，偏爱纤细精巧，不重壮美的审美趣味也沉淀在俳句之中。十七音的世界，沉积着大和民族文化太多关于美的认识和美的体悟。在俳句中能够深切地体会到俳人心灵的悸动与生活的态度，俳句不仅是和歌的延续，更开启了属于它自己的一片天地。在新天地中，自然的触动，生活的感悟，生命的无常与

---

① 朱光潜：《诗的普遍性与历史的连续性》，《益世报·文学旬刊》1948年1月17日。

宿命的轮回都使俳句焕发着生机。此外，俳句与中国唐诗有着众多的关联，经过几代俳人的努力，唐诗中的艺术手法，意境的营造早已内化为俳人和俳句的一部分，许多学者虽从俳句中找到了盛唐遗风，但却有着日本文化的痕迹，逐渐地，俳人经过自身的努力，对俳句的创作提出了自己的见解，并亲身实践，形成了它独特的审美风格。而在日新月异的新世纪，新的文化环境和文化氛围中，俳人又对俳句提出了新的看法与要求，以求适应不断变化的社会环境。可见，俳句的发展和延续离不开它自身不断地完善和与时俱进，它虽有着固定的形式，但在情感内涵上却是随着时代的发展而变迁，紧扣时代的脉搏。

相较于日本俳句而言，中国现代小诗呈现出了几点不尽相同的地方。首先，现代小诗是时代催生的诗歌。在诗坛比较沉闷之时，周作人大量翻译介绍了日本俳句，为打开诗坛沉静的局面提供了一种选择。这种形式短小，语言凝练，意境悠远的诗歌受到人们的关注和青睐，许多学者、青年从模仿、学习，到自己尝试创作新诗。可见，现代小诗的产生有着一定的偶然性，若当时没有日本俳句、《飞鸟集》这样的短诗在中国的流行，也许就不会有现代"小诗运动"。不过偶然之中也蕴含了必然性，正是周作人翻译了日本俳句，泰戈尔获得诺贝尔文学奖，中国兴起"泰戈尔热"，使得这些"一行至四行"的小诗流行于诗坛，它简单的形式让众人跃跃欲试，作新诗或许不再是难事。可以说，在 20 世纪 20 年代初是一个小诗流行的时代。虽然小诗诗人中也有宗白华这样学习古典传统诗词而作诗之人，但小诗的简洁形式与古代绝句、小令等相似，也更加容易被诗人所接受。

其次，现代小诗的出现，除了社会因素和外国诗歌的影响，不可避免地也与传统诗歌有着一定的联系。虽然当时许多诗人都以学习新知识、新文化而自豪，许多人都不自觉在回避传统文化的影响，但传统文化的积淀早已内化在诗人的"无意识"中，虽不明显，但不可否认其存在，诗人的意象与意境的建构都从传统诗歌中汲取着营养。有的诗人为了迎合当时社会的呼声，努力创造"新文学"，他们在追求反叛与自我的时候，诗人过于自由，不仅摒弃了传统诗歌中的韵律、整饬的排列、典故的运用，在诗歌形式上，除了短小之外，可谓其余的都抛弃了。

再次，现代小诗在发展中虽有传统诗歌潜移默化的影响，但许多诗人在极力地背离传统诗歌，他们并没有提出与传统诗歌文论中相似的艺术手法，也未创造出新的诗歌美学风格。与日本俳句相比，俳句中延续和创造了"禅""闲寂""物哀""余情"等独特的审美特质，使俳句不仅有创作的实践，更有审美的逸趣。而现代小诗虽有诗人的创作，但缺乏相关的美学理论，有的时候就显得平淡无奇，唯余刹那间的感动与拨动心弦的悸动，少了耐人回味的悠长。在现代小诗的滥觞之时，连刹那的情思都不能引起读者的共鸣，更无法谈及美的感受与体验。现代小诗的余韵，正如现代小诗在新诗中，也是昙花一现，是划过天际的一颗流星，虽然夺目，却只有瞬间的光芒。

最后，中国传统诗歌的"言志"被现代小诗所抛弃，在风云突变的社会环境中，社会历史需要诗人担当起批判现实的黑暗，抒发自己的报国热忱的社会责任。而小诗对自然、人性、亲情、爱情的歌赞，重视诗人个人"私情"，对"公志"的忽略和背离时代历史环境越来越远，与时代的呼声大相径庭。小诗的世界渐渐变得只是个人的小世界，少了社会历史的责任，当大家的目光都聚集在风云变幻的社会时，小诗也就逐渐被遗忘在历史的发展中。

综上所述，诗歌的发展与延续离不开传统的浸染，传统文化中有着本民族千年的文化积淀，传统文化同时也孕育着本民族的审美情趣与美学风格；并且，传统文化的点滴早已内化为诗人、读者的"集体无意识"，虽未言明，但却无法根除。传统文化不可避免地含有精华和糟粕，我们应取其精华，去其糟粕。面对外来文化的冲击，我们更不能迷失自我，完全学习他国文化，须知在去传统文化的过程中，我们也抛弃了民族的根本。若是没有了自我传统文化的支撑，再好的诗歌或理论也如风中柳絮，随着新的冲击到来而随"风"逝去，只留下片语只言，让人感叹唏嘘。作为诗歌，虽然要求在语言上、形式上有所创新，但在文化内涵上，却无法回避传统文化的浸染，在追求别样的审美情趣时，不可完全抛弃本民族的审美趣味，我们应重视传统文化中独特的审美感受与体验，在诗歌的意境中发现人生的感动。

第四章　中日左翼诗歌的农村与都市书写

20世纪30年代兴起的左翼诗歌是特殊文化场域的产物，它的产生、发展和变异与特定的政治文化语境有着密切的关系。左翼诗歌是在左翼文艺理论引导下产生的，中国左翼文艺理论的影响主要来自日本普罗文艺理论，但在接受的过程中，中国的左翼诗歌又呈现出与日本左翼诗歌不同的面貌，尤其是两国左翼诗歌对农村和都市的书写更显不同。通过比较分析不仅可以加深了解中日左翼诗歌各自的特点，而且可以认识中日双方的文化、两国深层心理的异同，从而有利于促进两国文学的发展，有助于中日两国加强相互之间的理解。

第一节　"同源"的中日左翼诗歌

一　左翼诗歌的兴起与发展

所谓左翼文学是"用政治上左翼激进派的概念来标榜自己革命的政治色

彩的文学组织"①。1922年，在莫斯科出现了最早的以"左翼"命名的文学组织"左翼艺术阵线"，这个团体的组织者和领导者是无产阶级诗人马雅可夫斯基。在中国，到了20世纪20年代中后期，中国具有革命政治立场的作家开始倡导无产阶级文学，并于1928年发起"革命文学论争"，正式确立无产阶级文学，1930年3月成立的"中国左翼作家联盟"把无产阶级文学推向高潮，直到1937年抗战爆发，多数无产阶级作家转向，无产阶级文学走向抗战文学，这十年被称为中国现代文学史上的"左翼十年"。左翼文学运动在诗歌方面的体现主要是普罗诗派和中国诗歌会。普罗诗派的主要代表人物有蒋光慈、郭沫若、殷夫等。普罗诗派主题是歌颂中国反帝反封建的革命和张扬无产阶级革命理想，并将诗歌与无产阶级的政治斗争结合起来，抵抗国民党围剿的白色恐怖，歌颂工农革命运动。这些作品语言率直，感情强烈，表现激烈的阶级冲突，并强调诗歌的宣传功能。1932年"中国诗歌会"在上海成立，其机关刊物是《新诗歌》，并在广州、北京和日本创立了分会。主要人物有穆木天、杨骚、任钧、蒲风、温流等。中国诗歌会的作品一般直抒感情，善于描写，多数是写当时有时代特色的政治和社会事件。

日本左翼文学运动是从无产阶级文学登上历史舞台开始的。关于日本无产阶级文学运动有两种意见：一种认为是从1921年的《播种人》创刊开始，一种认为是从1915年产生的"工人文学"开始，而多数作家持第一种看法，后来第一种看法基本上成了定论。日本无产阶级文学从产生到发展、衰落，经历了艰难的路程。1921年《播种人》文学杂志出版，宣传无产阶级艺术观和创作；1925年年末，以《文艺战线》为中心建立了"普罗联"，形成日本无产阶级文学的第一个繁荣期，在实行改组后成立"普罗艺"；1927年普罗艺发生分裂，青野季吉、藏原惟人、黑岛传治等另行组成"劳农艺术家同

---

① 艾晓明：《中国左翼文学思潮探源》，湖南文艺出版社1991年版，第20页。

盟",简称"劳艺"。同年,反对山川均路线的作家藤森成吉、藏原惟人等49人退出劳艺,组成"前卫艺术家同盟",简称"前艺",无产阶级文艺运动形成了普罗艺、劳艺、前艺三足鼎立的局面。随后日本军国主义兴起,无产阶级文学走向低谷。日本左翼诗歌的命运随着日本左翼文学的命运起伏不定,出现了很多著名的诗人,其中中野重治和小熊秀雄最为突出。在此期间,中日作家交流不断,日本许多诗人参加了在东京成立的"左翼作家联盟东京分盟",这个团体成了中日文化交流站,其中小熊秀雄和雷石榆建立了深厚的友谊,他们的"往复明信片诗"广为传颂。

二 "俄苏体验"与左翼诗歌

左翼诗歌是左翼文学运动的一环,是在左翼文学运动的成长中发展起来的。中日左翼文学运动的发生与发展离不开外来文学理论的影响,在俄国十月革命爆发的大背景下,两国知识分子前往苏联学习社会主义的成功经验,这些人留学回来之后成了无产阶级革命的骨干,因此在两国左翼文学运动的发展中,有着共同的"俄苏体验"。

中国左翼作家的"俄苏体验"是通过俄苏文学的译介和体验来实现的。瞿秋白说:"俄国布尔什维克的赤色革命在政治上,经济上,社会上生出极大的变动,掀天动地,使全世界的思想都受他的影响。大家要追溯他的原因,考察他的文化,所以不知不觉全世界的视线都集于俄国,都集于俄国文学;而在中国旧社会崩裂的声浪,真是空谷足音,不由得不动心。因此大家都要来讨论研究俄国。于是俄国文学就成了中国文学家的目标。"[①] 在这种"俄苏文学热"的推动下促成了俄苏文学的翻译和研究热潮,如鲁迅翻译托洛茨基的《文学与革命》,1928年任国桢编辑《苏俄文艺理论》,概述了俄苏各派文

---

① 瞿秋白:《〈俄罗斯名家短篇小说集〉序》,《瞿秋白文集》第2卷,人民文学出版社1993年版,第543—544页。

艺理论的主要观点。当时的俄苏文学主要有两派：一派是以托洛茨基为代表，另一派是"岗位派"，这两派围绕是否建立无产阶级文化、无产阶级文学特征如何和怎样看待"同路人"展开论争。托洛茨基认为不能否定文学的艺术特征，对待文艺不应该像对待政治一样，他对"同路人"的文学基本保持肯定。而"岗位派"则认为文学是阶级斗争的武器，评价文艺作品的标准是阶级和政治的"纯洁性"，他们对"同路人"的文学持否定态度。其中受"岗位派"影响的代表人物是留学苏联的蒋光慈，蒋光慈1924年归国后写了《无产阶级革命与文化》，提出无产阶级文化在中国建设的可能性，接着又写了《现代中国社会与革命文学》，基本上是受苏联"岗位派"的影响代表人物，否定"同路人"文学。而受托洛茨基文学理论影响的代表人物，有鲁迅和冯雪峰等人，他们提倡建立无产阶级文学，对"同路人"文学持宽容态度。可以说正是从俄苏文学中汲取了丰富的营养，才使中国作家自觉地将文学与社会运动结合起来，并提出"革命文学"和"无产阶级文学"的口号，坚持现实主义创作原则，同时由于个人阅历和文艺思想，每个人对俄苏文学的接受侧重点不同。

深受外来文化影响的日本左翼文学运动有着与中国相同的经历，都有着"俄苏体验"。日本左翼作家藏原惟人曾在东京外国语学校修读俄语，研读了俄苏文学理论，又于1925年至1926年于苏联莫斯科求学，阅读过马克思、恩格斯等人的著作，1926年回国。他对苏联20年代的文学思潮及理论争鸣不仅十分熟悉，而且有意识地从中吸取营养，形成自己的文学理论体系。为了引导日本左翼文学阵营向苏联学习，借鉴苏联无产阶级文学发展的经验，他翻译了大量的苏联文学理论著作，比如普列汉诺夫的《阶级社会的艺术》、布哈林的《理论家的列宁》、法捷耶夫的《毁灭》等。藏原惟人从苏联留学回国后开始活跃在日本无产阶级文学的舞台上，他把俄苏的无产阶级文学理论带回国内，并撰写《无产阶级文学与"目的意识论"》一文，提出"无产阶级写实主义"的创作方法，要求创作文学时必须坚持现实主义原则。藏原惟人的"无产阶级现实主义"实际上是引进了苏联文学的"无产阶级现实主义"的概念，以这个概念总结了无产阶级文学的新特点。首先他认为写实主义的艺术不仅是宣传品，更是要正确地、客观具体地对现实进行描写；在作品中要确立阶级观点；对于题材，他认为应该是社会中真实和典型的东西；不仅如此，他还要求适当加入描写复杂的个性和心理。他写了一系列提倡"无产阶级现实主义"的文章，如《通往无产阶级现实主义的道路》《再论新写实主义》等。他从苏联论著中寻求到了支持自己思想的思想基础，选择了"拉普"提出的"无产阶级写实主义"这一口号。经过藏原惟人的提倡，"无产阶级现实主义"广泛运用到诗歌创作中，如百田宗治的《挖掘大地的人们》描写了农民辛勤劳作的场面，并希望人们把劳动时的力量运用到与敌人的对抗上；小熊秀雄的《马蹄铁匠之歌》全面描述了马蹄铁匠的工作环境及其工作时的心理活动。

"俄苏体验"惊醒了中日文坛，促进了左翼文学的发生和发展，为中日左翼文学提供了相同的文学理论源头。对中日左翼诗坛来说，"俄苏体验"是一把双刃剑，一方面促进了左翼诗歌运动的发生；另一方面，因为中日左翼文学运动对苏俄文艺的过分依赖导致了机械主义的产生，照搬照抄苏联文艺理论，脱离本国实际，排斥浪漫主义和象征主义的创作方法，导致左翼诗歌内容单一，语言失去光泽，留下的佳作甚少。

中国左翼诗歌除了受到"俄苏体验"的影响，也受到日本左翼文艺理论的影响。苏联"拉普"文艺观点是通过日本左翼理论家的阐发间接传到中国的，中国左翼作家提倡的"无产阶级写实主义"直接来源于日本。沈绮雨曾说过："中国的普罗艺术运动，与日本实有不可分离的关系。"[①] 尤其是创造

---

① 沈绮雨:《日本的普罗列塔利亚艺术怎样经过它的运动》，饶鸿兢等编《创造社资料》上，福建人民出版社 1985 年版，第 354 页。

社与日本有着密切的关系，创造社的多数骨干都是日本留学生。创造社后期的"剧变"与他们对福本主义的接受和认同有很大的关系。福本主义是以福本和夫为代表，其主要特征为：追求纯粹的阶级意识，带有浓厚的"宁左毋右"特点。创造社后期成员留日期间，正值日本福本主义左倾路线盛行的高峰期，所以创造社成员把福本主义思想当作成功的经验带回国内，甚至在很长一段时间里，福本主义都影响着中国左翼文学。郭沫若曾说中国的新文艺是"深受了日本的洗礼"，"而日本文坛的害毒也就尽量的流到中国来了"。①这里的"毒害"讲的就是福本主义。除了福本主义，最重要的是中国左翼作家如创造社、太阳社的成员还接受和引进了藏原惟人的"无产阶级写实主义"理论，该理论在1931年前后成为左翼文坛具有指导意义的文艺口号，对中国左翼作家的创作产生了很大影响，因此，中国左翼诗人在创作中运用"新写实主义"的方法进行创作，如实反映无产阶级的生活。如蒲风的《茫茫夜——农村前奏曲》一诗运用现实主义手法，再现了农民的艰苦生活；殷夫的《春天的街头》中金钱，投机，商市，情人、车夫、强盗充斥着街头，描绘了一幅杂乱和繁荣兼具的都市画面。

总体看来，中国左翼文坛的理论源头由两条支流汇成，一条是直接来自苏联的左翼文学理论，另一条是来自日本的左翼文坛理论。由于中国对苏联的文艺主要从译介作品中吸取营养，显然这种影响是有限的。就连留学苏联的蒋光慈，在回国后于1929年赴日本养病，这期间他曾拜访过藏原惟人两次，这些直接的接触进一步加强了中国左翼文艺和藏原惟人文艺理论的联系。在蒋光慈之前，太阳社成员林伯修已开始介绍藏原惟人的论文《到新写实主义之路》，此后，太阳社的刊物上经常刊登藏原惟人的文章。1928年7月，钱杏邨在《太阳月刊》关于《动摇》的评论中第一次提出"新写实主义"的口

---

① 麦克昂：《桌子的跳舞》，《创造月刊》第1卷第11期，1928年5月1日。

号。随后中国左翼文坛掀起了关于"新写实主义"的辩论,围绕什么是现实和怎样反映现实的问题进行激烈的讨论。然而"新写实主义"是"无产阶级写实主义"的基础,两者都提倡运用现实主义的方法进行创作,区别在于反映现实的对象不同而已,"无产阶级现实主义"主要是反映无产阶级的生活现实。"无产阶级现实主义"文学的特点主要表现为准确地把握社会的阶级矛盾;以工农大众的生活和斗争作为创作的基本题材;追求文学大众化,运用工农喜闻乐见的形式进行创作。左翼诗歌作为左翼文学的重要一环,其地位不可小觑,可谓左翼文学和文艺理论最直接最深刻的体现,因此,比较中日左翼诗歌更能够体现中日左翼文学的相同与差异。

综上所述,中日左翼文学都从苏联左翼文艺理论汲取营养,这说明中日左翼文学具有"同源性";不仅如此,中国左翼文学直接受到日本左翼文艺的影响,而左翼诗歌又是左翼文学的重要领域,这给中日左翼诗歌比较提供了前提。中国左翼文学接受日本左翼文学的"无产阶级写实主义"的创作方法,要求在文学创作当中坚持现实主义原则,在现实主义原则基础上重点反映农民和工人的生活面貌,直接表现无产阶级的革命斗争。"无产阶级文学"是农民和工人生活的"特写",农村和都市是农民和工人主要的活动场所,因此,中日左翼诗歌中农村和都市的书写最能够体现"无产阶级现实主义"文学的基本特征,也最能够反映工人和农民的现实生活和精神面貌,但由于两国文化的差异,中日左翼诗歌在表现农村和都市时又存在"变异"。

第二节 对农村和都市的凝望

中外古今,对农村和都市的眷恋一直都是诗人们热衷的话题之一,尤其是当国家和人民遭到苦难时,这份"恋情"就越能在诗歌中得以展现。20世纪二三十年代的中国和日本，由于各个阶级的发展速度步调不一致，发展水平不平衡，导致社会矛盾愈演愈烈，再加上国家战乱频繁，原本就贫弱的底层劳动人民，生活上更是雪上加霜。面对这样一片满目疮痍的土地，中日左翼诗人们敏感的心弦被不断拨动，对农村和都市的描写笔墨越来越多，然而在描写农村和都市时，中日左翼诗歌既表现出同的一面，又表现出异的一面。在描写农村时，中日左翼诗歌都展现了一幅幅衰败的农村之景，在这自然之景中刻画了一系列的农民形象，中国左翼诗歌塑造了一系列悲壮的农民英雄形象，他们不堪封建势力的压迫奋起反抗，然而在现实的残酷压迫下走向失败，带有悲壮的英雄色彩；而在日本，左翼诗歌在描画衰败之景中刻画了一些悲情的农民形象，他们在艰难生活的压迫下有着撕心裂肺的悲痛，在悲痛中走向绝望。在描写都市时，中国左翼诗歌把笔墨主要集中于上海，勾画上海的都市景象，塑造集体主义英雄工人形象；而在日本左翼诗歌中，以特定的抒情笔调勾画了一幅"岛国都市"之景，刻画了一系列个人主义英雄工人形象。

一 左翼诗歌中的农村

左翼诗人站在农民的立场之内，"把思想意识和思想感情溶化于农民，设身处地地表现农民。为此两国的理论家们都强调农民文学必须具备农民的'意识'"。[①] 一时间，很多左翼诗人都主张用乡土文化来治疗现代城市文明、工业文明所造成的各种危害，中日两国诗坛弥漫着一种浓厚的"归乡"情绪。诗歌勾画了一幅农村衰败图景，刻画了一系列的农民形象，然而在图景描画和人物塑造上侧重点又不同，中国左翼诗歌通过描绘衰败的自然之景表达诗人超脱个人情感的社会关怀，同情工人的处境，同时歌颂农民的英雄气质和行为；而日本左翼诗歌在勾画农村之景时，常从个人情感出发表达对农民的同情。在中国的左翼时期，出现了两种农民文学，一种是带有强烈的意识形

---

① 亓华、王向远：《中国的乡土文学与日本的农民文学》，《四川外语学院学报》1999 年第 1 期。

态色彩和政治倾向的"左翼乡土文学",以茅盾、丁玲、蒋光慈、蒲风为代表;另一种是"京派"的农民文学,以废名、沈从文为代表。20世纪初期,日本同样出现了浓厚的"乡土"情感,马克思主义学者河上肇身上就具有"尊农"思想倾向,在情感上反都市、亲农村。河上肇在1905年的《日本尊农论》和1906年的《日本农政学》中均表现出对农民和劳动者的人道主义同情。此外,20世纪早期日本还开展农民文学运动,创作以农民为对象的文学作品。虽然农民文学运动"农村和城市对立,工人和农民对立"的观点与普罗农民文学宗旨相违背,但是他们反映农民生活、揭露资本主义和封建势力对农民压榨和剥削的丑恶行为是一致的。农民文学的文学特点延续到左翼时期,以小林多喜二、德永直为代表的普罗文学家发表了大量以农民生活为题材的左翼小说,这些题材延伸到诗歌领域,产生了大量的乡土诗歌。总体来说,中日左翼诗人心中都有着无法抹去的"乡土情结"。在他们心里,农民是那么亲切,家乡是那么美丽,可是由于工业文明的推进和战争的摧残,家乡美丽的童话成为滋养恶势力的沃土。

(一) 衰败之景与乡愁

左翼诗歌中农村书写势必要描画一幅贫穷落后的农村图景,描写农民水深火热的生活,揭露反动势力的残忍和批判对农村的破坏。置人死地和超乎寻常的物质贫困导致一个非常规的时空出现,在这个非常规时空里,每个农民都感到了饥饿和死亡的逼近。在某种程度上,普遍的饥饿和死亡对那些通常处于乡村生活隔绝状态的农民来说,是一种比任何启蒙思想更直接的教育,它的实践效果似乎超过了任何政治革命对广大农民的冲击。在诗歌中表现农民普遍的饥饿和死亡,目的是让更多的人感到社会的黑暗和农村的岌岌可危,从而唤起广大人民的反抗意识。农村题材诗歌的最美品质就是勾画了一幅充满乡土气的农村水墨图,这幅水墨图包括家乡山水风光、历史名胜以及农事耕作等,展示出在异国见所未见的风俗、风景和生活。所有的农村图景并不是单独孤立的存在，而是在诗人情感的宣泄中显得更加富有生气。与左翼特殊的社会环境相联系，诗人的情感在这里可以解读为"乡愁"。

在中国，这个"愁"不仅是指诗人个人情感，对家乡的怀恋，更是包含着深刻的社会意义，带有强烈的时代色彩。左翼时期，国家衰败，农村萧条，民众痛苦，知识分子不自觉地承担起时代的责任。他们的"乡愁"是从社会意义出发批判黑暗社会，控诉封建势力的残酷。正如蒋光慈的诗歌《乡情》所写的那样：

> 从故乡来了一位友人，
>
> 向我报告了许多消息，
>
> 他说故乡已改了面目，
>
> 完全不如那平静的往昔。
>
> 他说兵和匪闹不分晓，
>
> 为官的只知道自己的腰包；
>
> 有钱的被绑了票，
>
> 无钱的更难熬。
>
> ……
>
> 孩子们之中有一个黄牛，
>
> 他的父亲本来是抬轿的轿夫；
>
> 他的头发是黄色的，其状如牛，
>
> 因此得了黄牛的称呼。
>
> ……
>
> 他与豪绅作对，
>
> 任谁也不奈他何，
>
> 从前是轿夫的儿子，
>
> 现在变成穷人的大哥。

> ……
> 他说这里有的是白米，
> 有的是成堆的布匹，
> 挨饿的来拿米，
> 受寒的来取衣。①

这首诗歌就是作者在莫斯科时期写的。1921年蒋光慈去苏联留学，被分配到莫斯科东方劳动者共产主义大学中国班学习。诗歌中土气的农民黄牛、兵匪闹分晓、挨饿的人、受寒的人构成了一幅衰败而又热闹的农村图画。当友人说起家乡的事情时，久藏在诗人心底对家乡的怀念之情也泛滥开来，于是通过回忆儿时的游戏和描写儿时的玩伴黄牛来抒发自己的思乡之情。作者用了大量篇幅赞美勇敢和有觉悟的农民形象黄牛。他敢于反抗土豪劣绅，还有他的善良，热心帮助贫穷饥饿的农民，但是残酷的封建势力并没有放过他，"豪绅们在县中请了官兵，/誓除此地方的恶棍，/黄牛虽然想逃走，/终于牺牲了性命……"（蒋光慈《乡情》）正是具有善良品质的黄牛被黑暗势力所害，引起诗人强烈的不满，从而尖锐批判封建势力对农民的剥削。

对黑暗社会的控诉在蒲风的《茫茫夜——农村前奏曲》中也得到充分的展现。"青，你该当归来呵！/上年，你突的丢弃了家，/你没有告诉我，/对她也没有提及半句话，/她急得暗地里流泪，/她说前世没修今世惩罚她。/据说你和几位同乡跟了穷人军，/你们由此地跑到那地，/又由那城跑到他城；/漫说我家没风水，就是做官，/青，你就不要她，/也不要白发的母亲？"② 这首诗描绘了一幅军阀当道、民不聊生的农村景象。军阀统治者为了取得胜利，扩大军队规模，常年征兵抓壮丁，导致农村缺乏有劳动力的青年，这首诗就

---

① 北京大学、北京师范大学、北京师范学院中文系中国现代文学教研室主编：《中国现代文学史参考资料：新诗选》第2册，上海教育出版社1979年版，第285页。
② 同上书，第100页。

是在这样一个大背景中写的。整首诗是以母亲的口吻来叙述,儿子的离家参军给母亲带来了痛苦,这种痛苦一方面来自儿子的离去可能会一去不复返,战死沙场;另一方面来自儿子的离开使得母亲缺乏生活帮手,导致收成不佳,在苛捐杂税的逼迫下,母亲的生活步履维艰。于是母亲不停地呼唤儿子归来,希望儿子守在自己身边好好生活。这里除了母亲的痛苦,还有一个"她",这个"她"既可以理解为"青"的妻子,刚娶过门的妻子面对着丈夫的离去急得暗暗流泪,还以为自己没有前世的修行才导致今世丈夫的离开;又可以理解为农村这块生他养他的土地,表现这块土地对"青"的离去的一种哀叹。因此,从这里可以看出,连年战争给农村生活带来的深重灾难,表现了诗人对劳动人民的同情和关怀。

描写农村时,通常要涉及故土的自然景观和人文景观。在日本,农耕是左翼农村题材诗歌常常写到的场景,农耕活动就是自然景观和人文景观的完美结合,其背后,隐含着诗人的一种"乡愁",而这种"乡愁"体现的是一种个人情感,从个人情感出发表达出对农村的热爱、对勤劳农民的赞颂以及对农民力量的肯定。正如百田宗治的诗歌《挖掘大地的人们》所描写的:

    挖掘大地的人们,
    抡起沉重的大铁镐,
    刨进大地的人们,
    啊,干得浑身是汗的人们,
    把全身力气注入大镐中。
    ……
    你的汗漉漉的头发,
    紧垂前额,
    你的双臂上鼓起,

充满血气的力的肌肉,

你的双脚坚实地踏在大地上,

你的目光敏锐;

燃烧着无限的爱。①

这是百田宗治笔下的农民:淳朴善良,心里充满爱,在辽阔的土地上辛勤的耕耘。对农民的勤劳品质,诗人给予了热情的赞颂。然而连年的战乱和土豪劣绅的压榨,农民生活变得非常困难,因此,诗人劝告农民不能任凭压迫者欺侮,应该站起来反抗压迫者的剥削,正如作者的呼喊:"挖掘大地的人们,/你们的大镐用铁铸造,/你们的大镐/将粉碎一切——/粉碎一切偶像和虚伪,/粉碎一切无根基的信仰,/粉碎一切阻挡你们/前进的障碍。/任何人都奴役不了你们,/任何人也侵犯不了你们,/你们是属于自己的。/你们的劳动是天赋的权利。为了你们的自由,/为了你们平等的爱,/奋斗吧!/世界将笼罩在/你们真挚的相互友情中。"② 自由是每个人的权利,就算是贫弱的农民,也应该享有自由的权利,不能容忍压迫,对压迫者反抗到底。困难和灾害并不可怕,只要大家团结起来,互相帮助,互相鼓励,任何艰难困苦都会被打败。只有这样,农民才能走出黑暗,看到希望和光明,就如诗人所说:"挖掘吧!你们,/挖掘吧!你们。/土地在你们面前/是宏大的,/土地在你们脚下/是无限的。/你们的大镐/将把你们引向光明,/引向未来理想的王国,/引向愉快的'实现'。/挖掘吧!你们,/不久,你们将从挖掘了的/大地底层,发现你们的太阳。/真实之光在等待你们,/等待你们用大镐/摧毁黑暗之门的时刻来临。/……光明在等待着你们,/光明在思慕着你们。"③ 在这里,诗人对农民的力量进行了充分的肯定,支持他们对黑暗社会的反抗,并预言社会

---

① 陈岩主编:《日本历代著名诗人评介》,上海外语教育出版社1999年版,第519—520页。
② 同上书,第521页。
③ 同上书,第522页。

的黑暗必将消失，光明必会到来。

　　社会的黑暗与混乱导致农村受到严重伤害，民众的痛苦，国家的衰败，如熊熊燃烧的烈火，炙烤着诗人的心，诗人的"乡土情结"被点燃，他们不惜笔墨对农村的人和物进行大量的勾画，并抒发自己热爱故乡的感情，体现了左翼诗歌的"捉住现实"的核心原则。虽然两国诗人都描画出一幅幅农村的衰败景象，并蕴含着诗人无限的"乡愁"，然而在这"乡愁"的背后却隐藏着差异。在中国诗人笔下，"乡愁"体现的是深刻的社会含义，展现农民的悲惨命运，诗人不仅表达对农民的同情与关怀，而且控诉黑暗的社会；在日本诗人笔下，"乡愁"体现的更多的是个人情感，诗人从个人情感出发，展现农民优秀品质，由衷地歌颂农民的力量，并对农民反抗黑暗势力表现出极大的信心。

（二）悲壮的农民英雄和悲情的农民形象

　　"诗则绘画自然，并且加以美化：它也画人，加以放大，加以夸张，它创造出许多英雄和神祇。"① 以叙事为主的左翼诗歌，农民形象是乡土题材诗歌中不可或缺的部分。在中日左翼诗歌的农村书写中，农民犹如一颗颗耀眼的星星，在黑暗的夜空散发着光芒，不畏艰难勇敢活下去，如蒲风的《农夫阿三》和壶井繁治的《声音——一个母亲的歌唱》，这两首诗中都塑造了一个农民的形象，通过对他们悲惨生活的描写，展现了他们敢于和命运做斗争的勇气。在中日左翼农村题材中又表现出极大的不同，中国诗人塑造了一个个悲壮的英雄形象，日本诗人则塑造了一个个悲情的农民形象。

　　在中国，"英雄"一词由来已久，它是指品格优秀、武勇超群、无私忘我而令人敬佩的人。美国作家悉尼·胡克在《历史中的英雄》中谈道："所谓历

---

① ［法］布封：《论风格》，范希衡译，伍蠡甫、胡经之编《西方文艺理论名著选编》上，北京大学出版社1985年版，第224页。

史上的英雄就是那样一个人：在决定某一个问题或事件上，起着压倒一切的影响而我们有充分理由把这样的影响归因于他，因为如果没有他的行动，或者，他的行动不像实际那样的话，则这一问题或事件的种种后果将会完全两样。"① 现在的英雄一般指在普通人中间有超出常人能力的人。每个时代都有不同的英雄代表人物，有神话英雄，也有民族英雄；每个国家也有不同的英雄代表，如中国的韩信、荆轲、霍去病、林则徐，日本的武士等。中国左翼诗人笔下塑造了一系列悲壮的英雄形象，譬如蒲风的《农夫阿三》就塑造了这样一个悲壮的农民英雄形象：

　　……农夫阿三，

　　忽然变了心，

　　欢欢喜喜

　　转过头来，说：

　　"回家去！回家去！"

　　阿三醒过来，

　　农夫阿三

　　要赶快回家去！

　　阿三有道理：

　　我是农人，我有众多兄弟！

　　假如我们团结起来呵！

　　假如我们团结起来呵！

　　拿起锄来，

　　翻过天来换过地！

　　——认识认识我们吧，

---

① ［美］悉尼·胡克：《历史中的英雄》，王清彬译，上海人民出版社2006年版，第107页。

> 我们有众多苦兄弟！
> 当兵，
> 你送枪给我们，
> 好，
> 这正是机会！机会！……①

这首诗具有很强的叙事性，它讲述的是农夫阿三在"国难"时期为躲避抓壮丁被迫逃难，途中突然发现自己不应该抛弃母亲和兄弟，于是转身回家当兵，希望凭借自己和同伴的力量可以"翻过天来翻过地"，重新改造社会。但是农夫阿三的命运却并没有因此而改变，备受饥饿之苦的他并没有走向从军之路，更没有实现"翻过天来翻过地"的愿望，而是冒着"火般的太阳"在田间辛勤的劳作，为自己的温饱而忙碌，正如诗歌最后写道："七月里，／田间早稻黄，／农人忙收割，／天空呵，／挂着火般的太阳。"阿三虽然有一身抱负，但是面对现实，他只能选择妥协。②

蒲风不仅在《农夫阿三》中塑造了这样的英雄形象，在他的另一首诗《咆哮》中也塑造了这样的悲壮英雄形象："他们每一个／都像长城的任何一块砖，／他们一个一个的／就连成一座铁的长城，／他们要用自己的力量／来护卫他们自己的土地。"③ 在诗人笔下，这些昔日卑贱的农民终日低头为他人做嫁衣裳，受人欺凌，然而在特殊的环境中，这些农民以英雄的姿态出现，他们团结起来，形成不可抗拒的力量，保卫自己的土地，创造自己的幸福。但是当"敌人的飞机、炮弹在头上飞"，农民的力量就显得微不足道了，保护自己土地的愿望终究在这样"敌强我弱"的环境中灰飞烟灭。

---

① 北京大学、北京师范大学、北京师范学院中文系中国现代文学教研室主编：《中国现代文学史参考资料：新诗选》第2册，上海教育出版社1979年版，第107页。
② 同上书，第108页。
③ 同上书，第112页。

与中国左翼诗人笔下那悲壮的英雄形象相比，日本左翼诗人塑造了一批悲情的农民形象，他们在战争和封建势力的压迫下走向绝望。壶井繁治的《声音——一个母亲的歌唱》这样写道：

听到虫鸣的声音，
秋天已经过尽，
现在正是冬令。
难道还没死尽？
听到虫鸣的声音。

活着的，
死了的，
攻击的，
被攻击的，
全都已经冻结。

好似从遥远的战场，
又听到虫鸣的声音，
是因为我太累了，
我的耳朵在鸣？
不，怕是那孩子，
在哪儿发出呼声。

他已经死于枪弹，
再也不会生还，
难道只有声音活着，

正在那里呼喊?

……①

　　这首诗塑造了一个慈爱的母亲形象,叙述一个农村妇女在听到自己的孩子死于战争时的悲伤情感,是一个母亲所谱写的一首悲恸的歌曲。从母亲的歌曲里,我们读到了战争的残酷和底层人民悲苦的生活以及农民的绝望情绪。在壶井繁治的笔下,这些农民形象手无缚鸡之力,在沉痛的渊底等待他人的救助,不像蒲风笔下那些带有悲壮色彩的形象具有英雄气质,而显示出消极颓废的色彩。

　　朱光潜在《诗论》中说:"心中只有一个完整的孤立的意象,无比较,无分析,无旁涉,结果常致物我由两忘而同一,我的情趣与物的意态遂往复交流,不知不觉之中人情与物理互相渗透。"②情趣可以是诗人的,也可以是读者的,形象是一种物的意态,形象是诗人抒发情感的载体,也是诗人某种气质的表象。

　　中国左翼诗人笔下的农民形象所带有的英雄气质是诗人英雄情结的体现。周作人曾指出:"英雄崇拜在少年时代是必然的一种现象,于精神作兴上或者也颇有效力的。我们回想起来都有过这一个时期,或者直到后来还是如此,心目中总有些觉得可以佩服的古人,不过各人所崇拜的对象不同,就是一个人也会因年龄思想的变化而崇拜的对象随以更动。"③ "英雄情结"伴随着大多数人的人生旅程,深潜于人的意识之中不可消磨。诗人所固有的英雄情结、英雄崇拜的潜意识在革命潮流的冲击下被唤醒,往往把自己所固有的英雄气质投射到笔下的形象,通过形象性格和命运的展示,表达诗人自己的英雄主义情结和理想。在蒲风的笔下就塑造了一系列的农民形象,如《农夫阿三》

---

① [日] 壶井繁治:《壶井繁治诗钞》,楼适夷、李芒译,作家出版社1962年版,第9—10页。
② 朱光潜:《诗论》,人民出版社2010年版,第37页。
③ 周作人:《周作人散文》第1集,中国广播电视出版社1992年版,第342页。

中阿三的精神面貌正是诗人英雄气质的显现，诗人借助阿三的行为来告诫自己不要逃避战争，不要逃避苦难，且告诫同胞们要正视苦难，希望所有的人拿起枪，对准敌人的头颅，但是现实却没有为他的抱负买单。

日本诗人的英雄情结较中国诗人而言显得弱一些。在日本诗人笔下，他们所塑造的农民形象是悲情的，正如壶井繁治在《声音——一个母亲的歌唱》中所塑造的母亲形象，她听闻孩子的死讯后陷入悲痛之中，听到外面虫鸣误以为是自己的孩子在呼喊，甚至联想到自己的孩子将死的场面。诗人描写一个母亲想象自己的孩子被杀场景的残酷，正是这种残酷烘托出了一个悲情的形象。从这首诗歌里，我们也窥见了诗人潜藏在心里的巨大悲愤，强烈谴责战争，同情底层人民。

综上所述，中日左翼诗人都塑造农民形象，中国诗人笔下的农民犹如一个悲壮的英雄，在黑暗的社会里奋起反抗，苦于现实的压迫而失败；日本诗人笔下的农民却带着强烈的悲情色彩，反抗意识薄弱。人物形象往往是诗人情感的表现，在这些人物身上往往赋予了诗人自身的特点。中国诗人潜藏的英雄情结"化身"在诗歌人物形象上，他们敢于反抗的精神正是诗人自己英雄情结的体现，诗人希望充当时代的改造者，改变农民的生活处境；在日本左翼诗人那里，他们通过展示对弱小群体的关怀来显现英雄气质，在诗中更多的是倾注自己的情感因素。

二 左翼诗歌中的都市

20世纪二三十年代，除了出现大量的以农村为创作背景的诗歌外，都市也是中日左翼诗人重点描写的对象，中日左翼文学史上形成一个现代都市文学创作的黄金期，不仅出现了描绘现代都市生活的铁笔圣手，而且产生了堪称现代都市文学经典的作品，都市的五光十色就成了值得追忆的文学风景。都市文学关注的是"都市的生活形态"，这种形态包括城市的风貌、印象以及作者的各种体验。两国的左翼诗歌在都市的描写上亦有所不同。中国左翼诗歌主要集中描写上海景象，刻画集体主义工人英雄形象；而日本左翼诗歌呈现出来的是一幅"岛国都市"之景，塑造个人主义工人英雄形象。

（一）"上海书写"与"岛国都市"

在这个特殊的时代，五光十色的都市在中日左翼诗人笔下不仅是"罪恶的深渊"，而且是"革命的熔炉"。在中国，都市承载着无产阶级革命的历史重任，都市工业的发展促进了工人阶级队伍的壮大，这给左翼文人在创作上提供了不竭的资源。中国都市集中在东部沿海地区，譬如上海、大连。其中上海最具代表性，它是 20 世纪二三十年代中国最繁华的都市，这个城市包孕着各个形态的生活画面，有资本家的歌舞升平、殖民主义者的肆意掠夺和工人阶级的哀痛呻吟，同时它也象征着中国开启现代文明的钥匙，承载着左翼作家太多美好的憧憬；它标志着帝国主义侵略中国的事实，殖民化的上海成了左翼作家们写作的核心载体。中国左翼诗人意识到上海的"现代化"是帝国主义的殖民化进程中的一部分，"城市进步"与"精神不自由"这一对矛盾体使左翼诗人陷入深层的焦虑之中。许多左翼诗人的作品都体现了这一点，如郭沫若在《时事新报·学灯》上发表的诗歌《上海印象》："我从梦中惊醒了！/Disillusion（幻灭）的悲哀哟！//游闲的尸，/淫嚣的肉，/长的男袍，/短的女袖，/满目都是骷髅，/满街都是灵柩，/乱闯，/乱走。/我的眼儿泪流，/我的心儿作呕。""现代的都市文明"与"罪恶的殖民势力"就像一把双刃剑，深深地刺痛了中国知识分子的民族自尊心，"国富民强"的理想在残酷的现实面前瞬间破灭了。这些现象惊醒了许多作家，他们看到西方帝国主义列强的存在，看到商业大都会上海的那些与之共生的工人的苦难状况，因此，诗歌中的"现代国际化大都市在瞬间被置换为殖民地城市、贫民窟城市，充斥着阴冷与恐怖的气氛"[①]，如殷夫在《梦中的龙华》中写道："吃人的上

---

① 钟蓓莉：《左翼文学中的"上海书写"》，《大舞台》2010 年第 11 期。

海市,/铁的骨骼,白的齿,/马路上扬着死尸的泥尘,/每颗尘屑都曾把人血吸饮,/冷风又带着可怕的血腥,/夜的合音中又夹了多少凄吟"①,诗歌中"吃人""死尸""吸血"这些词语弥散着恐怖的气息,对资本主义压迫下的城市的无情"批判",霓虹灯下上海的腐朽与堕落在左翼诗人笔下一览无余,而霓虹灯外的辛酸与苦难的工人是左翼诗人同情的对象。在描写上海的腐朽与堕落的同时,诗人给上海注入了"革命"的营养,在左翼作家的笔下,上海虽然是罪恶的、腐朽的,但它也是先进的、革命的领地。如殷夫在《上海礼赞》中描写的那样:"上海,我梦见你的尸身,/摊在黄浦江边,/在龙华塔畔,/这上面,攒动着白蛆千万根,/你没有发一声悲苦或疑问的呻吟。/这是,一个模糊的梦影,/我要把你礼赞,/我曾把你忧患,/是你击破东方的谜氛,/是你领向罪恶的高岭!/你现在,是在腐烂,/有如恶梦,/万蛆攒动,/你是趋向颓败,/你是需经一次诊断!/你是中国无产阶级的母胎,/你的罪恶,/等于你的功业。"②殷夫在诗中批判了上海的罪恶,在他看来,上海是腐朽的代名词,是糜烂的化身,但也孕育着先进与革命的思想,是值得称赞的。上海是中国无产阶级的母胎,是祖国革命事业不可或缺的宝地。

反观日本左翼诗歌,总体上呈现出都市化之感,给人一种"岛国都市"印象。这首先表现在诗人广泛描绘都市景象和工人生活;其次是日本左翼诗人固有的"浪漫情调"下的抒情笔调。一方面,左翼诗歌把焦点放在都市的描绘和工人的生活上面,中野重治就是最有代表性的一位诗人,其《黎明前的告别》这样描述:"黎明就要到来,/这狭小的房间哟,/这熏暗的灯泡哟,/这挂在电线上的尿布哟,/这赛璐珞的玩具哟,/这出租的棉被哟,/这跳蚤哟,/我向你们告别。/为了让花儿怒放,/为了让我们的花儿,/让楼下

---

① 北京大学、北京师范大学、北京师范学院中文系中国现代文学教研室主编:《中国现代文学史参考资料:新诗选》第2册,上海教育出版社1979年版,第11页。

② 同上书,第20—21页。

那对夫妇的花儿，/让楼下那婴孩的花儿，/让这一切的花儿都在一个时辰怒放。"① 这首诗写出了工人罢工之后的都市景象。诗歌描写和讴歌了1926年1月至3月东京印刷工人第二次大罢工。诗人亲自参加了小石川印刷工人的罢工行动。这首诗描写的就是为争取工人权利和实现革命理想而同资产阶级进行坚决斗争的地下革命者的生活，抒发了他们不畏艰苦、放眼未来的豪迈情怀，诗中洋溢着革命乐观主义精神。此外还有他的《火车头》《雨中的品川车站》《帝国饭店》等诗，几乎篇篇都是以都市为背景，反映当时的社会重要事件。除了中野重治的诗歌，还有其他左翼诗人如福田正夫的《石工之歌》、小熊秀雄的《马蹄铁工匠之歌》等，都是以都市为描写对象，呈现都市的千姿百态。另一方面，日本左翼诗人在运用现实主义创作的同时也运用浪漫主义的手法，作品流露出一种都市所特有的浪漫抒情笔调，这给"岛国都市"之印象提供了感情基调。相对于农村的粗糙和脏乱，都市是浪漫的、文明的。譬如小熊秀雄于1923年写的诗歌《被夺去的灵魂》："你想要从我这里夺回，灵魂的一点点碎片，偷偷的潜入我那像黑夜一般灰色的梦中，来把我那受了伤的灵魂夺去。你用柔软的亲吻，想要来引我上钩，可你的灵魂的碎片，直到它发狂地在手上燃烧为止，也不会把我送还回去的。"诗中多用拟人手法，具有强烈的抒情性，表达了作者内心的无产阶级文学信念和与资产阶级社会斗争的决心和气魄，表明了作者无论如何也决不受阶级敌人的威逼利诱而脱离革命阵营的坚定的革命意志。

总之，无论是市民文学形态还是工人文学形态，日本左翼诗人们在创作过程中所描写的对象始终没有离开过都市中千奇百怪的生活现象，这些生活是光明或黑暗的，市民情感是愉悦或痛苦的，掺杂着诗人对都市的爱恨交织、喜忧参半的情绪，因此，无论何种状态，日本左翼诗人对都市的描绘比中国

---

① 李芒、兰明编译：《日本近现代抒情诗选》，译林出版社1991年版，第208页。

左翼诗人对都市的描绘更加普遍和广泛。都市不仅是邪恶的代表，也是先进思想的发源地，中日左翼诗歌在对都市的情感中，都有谴责和赞颂，但是具体比较起来，以都市为题材的中国左翼诗歌往往集中在某一个城市，极力渲染都市的繁华和黑暗；而以都市为题材的日本左翼诗歌则不局限于某一个都市。读日本左翼诗歌，让我们深切地感受到，日本就像一个都市，浓缩在诗人的笔下。诗人所到之处之景都可以入诗，在写实的同时还把诗人特有的"小资情调"和资产阶级都市特有的浪漫性灌注于笔端，使诗歌呈现出一种浪漫的"岛国都市"之感。

（二）集体主义英雄与个人主义英雄

工人形象是中日左翼诗歌都市书写中重要的组成部分，在这些人物身上普遍带有一种英雄气质，这些形象的英雄气质有较强的历史传承性。存在于民族记忆中的英雄形象，作为民族精神的象征符号，具有强大的统摄力和胆量，他们敢于反抗黑暗的社会，并与此作斗争，甚至献出自己的生命。在都市题材的左翼诗歌中，这种英雄形象是强大生命力的体现者，具有强大的生命意识，充当着社会的前驱者和改造者。然而中日都市题材的左翼诗歌中的英雄形象存在着集体主义和个人主义的差异，中国侧重于集体主义英雄形象的塑造，而日本着重塑造的是个人主义英雄形象。集体主义英雄在诗歌中以"我们"的形象出现，它是无产阶级的代言；个人主义英雄在诗歌中以"小我"的形象出现，带有强烈的个性特征。

中国现代文学作为现代中国历史的一面镜子，恰到好处地将历史进程中英雄主义的影像折射了出来。苦难的中华民族不屈不挠的英雄精神造就了中国现代文学的英雄品格，丰富了中国现代文学悲壮、崇高的美学基调；同时我们应该看到，因为政治、经济和文化背景的变化，在不同的时期，文学中的英雄主义的内涵也随着社会的变化而变化。"五四"新文化运动强调人的价值，肯定自我的意识，倡导个性解放，带有强烈的个性主义英雄气质。随着马克思主义阶级论在中国的传播和实践,"革命"话语与阶级论相结合,便体现出集体主义英雄气质。这种气质是团结一个阶级的力量去抵抗非此阶级的"暴政",进行"革命",实行本阶级的政策。在这里,"五四"文学的个性主义英雄神话被以阶级论为理论基础的集体主义英雄逐渐取代。其中殷夫的《我们》是集体主义英雄的宣言,它这样写道:"我们的意志如烟囱般高挺,/我们的团结如皮带般坚韧,/我们转动着地球,/我们抚育着人类的运命!/……//我们是谁?/我们是十二万五千的工人农民!"① 他的《别了,哥哥》更是一首歌唱集体主义英雄的典范文本,在这首诗里,殷夫对比了自己和哥哥所代表的两个阶级:"在你的一方,哟,哥哥,/有的是,安逸,功业和名号,/是治者们荣赏的爵禄,/或是薄纸糊成的高帽。"② 诗人选择与哥哥象征的资产阶级挥手作别,毅然投入充满危崖荆棘的无产阶级。

在中国左翼奏响的恢弘音乐里,体现了一致的思想内涵与精神特质,这种思想和精神以英雄主义品质而存在。首先,这种英雄主义表现为诗人对团结意识的突出和强调。殷夫在《罗曼蒂克的时代》中写道:"罗曼蒂克的时代逝了,/和着他的拜伦,/他的贵妇人和夜莺……/现在,我们要唱一只新歌,/或许是《正月里来是新春》,/只要,管他的,/只要合得上我们的喉音。/工厂里,全是生命。"③ 旧的社会已经逝去,新的社会到来,诗人描绘出新社会里工人团结后所具有的令人欣悦的都市群体生命图景。其次,写出了左翼诗歌中的都市主体形象"我们"对不公社会的极力反抗和战斗精神。殷夫的《静默的烟囱》写道:"兄弟们,不再为魔鬼工作,/誓不再为魔鬼工作!/我们要坚持我们的罢业,/我们的坚决,是胜利的条件,/铁的隧道中留着我们的血,/皮带的机转中润着我们的汗水,/我们不应忍饥寒,/我们不应

---

① 北京大学、北京师范大学、北京师范学院中文系中国现代文学教研室主编:《中国现代文学史参考资料:新诗选》第 2 册,上海教育出版社 1979 年版,第 38 页。
② 同上书,第 23 页。
③ 同上书,第 34 页。

第四章　中日左翼诗歌的农村与都市书写

受蹂躏，/我们是世界的主人。"① 诗歌透露了受尽贫穷和劳累的矿工罢工的反抗情绪，表现出高昂的战斗精神。

20世纪日本左翼时期，社会政治、经济急剧变化，全国兴起无产阶级运动，工人要求维护自己的生存权益，与封建势力和资本主义展开激烈的斗争，无产阶级的革命意识成为左翼时期的主流意识，形成一种革命精神，这种革命精神具有英雄主义的特质，他们以前驱者的姿态带领其他人与资本主义展开斗争。众所周知，日本左翼时期的英雄主义与武士道有着历史渊源。日本"武士道"精神包括"义"，"义，是武士准则中最严格的教诲"。② 正义，是武士道的基石。作为自己生死相依的一条准则，用简单的话来说，武士道的精髓就是勇武忠义，具体包括忠诚至上、正直礼仁和重名轻死。对武士道的英雄崇拜在日本"战记物语"中出现雏形，其中所塑造的武士成为民众心中崇拜的英雄偶像，如在《保元物语》《平家物语》《太平记》中塑造的一系列英雄形象，他们是七尺大汉、虎背熊腰、强壮有力，身上配着刀。这些英雄身上带有很浓的个人意识，他们高度强调名誉，"名誉意识包含着人格的尊严以及对价值的明确自觉，名誉催生羞恶之心，是武士们一种强烈的廉耻心，一些看不出价值的行为在武士道训条中却可以用名誉的借口付诸实现"。③ 武士将个人名誉看得非常重要，在遇到个人名誉与生命的两难抉择时，武士会毅然放弃生命而选择个人名誉。中野重治从小生活在这种文化氛围中，内心深受武士道为正义而战、实现个人价值的理念的影响，放弃从师芥川龙之介，而选择进入左翼阵营，并成为当时左翼文坛中一颗耀眼的明星。他把自己身上的英雄气质带入自己的创作当中，因此，他的诗歌塑造的英雄形象呈现出强烈的个性特征，其中最具代表性的是《火车头》：

---

①　北京大学、北京师范大学、北京师范学院中文系中国现代文学教研室主编：《中国现代文学史参考资料：新诗选》第2册，上海教育出版社1979年版，第35—36页。
②　［日］新渡户稻造：《武士道》，张俊彦译，商务印书馆1993年版，第23页。
③　［日］会田雄次：《日本人的意识构造》，何意毅译，南京大学出版社2008年版，第154页。

中日现代诗歌比较

> 它有着巨大的身躯,
> 那黑色的躯体足有千钧重。
> 那身躯的一切都经过测定,
> 汽缸、车轮和无数颗螺钉都磨擦得
> 银光莹莹。
> ……
> 当那鞴鞴的巨臂开始挥动,
> 就发出咕咕的吼声。
> ……
> 钉上刻字的钢板,
> 挂着红色的脚灯,
> 经常穿过浓烟,
> 把千万人的生活运送。
> 它依靠旗帜、信号和机柄,
> 在闪光的铁轨上,
> 在严密的指挥下,
> 向前猛冲!
> 此时,我们举起灼热的双臂,
> 望着那倔强的大汉的背影。①

本诗采用拟人的手法塑造了"火车头"这一形象。它"经常穿过浓烟,把千万人的生活运送",表明他是一个无私奉献,为群众事业而奋斗的英雄。"它依靠旗帜、信号和机柄,在闪光的铁轨上,在严密的指挥下,向前猛冲",

---

① 李芒、兰明编译:《日本近现代抒情诗选》,译林出版社1991年版,第210—211页。

表明他有坚强的信念，为无产阶级事业而奋不顾身。与其说这是作者塑造的一个形象，不如说这是诗人自身的投影，诗人认为无产阶级事业就是拯救人民于水火之中，是正义的事业，他凭借自己超群的力量和坚定的信念，带领人民走出灾难，寻找光明的方向。他以英雄自居，英雄必定要为正义的事业奋不顾身。细细品味，作者塑造的这个英雄形象凌驾于其他形象之上，它独立于其他形象，在呈现自己的英雄气质时也显示了自己的个性。"我们举起灼热的双臂，望着那倔强的大汉的背影"，我们看到，在欢天喜地的人群当中，在实现自己价值，得到别人的尊重之后，一个寂寞和孤独的英雄带着满意的姿态走向远方，具有浓厚的个人主义特质。除了中野重治的诗歌，日本现代著名诗人金子光晴的"抵抗诗歌"《海狗》《灯塔》《降落伞》，小熊秀雄的《爱生气的人》《被夺去的灵魂》等都运用象征的修辞手法，塑造了一个个反抗不公道黑暗社会的英雄形象，这些英雄形象带有强烈的个性特征。

中日左翼诗歌在书写都市时塑造的英雄形象所背负的英雄气质是诗人自身英雄气质的投影。"普罗文学运动的倡导者抱着英雄主义的态度，以历史转换时期的时代前驱者自居，急不可待地要求自己的主观意识'翻然豹变'，以促成文学发展的'霹雳的突变'……他们的英雄态度使之不仅要作为时代的把握者，而且要充任时代的创造者。"① 作为以英雄崇拜为心理基础的英雄气质，正义、高尚、勇敢和力量等在潜意识中影响着诗人。无论是中国左翼诗人还是日本左翼诗人，他们心里都隐藏了超验和盲目的偶像崇拜情结和根深蒂固的"救星情结"，在诗人的世界里，把自己想象成一个民族的救星，能够解救灾难中的人民。但是当英雄崇拜的社会心理被左翼时期特定的意识形态所规范和利用时，中日左翼诗人的英雄气质被赋予了政治色彩，超验、勇敢、浪漫的英雄气质在文学中受到压抑，因此在"诗的意识形态化"的过程中，

---

① 杨义：《中国现代小说史》中，人民出版社1998年版，第48页。

大大加强了诗歌英雄主义的理性色彩。但是在英雄形象背后的英雄主义又存在集体主义与个性主义的差异。中国诗人笔下的英雄形象是以"我们"的形象出现，这里的"我们"不是指诗人团体，而是在诗中塑造的集体形象，是在黑暗的社会中团结和反抗战斗的典型。而日本左翼诗人笔下的英雄以个体形象出现，这个英雄形象出现于黑暗和混乱的时代，这个时代实际上是实现自我个人价值和荣誉的社会环境，"时势造英雄"大概就是如此。

第三节 左翼诗歌对农村和都市的表达

左翼文学的发生离不开外部环境的变化，国内阶级矛盾的凸显必然反映于文学，在文学与政治中寻找平衡成为中日知识分子争论的焦点，左翼文学被灌之以意识形态，因此左翼文学被要求反映阶级矛盾，强化政治意识。因而无论是中国左翼诗歌还是日本左翼诗歌，无论是都市题材还是农村题材，诗歌始终要围绕着阶级矛盾展开，描绘农村和都市图景和塑造农民和工人形象的目的是更好地反映阶级矛盾的深化，宣传无产阶级的反抗意识，以期表达诗人的阶级立场和政治意识。但是无论何种意识，要想达到最佳效果，都离不开恰当的书写方式和表达方法，只有达到内容和形式的统一，左翼文学才能独树一帜，永葆青春。中日左翼诗歌基于两种异质文学，在农村书写和都市书写的内容和思想上表现出了一定的异和同，在表现形式上也有一定的差异。语言上，中国左翼诗歌是"说的语言"，它是粗糙简朴的，而日本左翼诗歌是"写的语言"，较为含蓄平和；修辞上，中国左翼诗歌不太注意修辞的运用，而日本左翼诗歌运用各种修辞；视角的选择上，中国左翼诗歌侧重于从宏观层面着手，而日本左翼诗歌则主要从微观展示农村与都市。

一 "说的语言"与"写的语言"

朱光潜在谈论诗歌语言时,把语言分为"说的语言"和"写的语言",这两者的区别在于语言是否精炼。他认为"诗应该用'活的语言'不一定就是'说的语言','写的语言'也还是活的。就大体说,诗所用的应该是'写的语言'而不是'说的语言'"①。"说的语言"最大的特征是对世界很强的直接指向性,若它不落实到所指向的世界,那么语言就失去了其成为语言的意义,因此这种语言是直白的,直接指向世界,仿如说话一样,直接表达诗人的所思所想,语言不经过修饰,是粗糙的;"写的语言"也具有一定的指向性,但它是经过诗人仔细斟酌和锤炼的,具有"含蓄意指"的特点。左翼时期特定的社会环境决定其诗歌语言表现出与其他诗歌不同的特征,就中国而言,左翼诗歌语言具有"说的语言"的特点,较为直白和粗糙,而日本左翼诗歌语言具有"写的语言"的特征,较为含蓄与绵软。

中国左翼诗歌应"文艺大众化"的要求,提出"作诗如说话"的口号,诗歌语言不加锤炼,多为口头语,恣意抒发感情。创造社刊物《流沙》的发刊词上这样概括了左翼文学的特征:"你们在我们这里或者不能发现你们爱看的风花雪月的小说,不能听见你们爱听的情人的恋歌——而所有的只是粗暴的叫喊!但你听,霹雳一声的春雷何曾有什么节奏?卷地而来的狂风何曾有什么音阶?我们所处的时代是暴风骤雨的时代,我们的文学就应该是暴风骤雨的文学。"② 以"粗暴的叫喊"和"暴风骤雨的文学"来概括左翼文学的特征,可谓简明扼要,左翼诗歌显然不是诗人深情的低吟浅唱,而是狂风暴雨中粗暴的叫喊,因此,中国左翼诗歌的语言是粗糙、不加修饰的。如殷夫的诗歌《一九二九年的五月一日》就是在一场工人大罢工背景下展开的,诗这

---

① 朱光潜:《诗论》,人民出版社 2010 年版,第 79 页。
② 同人:《前言》,《流沙》第 1 期,《中国新文学大系》19 集,上海文艺出版社 1989 年版,第 17 页。

样写道:"打倒国民党!／没收机器和工场!／打倒改良主义,／我们有的是斗争和力量!／这是全世界的创伤,／这也是全世界的内疚,／力的冲突与矛盾,／爆发的日子总在前头。／呵,我们将看见这个决口,／红的血与白的脓汹涌奔流,／大的风暴和急的雨阵,／污秽的墙上涂满新油。"① 全诗语言通俗,感情充沛,连续运用两个"打倒"表现出反抗的决心,"红的血""白的脓"等词表现出诗歌语言的粗糙,不带任何修饰,叫喊式的语言体现了排山倒海一般的情绪。如柔石的《战》:"真的男儿呀,醒来罢,／炸弹!手枪!匕首!毒箭!古今武器,罗列在面前,／天上的恶魔与神兵,也齐来助人类战,／战!"② 还有他的《血在沸》:"血在沸!／心在烧!／地球在震动!／火山在爆发!"③ 都体现了中国左翼诗歌语言的粗暴性,尤其是《战》把"炸弹""手枪""匕首"罗列在诗歌中,如同战斗号角,体现出诗人高昂的战斗精神,用叫喊的语言带动他人的战斗情绪。

在抒发哀伤之情时,这种粗暴的语言仍然体现在诗歌中。蒋光慈于1927年出版的诗集《哀中国》,诗人以沉痛的笔触哀叹农村和都市"满眼都是悲景"的惨状,格调深沉悲愤,表现了在帝国主义和封建军阀蹂躏下,祖国和人民蒙受的灾难。《哀中国》一诗,唱出了诗人愤慨的悲音,诗人慨然高唱:"……我是中国人,／我为中国命运放悲歌,／我为中华民族三叹息。"④ 《血祭》一诗描绘了一幅"五卅"周年纪念日的都市景象:"顶好敌人以机关枪打来,／我们也以机关枪打去!／我们的自由,解放,正义,在与敌人斗争里。／倘若我们还讲什么和平,／守什么秩序,／可怜的弱者啊,我们将永远地——永远地做奴隶!"这首诗缺乏诗性的语言,与其说这是诗歌,不如说这

---

① 北京大学、北京师范大学、北京师范学院中文系中国现代文学教研室主编:《中国现代文学史参考资料:新诗选》第2册,上海教育出版社1979年版,第27页。
② 同上书,第46页。
③ 同上书,第48页。
④ 北京大学、北京师范大学、北京师范学院中文系中国现代文学教研室主编:《中国现代文学史参考资料:新诗选》第1册,上海教育出版社1979年版,第279页。

是作者发出的吼叫。在感情与语言的选择上，中国左翼诗人选择感情，忽视语言的锤炼，正是语言与情感多与少的互补才奠定了中国左翼诗歌在文坛中的重要地位。

反观日本左翼诗人的诗歌语言，它们是平静、含蓄、绵软的，是充满诗意的。这属于"写的语言"，展示出流动的一面，使诗歌更具诗意。日本左翼诗人注重诗歌的抒情性，因此以平静、含蓄、绵软的语言表达哀痛之情，营造一种让人痛苦到窒息的氛围，往往令读者对压迫者惨无人道的行为憎恨到极致。如白鸟省吾在《死者摇篮曲》描写战争给农民带来的灾难时这样写道：

  荒滩那稀疏的松林里

  躺着一排坟茔

  四周微弱的堆火

  照亮了冷寂的墓石

  星空下，在涛声中震颤的

  海风中不息的火苗呵

  燃烧在逝去的祖先和友人的墓前

  墓中长眠的人儿呵

  诞生在海滨又溺死在海岸

  孤寂的人们呵

  荒滩上的回响

  不断骚扰着你们的安眠

  呵，浪花永恒的凄婉

  睡在这墓底的魂灵

  在涛声中赤裸裸地震颤

  大海是一只雄壮的摇篮曲

人们孤零零地睡在大地的摇篮

巨大的喧响
就连生灵都难以忍耐
岂不震醒了死者的睡眠？
远远地谛听海潮的咆哮
在那片深邃的海底
一只轻柔的摇篮曲在伤心地呜咽①

　　这是一首悼亡诗，诗人以诗性的语言营造了一种哀伤的氛围。诗中"大海"和"死者"形成对比，大海是广阔雄壮和伟大的象征，人死后却躺在孤冷的松林里，通过这二者的对比，烘托出农民和工人生命的短暂和他们人生的渺小。再来看诗人运用的词语，"躺着一排坟茔""冷寂""孤寂""荒滩""凄婉""深邃""伤心""呜咽"等，从这些词语可以看出那些因战争死去的人，在生前为国家事业奋斗却得不到当局者的关注，死后亦得不到重视，被掩埋在如此冷清的松林中，反映出战争对人的价值的蔑视，带给人的是一种绝望。正如诗歌里所说的那样："在那片深邃的海底，／一只轻柔的摇篮曲在伤心地呜咽。"而这种伤心，不仅是大海的伤心，也是广大农民的伤心；这种呜咽，不仅是大海的呜咽，也是广大农民的呜咽，作者的哀伤之情溢于言表。白鸟省吾的另一篇诗歌《失去耕地的日子》中，诗人用"穷人""噩耗""悲叹"三个词展现了农民悲惨的生活境地。青年离家参军，在前线为国奋战，到头来都是身首异处，递到家人手中的是一纸噩耗，带给家人的是无限的伤痛；土地是农民赖以生存的基础，财主以收债之名占有农民土地，如同磁石吸收铁屑一般大肆掠夺，农民失去土地就如同失去了生命。诗人用绵软哀婉

---

　　① 武继平、沈治鸣译：《日本现代诗选》，青海人民出版社1983年版，第286—287页。

的语言向人们描述了一幅生灵涂炭的农村景象，这种景象在战争当头、封建残余势力疯狂掠夺的日本普遍存在，面对此种景象，对农民的同情与支持以及对压迫者的愤怒和不满成为诗人心中喷涌而出的主要情感。

应"文艺大众化"的要求，为了让更多的普通大众能够看懂，中日左翼诗歌对农村和都市的描绘，力图在语言上坚持通俗易懂的原则。但是在通俗易懂的前提下，两国左翼诗歌语言又有着微妙的差异，如果天平的两端连着诗歌情感和诗歌语言，那么中国左翼诗歌的天平倾斜于诗歌情感。中国左翼诗人过分注重"大众化"，忽视对诗歌语言的锤炼，这严重影响了诗歌质量。而日本左翼诗歌的天平在情感和语言上保持平衡，日本左翼诗人在语言上既应"大众化"的要求做到通俗易懂，又在通俗易懂的基础上锤炼语言，诗人的情感在诗性的语言中得到恣意释放。

二 修辞的轻视与重视

作为诗歌艺术，左翼诗歌应该不仅在语言上有别于其他诗歌，而且在修辞上也有所不同。诗歌起源于人和神的沟通，人们在祭祀时，用诗歌呈现给神，而神的指示也以诗歌的形式传达给人，而神传达给人的诗歌是神秘玄奥的，使人不易明白，因此诗歌多数是隐语。中国早在《文心雕龙》里就论述了"隐"与"谜"，解"隐"为"遁词以隐意，谲譬以指事"，"谜"为"回护其辞，使昏迷也"，其意思和"隐"相差无几，都是隐语的意思。后来诗歌作为一种文学形式，出现了修辞手法，其实，古时的隐语大致相当于隐喻，是一种比喻修辞。发展到后来，出现了大量的修辞，如排比、重叠、象征等等。中日左翼诗歌所具有的"意识形态"特征决定了其诗歌修辞技巧要为强调诗人的阶级立场和政治意识服务，这就要求诗歌多用加强情感的修辞，少隐喻，"文艺大众化"的要求同样不允许诗人大量运用隐喻徜徉在自己的情感世界中独自沉吟。但是，传统文化的差异导致在这相同的要求背后又有细微的差异，"物哀"文学的影响使日本左翼诗人在修辞上有更加宽松的选择，可以运用各种修辞技巧。而在中国，"载道"和"言志"的诗学思想使左翼诗人在修辞的选择上更加严格。

20世纪二三十年代的中国，国内面临封建势力、工商资本主义和军阀的压迫，国外面临帝国主义列强的侵略，国家衰败，农村萧条，都市喧嚣、脏乱，工农生活苦不堪言，这如烈火般在诗人心中燃烧，故通过作品控诉社会的黑暗。为了方便情感的抒发，诗人选择能够加强情感的修辞手法，比如重叠和排比。重叠是"增强诗歌音乐性的表达方式，它能强化诗歌抑扬起伏的节奏感和回环往复的旋律美，进而突出诗歌的音韵和抒情效果"①。这种重叠一般是相同词语、诗行或是诗节的连续使用，如蒲风的《茫茫夜——农村前奏曲》中就使用了这种修辞：

> 为什么我们劳苦了整日整年，
> 要饱受饥寒，凌辱，打骂？
> 为什么他们整年饱吃寻乐，
> 我们却要永远屈服他？
> 为什么苛捐杂税没停过？
> 为什么家家使用外国货？
> 为什么乞丐土匪这么多？
> 为什么？
> ……②

这里就是对农民辛酸生活的一种写照，诗歌以"为什么"开头构成重叠，又以七个问句构成排比。虽然这些问句都没有给出答案却又自明，这种自知

---

① 吕进、梁笑梅主编：《二十世纪中国现代诗学手册》，巴蜀书社2010年版，第4页。
② 北京大学、北京师范大学、北京师范学院中文系中国现代文学教研室主编：《中国现代文学史参考资料：新诗选》第2册，上海教育出版社1979年版，第101页。

却不能说出来的委屈和痛苦吞噬着百姓的心灵。七个问句都是以"为什么"为首,这种连续性的发问造成一种急促、不可抵挡的效果,使读者更能感受到普通百姓那种交织着无奈与憎恨的心理,充分显示出封建势力对农民残酷的压榨。殷夫的《静默的烟囱》和蒲风的《笼中鸟》也运用比喻的修辞,但是这两首诗歌的比喻是明喻,较直白,普通百姓容易理解,《静默的烟囱》以"她直硬的轮廓"象征着工人和农民的意志,"象征"二字在诗中已经写明,不用细细品味,诗歌直接道出象征意义,这样的诗歌语言让普通百姓更易理解和接受。

  与中国左翼诗歌相比,日本左翼诗歌更加重视修辞的运用,诗歌具有意味深远的意境。随着产业革命的进展和资本主义的发展,日本加快了过渡到帝国主义的步伐,不断对外发动战争,比如中日战争、日俄战争,通过战争攫取了大量财物,用来促进本国经济的发展,但是战争也给农民和工人带来了深重的苦难。日本左翼诗歌以"政治抒情诗"为主要特征,抒情主要以象征、比喻等修辞为手段,承载诗人主体对军国主义的憎恨,这种憎恨经过修辞的缓冲变得平和,而仔细品味,就会发现掩藏在诗人心里的排山倒海般的情感。其中最有代表性的诗人是壶井繁治和金子光晴。壶井繁治的诗歌大多以政治抒情诗为主,他的作品不仅闪烁着深刻的思想光彩和浓郁隽永的诗味,且在诗歌中寄托着强烈的爱憎感情,体现着昂扬的时代精神。寓言诗《星星与枯草》中的"枯草"象征在法西斯压迫下呻吟的工人和农民,"星星"象征着底层人民群众对和平的祈祷,用"石头"象征对时代黑暗的抵抗精神。《芽》以乡村景物"芽"象征革命的新生力量。诗人在《降落伞》中,假借跳伞人在空中的所见描绘了日本的一幅可悲的图景,用生动的形象和反语,幽默而辛辣地对祸国殃民的侵略战争进行了尖锐地抨击。虽然这首诗歌并不是在左翼时期所作,但它具有左翼意义。作者不仅对军国主义的侵略进行抨击,同时也鞭笞天皇制度。在《灯塔》中,通过描写都市景象灯塔,诗人金子光晴把矛头指向了天皇专制统治，诗歌中的"神"象征封建制度下的王公贵族，诗人对"诸神"的无所作为进行了鄙夷地嘲讽，勇敢地戳穿了"下凡的神"说的鬼话，深刻地揭示出"神国"对人民的愚弄，当天皇被奉为"神"的时候，"我们指着天空的黑暗高喊：/——是它，是那个家伙，把他拽下天空！"① 显示了作者的抵抗精神。

从整体上看，与"非左翼"诗歌相比较，中日左翼诗歌的修辞是缺乏的，然而缺乏并不是完全没有，它也保留了使其能够称为诗歌的特质，这种特质就是修辞技巧的运用，修辞技巧能够使人读出其诗意的味道。就中国的左翼诗歌而言，无论是农村题材还是都市题材，修辞技巧的缺乏程度大于日本，诗歌的修辞运用较少，即使有也是在思想情感表达的基础之上，而运用一些能够加强感情抒发效果的修辞技巧，如运用重叠与排比。而日本左翼诗歌，无论是农村题材还是都市题材，都大量运用修辞技巧，把诗人的反抗情绪和哀伤之情融合在语言技巧当中，使诗歌情感更加深刻隽永。

三　宏观展示与微观展示

诗歌的魅力，除了表现在语言和修辞技巧的运用方面，其选取的角度也是魅力显现的重要一环。吕进在分析诗歌时，提到"点"与"面"的关系，他说："优秀的诗，擅长从生活的'面'上取'点'，再对这个'点'进行诗的处理，让它成为诗笔的落墨'点'，成为读者驰骋想象的起'点'——这样地以'点'去概括、表现'面'，诗的天地就宽阔了。"② 这里的"点"实际上对应诗歌的微观展示，而"面"对应的是诗歌的宏观层面。中日左翼诗歌在"点"与"面"上有不同的择取，中国左翼诗歌则侧重于从"面"上宏观展示农村和都市的面貌，而日本左翼诗歌则侧重于从"点"反映农民和工

---

① 陈惇、何乃英主编：《中学生阅读欣赏文库：外国文学编·1·诗歌卷》，黑龙江教育出版社1996年版，第541页。
② 吕进：《吕进文存》第2卷，西南师范大学出版社2009年版，第46页。

人的生活，为了更好地比较，就以都市题材的诗歌为例进行分析。

中国的都市题材左翼诗歌侧重于宏观表现，集中描写几个大城市（上海、大连），通过对这些城市的批判从而上升到对重大历史或社会事件，从整个社会制度的宏观层面进行鞭笞，表达澎湃的感情。如殷夫的《无题的》："煤烟——/蔽目的灰/纷飞！/摩托车在路上驰追，/暗角有女人叫'来……'/电车暴喷！/来个洋人，撞了满面……//是夜间时辰，/火车频频的尖着声音，/楼上有人拉着胡琴，/'馄饨……点心……'/有牌儿声音，/乞儿呻吟，/——/都市的散文！"①这首诗连续写了都市的几个意象，"煤烟""摩托车""女人""电车""火车""牌儿"等，通过这些意象的组合，构成都市的一个整体意象，衬托出都市的喧嚣与杂乱，揭露资本主义的奢华和市民的堕落，从而坚定了无产阶级革命信念。在他的另一首诗歌《都市的黄昏》中亦如此："摩托车的响声嘲弄着工女，/汽油的烟味刺人鼻管，/这是从赛马场归来的富翁，/玻璃窗中漏出博徒的高谈。//灰色的房屋在路旁颤战，/全盘的机构威吓着崩坍，/街上不断的两行列，工人和汽车；/蒙烟的黄昏更暴露了都市的腐烂。"②通过一系列的意象组合，勾画了都市轮廓，诗中用了"嘲弄""灰色""崩坍"等词，体现了都市在内忧外患下的凄凉与堕落。

日本的左翼诗歌与中国的相比，诗人们侧重于微观表现，善于从小处着眼，展开描写和抒情。其诗歌内容大都立足于某个具体的、细微的事物或现象，具有更明确而具体的主题。以某个都市意象来反映整个都市的面貌，从而表达其内心的强烈感受，对无产阶级文学的憧憬和对当时日本社会的讽刺和鞭挞。如前引的《火车头》："它有着巨大的身躯，/那黑色的躯体足有千钧重。/……当那轟轟的巨臂开始挥动，/就发出咕咕的吼声。/我望着那巨臂拨

---

① 北京大学、北京师范大学、北京师范学院中文系中国现代文学教研室主编：《中国现代文学史参考资料：新诗选》第2册，上海教育出版社1979年版，第9—10页。
② 同上书，第25页。

转车轮,/穿过城镇和村庄向前猛冲,/我的心脏就发出轰响,/我的两眼就热泪盈盈。/……把千万人的生活运送。/它靠着旗帜、信号灯和机柄,/在闪光的铁轨上,/在严密的指挥下,/向前猛冲!/此时,我们举起灼热的双臂,/望着那倔强的大汉的背影。"[1] 火车是都市不可缺少的一种交通工具,也是都市发展的标志。诗歌以一个意象"火车头"贯穿全诗,歌颂"火车头"——无产阶级的形象,并以自豪的口吻歌唱道:"强大的火车头""推进的火车头""钢铁铸成的火车头"和"可贵的火车头!"这四句诗把"火车头"——无产阶级形象的力量、属性、本质与价值,做了密合无间的科学的说明,证明"火车头"——无产阶级是推动革命前进的动力。还有小熊秀雄的《情死》一诗,借男女爱情的主题揭示其心中不渝的恋人乃是无产阶级劳苦大众,表达了要为无产阶级的伟大事业奋斗终生的豪情壮志。诗歌运用了排比、暗喻等修辞手法,语言的使用上也刻意营造一种渐强渐高的气氛,前面一直叙述一个专情忠诚的男子形象,直到最后两句才点出真正的主题所在,这样的写作技法也是独具特色的,加上诗歌极富感染力的语言,使本诗具有强烈的艺术性和思想性。

第四节 文化差异分析

虽然中国与日本的左翼诗歌都有着"俄苏体验",且中国左翼诗歌深受日本左翼诗歌的影响,但两国左翼诗歌对农村和都市的书写又表现出极大的不同。中国左翼诗歌侧重于对农村的书写,对于都市,诗人只把笔墨集中于繁华的大城市,而日本左翼诗歌则侧重于都市书写;中日左翼诗歌的农村与都

---

[1] 李芒、兰明编译:《日本近代抒情诗选》,译林出版社1991年版,第210—211页。

市书写的思想感情基调有着社会意识与个人情绪的差异，塑造的人物身上有集体主义和个人主义的不同；中日左翼诗歌在表达方式上也存在多种差异。这些差异的形成离不开社会现实、历史传统、传统价值观以及审美文化的影响，下面就从这几个方面进行分析。

一 农业文化与工业文明的现实境遇

中国是一个农业国家，重农抑商的思想贯穿整个封建经济思想的脉络。先秦西周时期提出"夫民之大事在农"，掀起了重农思想的序幕，商鞅是第一个把重农思想提升到重农抑商思想的人，他认为农业是根本，极力反对"商贾技巧之人"，到春秋时期，管仲将国民按职业划分为"士农工商"四个等级，从排列顺序就可以看出古代农业生产者比工商业者的政治地位高。中国工商业和城市的发展较慢，直到明朝后期资产主义才萌芽，工商业者队伍小，力量薄弱。中国传统农业文化对文学的影响根深蒂固，农业生产目的的实用性与生产环境的审美性导致了中国的文学观念具有针对性和功利性的特点，在农业文化影响下的文学的终极目的在于关注农民的生存状态。生产目的的实用性着眼于外部生存，即社会性存在，在于建构一个良好的社会生存环境，而生产环境的审美性着眼于农民的内部生存，建构一个近似完美的精神家园。在这种文学观念的氛围中，中国文坛出现了大量描写农村的文学作品，这些作品描画了农村的自然环境，并极大地关注农民的生存境遇，对农民的不幸遭遇表示同情。左翼诗歌在农业文化影响下的传统文学的基础之上更加强化了其文学的功利性和针对性，它们不满足于"自然美，农家苦"的文学形态，而是从一般的乡村苦难叙写演变成对乡土的社会阶级分析与政治批判。如《农夫阿三》，全诗主要塑造了一个农民形象阿三，体现阿三的反抗精神，通过描写阿三这个人物形象的悲惨命运，作者鞭挞了封建势力和资本主义对农民令人发指的压迫和剥削。

历史悠久的农业文化促进了农业的发展，但人们过于注重农村则导致了资本主义发展缓慢。中国资产阶级20世纪初才得到进一步发展，工人队伍才开始壮大。中国资产阶级虽然得到一定的发展，但从总体看来，其力量远没有农民强大。虽然一些作家如殷夫等，对都市有过描写，但是这些描写都集中在几个大城市，这些城市资本主义较发达，且文艺活动频繁。源远流长、根深蒂固的重农抑商思想，导致中国现代知识分子将笔锋更多地倾注于农村的描画和农民形象的刻画。中国左翼诗人在这种潮流的影响下，不约而同地将目光转向农村，甚至提出必须在诗中表现农村经济的动摇和变化。再加上当时一些诗人看到工业文明和城市文明给都市带来的种种弊端，使一些诗人运用农村题材来疗伤，因此，更多的诗人专注于农村题材，创作了大量的农村题材的诗歌，如蒲风的诗歌《茫茫夜——农村前奏曲》，以农村为写作背景，表现了对农民身处水深火热的人生遭遇的同情，同时批判了资产阶级和封建势力对农民的残酷压榨。

　　日本在很长一段时间内受中国农业文化的影响，江户时期，这种局面有所打破，思想家海保青陵拨正了"农"和"商"的社会地位，认为二者应该居于平等地位。明治维新后，日本受到西方经济学的影响，大力发展工商业。神田孝平最先引进西方经济学，曾在《农商辩》中明确提出"以商立国其国常富，以农立国其国常贫"的"以商立国"的思想。福泽谕吉也认为日本若要富强，必须发展工商业。中国重农思想根深蒂固，很大程度上影响了中国作家的创作思想，他们把笔锋重点放在农村的描写上，而日本的重农思想虽然受到中国的影响，但是他们的重视农业的思想不是一成不变的，而是随着时代的变化而变化，尤其在明治维新后，日本的资本主义得到迅速发展，工业也得到很大程度的发展，工人队伍迅速壮大，形成了一支独立的阶级力量，为争取自己的生活权利和资本家做斗争。随着工业的发展，日本左翼诗人将目光转移到工人阶级身上，以描写工人的现实生活为主，创作出大量反映工业生产的诗歌，在他们的笔下描画了一幅幅繁华的都市景象并塑造了一系列工人形象，如小熊秀雄的《马蹄铁匠之歌》，描绘了一幅工人艰苦的生产画面；福田正夫的《石工之歌》描写了石工下班后回家的场景，塑造了一批勤劳、心里充满爱的石工形象。工业文明的发展，也带动了城市的繁荣。日本社会城市化进程高于中国，且出现农民住在都市的现象，农民的生活习惯与行为由于受城市的影响逐渐走向城市化，这些现象经过左翼诗人的艺术加工，反映在作品里的无论是农村题材还是都市题材的诗歌，呈现在读者面前的更多的是"岛国都市"之景。

正是由于中国根深蒂固的农业文化影响，中国多数左翼诗人把目光主要集中在农村，创作了大量的农村题材诗歌，反映农民的生活。虽有描写都市生活的诗歌，但它们往往集中于对某一个大城市的书写。而日本情况则不同，他们重视工业和城市文明的发展，左翼诗人把城市作为主要的书写对象，注重展现工人阶级的现实生活。

二 儒家价值观与个性主义的差异

造成中日左翼诗歌的农村和都市书写差异的原因很多，其中两国价值观的差异是重要的原因之一。

"我们的意志如烟囱般高挺，/我们的团结如皮带般坚韧，/我们转动着地球，/我们抚育着人类的运命！/……//我们是谁？/我们是十二万五千的工人农民！"这是殷夫在《我们》中的呐喊。这是一首典型的提倡集体主义的团结之作，"我们"是无产阶级的集体之称。左翼时期的集体主义有着深远的历史渊源，与中国传统的儒家集体主义思想密切相关。

中国两千多年封建社会的意识形态——文化，不仅忠实地为封建社会制度服务，去满足统治者统治天下的需要，而且渗透到社会各阶层的物质和精神生活方面，同时也对中国文学的发展具有深刻的影响。在这个文化体系中，儒家文化具有稳定、秩序、等级和结构的集体主义特点，这些特点成为中国文化的主流。儒家思想中的集体主义在左翼时期得到释放。我们看到儒家思想对左翼时期诗人的主观意识有或多或少的影响,它也无形地渗入人们的文化思想。左翼时期,虽然人们的道德观念、社会制度等都发生了根本性的变化,但却没有割断儒家文化与文学的联系,在不同的诗歌中,我们还能清晰地描述出它不断演变的轨迹。"大同世界"的建构是儒家思想重要的组成部分,集体主义思想的来源就是儒家的"大同"思想。"是故谋闭而不兴,盗窃乱贼而不作,故外户而不闭,是谓大同。""大同世界"是天下为公的儒家理想社会,要实现理想的社会,荀子认为没有等级是不可能的,没有等级社会就会发生混乱,所以他强调社会的长幼有序、尊卑有别、群居和一。荀子认为人不能孤立存在,一定要结成群,这种集体意识贯穿了整个儒家思想。虽然儒家文化经过新文化运动和五四运动的洗礼,儒家文化的地位开始动摇,但没有从根本上消除儒家思想的集体主义观念。到了左翼时期,这种价值观与特殊的政治环境发生碰撞,掀起了无产阶级文学运动。

集体主义是无产阶级世界观的内容之一,左翼文学体现的"阶级性"就是集体主义的一种表现。"文学论战"期间,成仿吾、李初梨等人对"纯文艺"进行批判,鼓吹建立"战斗文学",提倡"大众文艺",而这种"大众文艺"是指无产阶级大众文艺,主要是指工农大众。"无产阶级"是相对于其他阶级而言的,这种阶级的划分实质是等级制度的构造。在无产阶级这个等级里,左翼诗人对其有着乌托邦的憧憬,希望在这个阶级中实现平等的、稳定的、团结的社会关系。因此,左翼诗人们在诗歌中代表集体主义情怀,不拘泥于个人情感,表现无产阶级集体的生活面貌以及战斗精神,实现诗歌抒情主体从"我"到"我们"的转变。殷夫的诗歌《我们的诗》系列之《罗曼蒂克的时代》《拓荒者》以及《静默的烟囱》,都是以都市为写作背景,描写工人罢工,展示工人阶级的力量与团结。体现集体主义的代表之作是殷夫的《我们》,这首诗以高亢的笔调告诉读者"我们是十二万五千的工人农民",这是一个屡弱的集体,是一个团结的集体;他的《别了,哥哥》是诗人向一个"阶级"的告别词，是一首体现集体主义的诗歌。正是儒家集体主义价值观的影响，左翼诗歌描写农村和都市时塑造的农民和工人形象身上有着集体主义的烙印，如《梅儿的母亲》中塑造了一个具有集体主义精神的英雄梅儿；蒲风的《农夫阿三》塑造了一个代表农民阶级的英雄阿三，为维护农民的利益，反抗封建势力，最后因力量薄弱而失败。

在日本，与中国的儒家集体主义"专权"局面不同，个人主义是其主要的传统价值观念。在日本古典文学与戏剧中便可见到个人主义，其中《伊势物语》和《源氏物语》的主题是男女的恋爱感情，描写个人内心的忧愁与喜悦。戏剧《松风》把人作为巨大存在，并把人的这种巨大性放在个人身上。虽然这些作品中也有对自然和人事、风俗和习惯进行的大量叙述，但它却带有浓厚的抒情性，有着强烈的个人主义特点。当然，日本除了个人主义传统，也有着集体主义价值观，这种集体主义价值观来源于中国儒家集体主义的影响。《怀风藻》体现了"有德者王"的儒家思想，《凌云集》中体现了"文以载道"的文学观。儒家集体主义强调人与自然、人与人的关系，日本则把儒家思想中的集体主义发扬光大，结合自身的文化特征，形成了"间人主义"。所谓"间人主义"是指自己是谁、对方是谁是由自己与对方的人际关系来决定的，也就是说，一个人作为个人获得身份同一性的前提首先是人际关系。这种人际关系在日本古典文化中更多的是体现一种不平等人际关系，这便产生了具有集体主义特征的等级制度。儒家的这种集体主义虽然在日本产生了一定影响，但日本注重内心的民族性格决定了儒家集体主义的影响力逐渐衰竭，继而与西方资本主义的个人主义接轨。

到了明治时期，日本对社会各领域进行了革新。从西方引进了大量的社会思想和文艺理论，通过引进和学习，使得自身文化不断得到完善。引进西方资产阶级的个人主义是日本明治维新后的举措，这给日本的民族文化注入了新鲜的血液，使其充满了活力。西方个人主义最核心的问题是如何凸显人的个性,它把自我价值、人的个性和内在精神看得高于一切。西方资产阶级的个人主义激起了日本理论家的强烈兴趣,一时兴起了许多具有个人主义的文学思潮。日本理论家根据本民族的民族个性和文化认同心理,批判地继承和发展了各种现代文学思潮,形成许多具有日本特色的文学流派,其中以唯美派、白桦派较为有名。《白桦》杂志的创刊目的是通过文学创作来剖析人的善和恶,并希望以此来引导个性的健康发展。白桦派呼吁人的个性自由发展,引起了强烈的反响。日本文学家用创作实践诠释了"个人"的价值和意义,丰富了个性主义的内涵。中野重治的诗歌《火车头》便体现了个人主义特质,整首诗以"火车头"来作比喻,体现出领袖人物的豪情壮志,具有浓厚的个性主义色彩。带有个人主义特点的作品也重视个人孤独的情感抒发。左翼时期的日本法西斯,对外发动侵略战争影响人民的生活,对内镇压左翼文人,这些知识分子面对令人窒息的社会环境,夙夜难寐,肆意抒发烦闷之情。正如壶井繁治在《星星与枯草》中所说:"星星从天上掉下了,/尽管我在枯草中找寻,/最终还是没有看到迹影。/早上,一睁开眼,/一块重重的石头,/落进了我的心。"① 在国家黑暗时期,夜深人静的晚上,诗人独自叹吟,形单影只,与星星和枯草为伴,感叹这黑暗的社会什么时候才能过去。

除了历史传统,中日的集体主义价值观和个人主义价值观的区别也有着现实因素。在中国,左翼时期国共两党斗争激烈,这种政治斗争以武装的方式存在于现实生活中,它使左翼诗人在诗歌创作中更加体现其政治思想。而现代日本,日俄战争和甲午战争都取得了胜利,在第二次世界大战前一直处于一个较为稳定的阶段,这种现实淡化了诗人政治上的批判意识,很少有诗歌从正面进行抗争。日本现代社会课题是在经济高度发展的体制下如何解决个性自我与封建专制的矛盾。而中国最迫切的不是发展个性,而是要解决民

---

① 武继平、沈治鸣译:《日本现代诗选》,青海人民出版社1983年版,第275页。

族生存和推翻旧体制的问题。

传统价值观与现实的双重异质因素造成中日左翼诗歌中农村和都市书写表现出社会意识和个性情绪的差异。中国左翼诗歌书写农村和都市体现出深刻的社会意识,在塑造人物形象时表现出集体主义意识。而日本左翼诗歌体现着诗人的个人情绪,所塑造的农民和工人形象有着强烈的个性特征。

三 源远流长的审美文化传统

审美文化传统的差异与中日左翼诗歌中农村和都市的书写差异有着不可割裂的联系。审美文化是人类审美活动的物化产品,它包括人的观念体系和行为方式,审美文化一旦形成便影响着人的精神和行为。审美文化与艺术是分不开的,美国作家梭罗认为审美文化就是生活与艺术融为一体的文化,即一个国家或民族有什么样的审美文化,其文艺也表现出什么样的审美形式。中日两国不同的审美文化传统也深刻影响着中日左翼诗歌对农村和都市表达的差异。

中国古代文论中所强调的"风骨"属于中国传统的审美范畴,中国左翼诗歌秉承着"风骨"文学的审美要求。风骨最初是用来对人物进行品评的,由先秦的相术发展为两汉的重骨法,再发展到魏晋的人物品评。魏晋时期的风骨评人成为风气,一般看来,具有风骨之气的人是刚健中正,有阳刚之气,由此而出现以阳刚美为主轴的审美观念。人们对人的刚健中正和刚强进取精神的肯定,然后才有对此特征的文学予以肯定。刘勰的《风骨》问世后,风骨成为诗学中最重要的审美观念,并把"风骨"作为中国文学审美的要求。在很长一段时间里它是文学的审美标准。《文心雕龙》反对梁齐的"纤微"文风,肯定和赞扬建安文学的"造怀指事,不求纤密之巧"的风骨之气,其中"造怀指事"作为"风骨"文学的内容,蕴含着"诗言志"的文学传统。"造怀指事"要求文学揭示富有时代特色的政治或时代主题,体现诗人的政治抱负。显然,中国左翼诗歌传承着这种蕴含"造怀指事"之风骨的"诗言志"诗学要求。虽然表面上左翼文学现实主义理论主张是受到俄苏"拉普"文艺理论的影响,但实际上,它的"工具论"思想是对"造怀指事"诗学思想的自觉传承。郭沫若认为,一切文学都是"言志",只不过所"言"的"志"不同,左翼时期的"志"是指"大志",指文学应与农村大众斗争相联系,体现文学的社会含义,承载诗人的政治抱负。"富人用赛马刺激豪兴,/疲劳的工女却还散着欢笑,/且让他们再欢乐一夜,/看谁人占有明日清朝?"①这是殷夫在《都市的黄昏》里的吟唱,诗中描写了富人和穷人的生活,诗人对资产阶级的荒淫无度感到愤怒,对无产阶级的贫困潦倒感到悲伤,并传达出了打倒资产阶级的决心。

　　承载诗人政治抱负的"风骨"文学,在作品文辞方面要求"驱辞逐貌,唯取昭晰之能"。"风骨"文学的主调是大气磅礴、刚健雄浑,修辞上不追求艰涩隐晦。显然,"风骨"文学的审美要求影响着左翼诗人的创作,诗歌语言端直而刚健,骏爽通脱,直抒胸臆,诗人的思想、言行、精神放达,不局限于表现个人情思。左翼诗歌大力提倡诗歌是"政治留声机"的"工具论"思想,把诗歌当作煽动与宣传的工具,要求诗人直抒胸臆,不要用隐晦的词语和修辞,语言要平铺直叙,提倡"文艺大众化"。这种"文艺大众化"有着客观必然性的因素。由于中国半殖民地半封建社会的国情使国家在国民教育上显得力不从心,截止1919年,全国在校生总数不超过500万人,只占当时全国总人口数的1.3%左右,到了二三十年代全国的文盲率仍为90%,到1949年全国学龄儿童入学率才达到20%。中国左翼文坛提出"文艺大众化"的口号,作品的读者自然指向普通大众,大众文化水平的差异直接导致文学形式的不同。左联就提出了关于文学大众化的问题,鲁迅说过:"竭力来作浅

---

　　① 北京大学、北京师范大学、北京师范学院中文系中国现代文学教研室主编:《中国现代文学史参考资料:新诗选》第2册,上海教育出版社1979年版,第25页。

显易解的作品,使大家能懂、爱看,以挤掉一些陈腐的劳什子"①,并把大众听得懂、看得明白当作文学指标。作品语言不加锤炼,不需要修辞,因为修辞很可能会成为百姓解读作品的重要障碍。殷夫的《战》这样写道:"呵!战!/剜心也不变!/砍首也不变!/只愿锦绣的山河,/还我锦绣的面!/呵!战!/努力冲锋,/战!"②没有优美婉约的言语,也没有隐晦的修辞,只有狂飙而粗暴的语言,雄浑刚健的主调。它既注重当时中国读者的文化水平,做到通俗易懂,又兼顾中国传统"风骨"文学大气磅礴的气势,是一首充满阳刚之美的"红色鼓动诗"。

日本与中国的"风骨"文学体现的"刚健"和"力道"不同,它的文学属于"纤细""幽玄"之审美传统,这种传统影响了日本左翼诗歌的农村和都市书写方式。具有"纤细"和"幽玄"风格的最典型的文学是"物哀"。"物哀"是日本传统文学的一个重要概念,它是日本文学的独特性和独立性的集中表现。"物哀"就是"知人性、重人情、可人心、解人意,富有风流雅趣,就是要有贵族般的超然与优雅、女性般的柔软细腻之心,就是从自然人性出发的,不受道德观念束缚的、对万事万物的包容和理解与同情,尤其是对思恋、哀怨、忧愁、悲伤等刻骨铭心的心理情绪有充分的共感力"③。以和歌与物语为代表的日本文学创作宗旨就是"物哀",这些文学是作者把自己看到的听到的稀罕、奇怪、可悲、可喜的事情写出来或者说出来,与人交流共享,既具有写实性,也具有浓厚的抒情性。物哀文学不刻意追求辞藻的华丽,句式的整齐,用词较平实,行文也少有夸张,"诗人喜欢用象征与暗喻,喜欢那种寡言不言,一切尽在不言中的表现手法"④。日本人说话较委婉含蓄,任

---

① 鲁迅:《文艺的大众化》,《文学运动史料选》第2册,上海教育出版社1979年版,第362页。
② 北京大学、北京师范大学、北京师范学院中文系中国现代文学教研室主编:《中国现代文学史参考资料:新诗选》第2册,上海教育出版社1979年版,第47页。
③ [日]本居宣长:《日本物哀》,王向远译,吉林出版集团有限责任公司2010年版,第1页。
④ 李远喜:《风骨与物哀》,《日本问题研究》2003年第4期。

何直白式的言语行为在他们看来都是不妥的,因此受物哀影响的日本左翼诗歌不以张扬的手段招徕读者,而是通过细腻的言语表达细致的情感,但在表现其情感时,并非将其表现得纤毫毕现,而是点到即止,中国所谓的"淋漓尽致"和"荡气回肠"在日本左翼诗歌中是很难寻找的。比如壶井繁治的诗歌《星星和枯草》这样写道:"星星和枯草在说话。/四周悄寂,夜阑人静,/风儿只在我的身边吹拂。/不知为什么,我寂寞地/想插进他们的谈话。/……,尽管我在枯草中找寻,/最终还是没有看到迹影。/……/石头总会变成星星。"① 诗歌描画了一幅幽静的乡村夜晚图景,象征和隐喻尽在其中,与殷夫的《战》比较,它充满着委婉含蓄、浓厚诗意,在柔情中夹杂着斗志,在刚烈中带着平和。日本"纤细"和"幽玄"的审美传统,其表现手法是从小处着手,微处着墨,以"点"去描写"面"。中野重治受这种审美传统的影响是在所难免的,他取材于现实,在发生于现实的硬质材料中融入传统的审美要求,塑造生动的艺术形象。它的诗歌《火车头》从微处着墨,从火车头这一个形象入手去描述都市的工人革命斗争,而又以一种抒情笔调贯穿全诗,与中国左翼诗歌比较,其情感更加细腻,语言更加柔和。

日本左翼诗歌比中国左翼诗歌更有诗意,除了传统的审美文化不同,还有其现实因素。明治维新提出文明开化,建立了很多西式学堂,实行"教育立国"的方针。明治维新后,努力普及初等教育,据统计,明治末年,日本的入学率达95%,到了左翼时期,日本的文盲率降低到5%。左翼时期日本国民文化水平普遍高于中国,没必要用口头语言表达的形式去传达思想感情,再加上左翼文坛对作品的形式没有做出明确的规定,因此左翼诗歌的形式仍然保持着传统的表达方式,只不过在作品中加入了体现诗人的阶级立场,表现工农大众的现实生活,反映工农大众疾苦的情感。所以日本左翼诗歌语言

---

① 武继平、沈治鸣译:《日本现代诗选》,青海人民出版社1983年版,第275页。

是经过诗人锤炼和斟酌的，具有诗性的语言，并且诗歌运用大量的修辞手法，使得诗歌更加具有诗意。

　　中日左翼诗歌在传统审美文化的影响下，其诗歌的文学形式表现各异。中国诗歌在"风骨"传统审美文化的影响下，揭示时代主题，体现诗人的政治抱负。"风骨"文学的主调是雄浑刚毅、洒脱俊逸，中国左翼诗歌不自觉地承袭了这种"风骨"之形式，语言端直，立意直露，多用重叠和排比的修辞，从"面"着墨，恣意感情的抒发，具有阳刚之美。中国左翼诗人描写农村和都市尽显"风骨"，以直白的语言对农村和都市加以勾画，以大气磅礴之势鞭笞封建势力和资本主义的丑恶行为，体现了诗人高昂的战斗精神。而日本在"纤细"和"幽玄"传统审美文化的影响下，其左翼诗歌显示出柔美的一面，日本左翼诗人所追求的是一种内心的细微情感。虽然左翼诗歌比和歌和物语等物哀文学显得较为明快和放达，但是和中国左翼诗歌比较起来，这些明快显然是不够的。它们的语言朴素流动，多用婉辞曲意，诗歌大量运用隐喻和暗喻的修辞手法；在表达感情时从小处着手，微处着墨，以情感人。

第五章　留学体验与日本形象

自晚清以来，中日文学关系日益密切，双方的文化交流也不断增进。正如龙泉明所言："中国现代最活跃的作家大都去过日本，与日本文学有着复杂而深刻的精神联系。"他们"都不同程度地受过日本文学的浸润，自觉不自觉地将日本文学精神化入自己的创作和理论建构中"①。留日浪潮建构了中日文化交流的桥梁，异域留学经历开阔了中国诗人的文化视野，他们在诗歌中倾注了瞭望西方、师法日本与鼓动革新的文化诉求，笔下的日本形象受到现代文明的洗礼，呈现出不同的形态。留日诗人创作的诗歌刊发于中日两国期刊，例如郭沫若在东京第一高等学校特设预科留学期间创作的旧体诗《镜浦平如镜》《飞来何处峰》《白日照天地》"初出 1933.3.4《时事新报》副刊《星期学灯》70 期所载回忆录《自然底追怀》。昭和九年二月号の日本《文艺》刊物上发表的创作日期为 1933.11.30 の日语文章"②。同时，通过中日语言文字的诗歌转化，中国诗人透过日本形象，探寻出深厚的日本文化理念，如穆木

---

① 方长安：《选择·接受·转化：晚清至 20 世纪 30 年代初中国文学流变与日本文学关系》，武汉大学出版社 2003 年版，《序》第 3 页。
② 武继平：《郭沫若留日十年（1914—1924）》，重庆出版社 2001 年版，第 413 页。

天、冯乃超借助日文学习和诗歌创作，诠释出"物哀"的日本审美文化。中国诗人的留学体验利用文化过滤机制创造出崭新的他者形象，主体意识得以凸现与高扬，在新兴文明的冲击与传统文化的延续中彰显出中日现代诗歌交流的现代性。

第一节　晚清留日浪潮与诗人

20世纪20年代初期，留日的狂热浪潮在神州大地驰荡，广大学生对留学日本充满了强烈的兴趣，欣然神往并付诸行动。晚清留日学子抵达日本的壮观场面曾令青柳笃恒愕然，不禁感叹："学子互相约集，一声'向右转'，齐步辞别国内学堂，买舟东去，不远千里……总之分秒必争，务求早时抵达东京，时乃热衷留学之实情也。"① 取道邻邦、师法日本的精神希冀，携奋进图强之新风气，拉开了中日两国现代文学碰撞交融的大幕。

一　"支那"歧视与"仿行"政策

19世纪中叶，清朝留学生将欧美视为首要目标，晚清政府自1896年开始向日本高校输送中国留学生。进入20世纪，前往日本的中国留学生数量剧增，规模也越发宏大，第一批去日本留学的中国学生只有13人，1906年后竟飙升至1万余人。留学目的地从欧美向日本的转移，人数从零星向密集的陡增，这背后既隐含着留学观念的更替，更揭示出中日关系的转变。

首先，明治维新革除了日本社会的旧体制，呈现出现代化的新气象。1868年，幕府专制走向没落与反动，一场酝酿已久的革命在日本爆发，天皇

---

① 〔日〕实藤惠秀：《中国人留学日本史》，谭汝谦、林启彦译，生活·读书·新知三联书店1983年版，第37页。

最终成为信仰符号，日本创立了君主立宪的资本主义政权，并渐渐摆脱沦为欧美殖民地的阴影，大步迈向独立、快速发展的轨道。日本政府仿效西方发达国家，加强经济建设，以工业化的经济方针带动城市金融的发展，日本诗人川路柳虹在其白话诗《垃圾堆》中记录了经济增长带来的负面效应："在邻家谷仓的后面，/有一堆发臭的垃圾。/垃圾堆里充满了/形形色色的腐烂渣滓。/臭气弥漫梅雨间晴的暮空，/天空也在热烘烘地溃糜。//垃圾堆里孳生着吃粮的蛀虫、蛾卵，/还有吃土的蚯蚓在摇头摆尾。/连酒瓶的破片和纸屑也腐烂发臭，/小小的蚊子呼号着纷纷飞去。"① 一面是供人食用的粮食，一面却是令人反胃的垃圾，两者同时被都市容纳，阴暗的角落不仅散发恶臭气体，更滋生"蛀虫""蛾卵"，发霉的"纸屑"与飞舞的"蚊子"是点缀垃圾场景的丑恶意象，这幅日常生活的图画再现了日本资本主义经济的面貌，贫富分化就好比殷实的粮仓与腐臭的垃圾，它是资本主义社会的痼疾。波德莱尔曾说："表现得丑，就成了漫画；表现得美，就成为古代的雕像。"② 川路柳虹借助垃圾堆的诸多丑陋意象，描摹了日本社会的漫画，讥讽资本主义政府的险恶，同时，以逆向思维的方式诠释出明治维新以后日本的资本主义文明。

然而，自身资源的短缺与市场的窄小严重制约着日本经济的发展，发动侵略战争能够快速解决这一问题。新政府着力组建军队，既确保国内局势的平稳发展，也为对外扩张蓄积军事力量，军国主义的政治策略让日本政府具备了"足以制服反对者和维持并加强自己的暴力"③。潜藏的国家"暴力"是日本政府军事独裁的先兆，侵略的野心肆意蔓延。日本著名政治家吉田松阴在其《幽囚录》中曾大胆设想吞噬亚洲乃至全球的方略："北割满州之地，南

---

① 转引自罗兴典《日本诗史》，上海外语教育出版社2002年版，第98页。
② [法]波德莱尔：《波德莱尔美学论文选》，郭宏安译，人民文学出版社1987年版，第474页。
③ [日]井上清：《日本的军国主义（天皇制军队和军部）》第1册，商务印书馆1959年版，第114页。

收台湾、吕宋群岛，渐示进取之势。"① 日本海军凭借舰船征服中国在内的东南亚沿海地区，打开陆地进攻的缺口，分割蚕食中国领土，徐图称霸。1885年，日本军事学家福泽谕吉在一篇名为《脱亚论》的文章里，更新完善了吉田松阴的侵略方针，特意为侵华制造了一个理由："我日本国土虽位居亚细亚的东边，但其国民的精神已脱去亚细亚的痼陋而移向西洋文明。然而不幸的是近邻有两个国家，一个叫支那，一个叫朝鲜。"② 日本人用"支那"一词表示出对中国的民族歧视，这个借口宣扬了大和民族的高贵品质，中国和朝鲜被视作低劣的国度，福泽谕吉的民族自豪感油然而生，他通过对比"表达了其国际取向，也就是说，在由西欧和美国经济或政治及殖民取向所主导的新的国际秩序中，其承诺要达到独立自主的、可能是主要的地位"。③ 日本的社会发展以西方先进资本主义国家为标杆，它们纷纷建立殖民地，这也促使日本的侵略野心不断增强，逐步改变着中日关系的固有模式。

其次，中日甲午海战成为两国邦交不平等的重要历史事件，日本在取得胜利的同时，拥有了向清政府攫取钱财与土地的话语权。日本政府深知海上军事势力的重要性，倾尽全国之财力，购置英国生产的军舰，旨在打造一支王牌海军部队，以英国的海军为模板，为自身的军队建设注入先进的技术，企图成为东方的日不落帝国，日本将海上攻击目标锁定为中国，频繁地进行军事情报搜集与海上演练，最终导致1894年的甲午海战。苦心经营的海军与精心部署的战略，换来战争的胜利，清朝政府在海战失利后无奈地接受了日本提出的割地赔款要求，双方签订了《马关条约》。但是悲壮的战场只是日本侵华的一个剪影，设计政治阴谋的日本政客才是幕后真凶。抗战诗人郁森在"九一八"事变之后，回顾并反思战争爆发的起因，在《书愤》一诗中写道：

---

① 转引自王向远《日本对中国的文化侵略》，昆仑出版社2005年版，第38页。
② 同上书，第43页。
③ ［以色列］S. N. 艾森斯塔特：《日本文明——一个比较的视角》，王晓山、戴茸译，商务印书馆2008年版，第317页。

"三千万象曾知否？陆奥当年已种根！"日本外务大臣陆奥宗光在 1894 年制造针对朝鲜和中国的侵略战争，伙同伊藤博文迫使清政府签订《马关条约》。从吉田松阴、福泽谕吉等政治家、军事家的理论构想，到陆奥宗光等人的政治手腕，日本政坛传承了侵华的理念，新一代政客借此制订更多实际翔实的侵略方案，在甲午海战结束后的 30 年里，日本政坛变幻莫测的阴谋部署实际上预示着侵华策略的不断进化和成熟，在侵华的主线索上进行一些分支的修补与完善。甲午海战的爆发是蓄谋已久的策略，这侵华链条的第一环，勾连起之后许多侵华的方案与阴谋。

最后，就中国留学生赴日的安排，中日政府达成了一致意见，加速了双方的关系往来。清政府被日本的炮火震醒，天朝大国的美梦瞬间被毁灭的危机代替，"举国上下，咸受莫大的刺激，以为守旧不变，终非长计，乃积极追求所以维新之道，皇帝提倡于上，识者鼓吹于下，振兴之象，遍于全国"。[①] 一些晚清大臣在推进实业救国的洋务运动过程中，另辟蹊径地探寻着人才培养的模式，他们将目光投射到东邻日本，聚焦于留日的诸多利益。张之洞在《劝学篇》中说："一、路近省费，可多遣；一、去华近，易考察；一、东文近中文，易通晓；一、西书甚繁，凡西学不切要者，东人已删节而酌改之。中东情势凡俗相近，易仿行。事半功倍，无过于此。"[②] 以日本作为留学大本营能够大大节省财政成本，缩减奔波的路程，同时基于类似的语言文化体系，可在不同层面寻觅共鸣之处。从长期统治的立场出发，清王朝对此给予肯定，并将之作为一项国策。

清廷派遣留学生赴日学习的诉求与日本侵略的文化渗透不谋而合，日本政府对此持开放的态度。1898 年日本驻华公使矢野雄文在呈递回日本政府的

[①] 黄福庆：《清末留日学生》，台北《中央研究院近代史研究所专刊》第 34 辑，1975 年，第 1 页。

[②] 张之洞：《劝学篇》，中州古籍出版社 1998 年版，第 117 页。

公函中写道:"本国政府拟与中国政府倍敦友谊,借悉中国需才孔亟,倘选派学生出洋习业,本国自应支其经费……中国如派肄业学生陆续前往日本学堂学校,人数约以二百人为限。"① 清政府的留学政策获得日本政府的认同,针对官方派遣和自筹学费的两类留日学生,日本政府在规模等方面做出相关限定。尽管矢野雄文在公文信函中肯定了清廷的留学理念,表面上是和善地缔结中日两国的"友谊",实则暗藏韬略,不仅能扩张日本在亚洲地区的影响力,树立国际声誉,而对中国留学生进行日式教育,也是一种无形的思想入侵方式。矢野雄文在给外务大臣西德二郎的信件中说:"如果将在日本受感化的中国新人才散布于古老帝国,是为日后树立日本势力于东亚大陆的最佳策略;其习武备者,日后不仅将仿效日本兵制,军用器材等亦必依赖日本,清国之军事,将成为日本化。"②

留日学生成为日本教化中国的媒介,彰显出日本帝国的霸权,精微的文化入侵同浩大的武力进攻统筹,国家利益是衡量它们的唯一标准。日本政府看似答应了清政府的学生留日请求,实则包藏着深谋远虑的政治企图。尽管留日诉求与接受学生的动机大相径庭,可是最终在行动层面却不谋而合,留学体制的建立保障了留学生的权益,对留日浪潮起到了推波助澜的作用。

二 "扶桑"文明镜像与"睡狮"政治觉醒

日本的国家实力在明治维新之后突飞猛进,战争成为彰显霸权和国力的捷径,成千上万的中国留学生得益于留日政策,蜂拥奔赴日本接受现代文明的洗礼,前往日本留学演绎为一种时尚的思想观念,植根于广大中国莘莘学子的脑海,并转化为新潮热门的前卫风暴。留日学生通过异域学习,逐步发现日本作为效法对象的同时,也是中国需要小心防范的强劲对手,他们对贫

---

① 舒新城:《中国近代教育资料》,人民教育出版社 1962 年版,第 173 页。
② [日]河村一夫:《驻清公使时代的矢野龙溪氏》,《成城文艺》第 46 期。

弱的国家处境深感忧虑。异域的求学经历让他们深化了对日本的认知，又不断反思自我的困境。

踏上邻邦领土，留日学生跳出一叶障目的有限空间，全新的文明景象令昔日的狭窄视野变得宽阔，进而生出区别于自我的日本体验。黄遵宪可谓中国近代较早关注和描摹日本的诗人，作为"诗界革命"的倡导者，1877年他同第一任驻日大使何如璋出访日本，将亲眼看见与亲耳所闻的异域印象化作文字，在诗集《日本杂事诗》的序言写道："既居东二年，稍与其士大夫游，读其书，习其事，拟草《日本国志》一书，网罗旧闻，参考新政，辄取其杂事，衍为小注，串之以诗，即今所行《杂事诗》是也。"① 黄遵宪通过与日本官员交游和阅读日本书籍，慢慢了解日本的社会形态，《日本杂事诗》正是一册关于日本文明的诗歌大百科，蕴含着日本传统的历史积淀和民风民俗。例如诗集开篇便描摹出日本的大体模样：

　　立国扶桑近日边，外称帝国内称天。

　　纵横八十三州地，上下二千五百年。

整首诗歌介绍日本的由来，诗中的"扶桑"是中国近代以来对日本的称谓，黄遵宪率先从地理学角度指明日本特有的岛国形态，大海簇拥的"日本国是一个北起北海道、南至冲绳岛，由大小不一数千个岛屿组成的岛国。全国土地面积为370000平方公里，100平方公里以上的岛屿仅有20多个，包括大到本州、小至山口县的屋代岛"② 众星拱月的岛国不仅孕育了日本的海洋生态，也因大陆板块的交错形成诸多自然灾害，黄遵宪生动刻画出日本常见的地震灾情：

---

① （清）黄遵宪：《黄遵宪集》，天津人民出版社2003年版，第6页。
② ［日］松本一男：「中国人と日本人：中国を深く理解する」，东京株式会社サイマル出版会1987年版，第11页。

一震雷惊众籁号，沉沉地底涌波涛。

累人日夜忧天坠，颇怨灵鳌戴未牢。

全诗逼真地再现了地震前夕的场景，震耳欲聋的雷声响彻天际，海底的暗流翻滚涌动，蓄积着强大的摧毁力，民房的崩陷声混合嘈杂的海啸，受到波及的人们感到天旋地转的晕眩，未遭罹难的人们对地震百般担忧，怨声载道，心理焦虑的程度越发强烈。

黄遵宪紧接着追溯日本的历史进程，日本国从神武纪元年到明治十二年，绵延发展了2500余年，明治维新后向世界宣称为"大日本帝国"，在国内将天皇塑造为权力的象征，作为"日本现代国家神道的核心，如果我们向天皇的神圣性进行挑战并予以摧毁，那么，敌国日本的整个结构就会坍塌"①。新兴政府保留天皇既有对传统神道教的尊崇，还借助民众在历史血脉中积蓄起来的宗教信仰控制他们的思想，以温和的精神奴役令国民服从政府的统治，让新生政权有一个安稳的发展环境。黄遵宪在自然景色描摹的基础上，深度分析新兴的日本社会的框架：

议员初撰欣登席，元老相从偶跻间。

岂是诸公甘仗马？朝廷无阙谏无书。

日本的政治体制主要由议员和元老构成，都、道、府、县于明治十一年选举议员，商讨一些区域性事务；中央则设置元老院，共商国是。日本模仿西方资本主义国家的上下两院，让民主共和的法制精神落实到政体构架。黄遵宪在诗歌的末两句肯定日本在保存天皇制的同时，依然能磋商国家大事，赞赏日本多元融合的文明观念，隐含着与晚清朝廷的对比，含沙射影地讥讽

---

① ［美］鲁思·本尼迪克特：《菊与刀》，吕万和、熊达云、王智新译，商务印书馆2007年版，第22页。

清臣进谏与皇权专制的没落制度。

　　同黄遵宪一样，许多晚清留学生在认识和关注日本之后，对自我的存在价值甚为忧虑，清政府积贫积弱的国力让他们黯然神伤，但是日本的留学经历打开了他们的另一扇窗户，演变为一种炽热的革命意识。留日学生在日学习期间创办过多种杂志，这些刊物是播撒前卫思想火种的土壤与宣扬革命抱负的场域。从1903年起，一批留日学生发行的刊物进入大众视野，比如：《醒狮》《浙江潮》《游学编译》《江苏》《湖北学生界》等。大多数杂志都辟有文学专栏，里面刊登的诗歌都饱含爱国热情和革命理念。如章太炎的《狱中赠邹容》："邹容吾小弟，被发下瀛洲。快剪刀除辫，干牛肉作糇。英雄一入狱，天地亦悲秋。临命须掺手，乾坤抵两头。"① 革命烈士邹容荡气回肠的英雄豪情令章太炎深感佩服，诗中的"瀛洲"是日本的别称，邹容作为自费留学生，在异域的求学过程中探寻西方资本主义思想，毅然剪去象征封建的辫子，以叛逆的姿态投身革命，归国后最终完成《革命军》，弘扬自由民主的革命思想，尖锐的文笔与战斗的激情使得朝廷暴怒，邹容被逮捕打入地牢，章太炎用诗歌缅怀邹容，更要继承邹容的民主革命信念，立誓坚持革命斗争。

　　留日学生宣扬革命的政治目标，也抒发了对祖国诚挚的热爱。1906年的《醒狮》杂志刊登了一首期待国富民强的诗歌："美哉黄帝子孙之祖国兮可爱兮/北尽黑龙西跨天山东南至海兮/皆我历代先民之所经营拓开兮/如狮子兮奋迅震猛雄视宇内兮/诛暴君兮除盗臣兮彼为狮子害兮/自由兮独立兮博爱兮书于旆兮/惟此地球的广漠兮尚有所屈兮/我黄帝子孙之祖国其大无界兮。"② 中国幅员辽阔，物产丰饶，好比一头威猛的雄狮，然而晚清朝廷柔弱不堪，民不聊生，清政府将自我幻想为天朝上国，接受万国朝奉，如同酣睡的狮子做

---

① 章太炎：《狱中赠邹容》，《浙江潮》（东京）第7期，1903年9月11日（癸卯七月二十日）。
② 无畏：《醒后之中国》，《醒狮》第1期，1905年9月。

着千秋万代的美梦。"睡狮"即"近代中国的象征"。①《醒狮》杂志的名称意义,正是要呼唤中国这头猛狮从睡梦中警醒,拯救国家于水火之中。东渡日本的学生在民族危机的边缘,萌发出一种浴火重生的革命意念,他们渴望将所学知识传回国内,疗救浑浑噩噩的中国民众,进而扭转腐朽滞后的社会面貌。孙中山曾极力褒奖留日学生:"赴东求学之士,类多头脑新洁,志气不凡,对于革命理想,感受极速,转瞬成为风气……留东学生提倡于先,内地学生附和于后,各省风潮从此渐作。"②留学日本促成留学生脑海中固有观念的更新,令人振奋的民主革命观念也如留学的狂潮般被传播扩散,敢为人先的留日学生带动起中国本土的学生运动,革命洪流与留日潮流合并,为日后的中国革命奠定了坚实的基础。

三 日本光影消褪与现代意识凸显

现代留日诗人在"五四"新文化精神的感召下,东渡日本求学,他们的诗歌创作中亦带有前辈留日的痕迹。晚清留日诗人笔下的日本形象对后辈的诗歌创作产生了深远的影响。一方面,许多关于日本的题材被现代留日诗人再度引用,延续了对他者的认识。黄遵宪在《日本杂事诗》中有一首描写日本富士山的诗歌:

> 拔地摩天独立高,莲峰涌出海东涛。
> 二千五百年前雪,一白茫茫积未消。

"莲峰"即是富士山的别称,富士山(ふじさん)是日本的第一高峰,被日本人民引以为傲地誉为"圣岳",诗人黄遵宪在看到富士山第一眼,就被它的壮伟折服,终年不化的白雪更是富士山一道亮丽的风景线。面对同样的

---

① [日]石川祯浩:《晚清"睡狮"形象探源》,《中山大学学报》(社会科学版)2009年第5期。
② 孙中山:《孙中山选集》上卷,人民出版社1957年版,第175页。

雪山美景，作为中国现代诗人的郭沫若，产生了与晚清诗人黄遵宪一样的情绪，被深深地吸引住了："富士山为滑冰处。"（《灯台守》）白雪皑皑的富士山顶让诗人有一种滑雪的冲动，足见富士山雪景的魅力。古代日本，富士山便作为和歌的题材被广泛引用，正如山部赤人的短歌所写："真白にぞ　ふじの高岭に　雪は降りける。"白雪降落在高耸的富士山顶，让人产生纤细哀伤的情愫。在诗人黄遵宪和郭沫若眼中的富士山雪景就如同山部赤人的这首短歌，好似"水晶工艺品那样清新华丽，玲珑透彻"①。富士山的日本形象将前后两辈留日诗人联系起来，融入共同的异域情感体验中。由此可见，晚清留日诗人开启了后世留日诗人的异域视野，尤其是"诗人对出现于日本的近现代事物的吟咏，它开启了所谓'新题诗'创作的先河"②。

另一方面，通过对日本形象的观照，现代留日诗人深化了对于自我的认识，继承了晚清留日学子的爱国精神。首先，贫穷落后的中国使在异域求学的诗人们受尽歧视，他们倍感压抑，开始怀念自己的家乡。冯乃超饱尝思乡之苦，感伤地写着："望着沉默的天空/它告诉我的乃无言的忧衷/也是流浪异乡的哀愁/也是怀恋情人的轻盈之梦//凝视水光的夜色/它给我的乃无言的沉寂/今宵没有情爱的人/涌自心来但有泪零零的追忆//……//我爱石砌的环拱的桥头/与桥底的缓慢的浊流/橙黄的月亮照着黄色的小船/我念木版画里的苏州。"（《乡愁》）诗人独自在异乡漂泊，灰暗的夜幕引发了压抑已久的孤独感，故乡的夜景浮现在诗人眼前，熟悉的江南水乡夜色被凝固在木版画里，潜入诗人的心灵深处。

其次，落寞忧伤的情感并未使现代留日诗人的心志变得消沉，相反，在日本形象的镜像中，他们树立起一种极强的比较意识，作为参照系的日本形象进一步强化了对自我的认同。诗人蒋光慈曾于1929年东游日本，在异国待

---

① ［日］西乡信纲等：《日本文学史》，佩珊译，人民文学出版社1978年版，第40页。
② 李怡：《日本体验与中国现代文学的发生》，北京大学出版社2009年版，第71页。

了不到半年的时光，便写下了《我应当归去》一诗："来的时候是炎热的夏天，/转瞬间不觉已是初冬了。/在此邦匆匆地住了三月，/我饱尝了岛国的情调……//岛国的景物随着季候而变更了。/说起来东京的风光实在比上海好。/但是我，不知为什么，/一颗心儿总是系在那祖国的天郊。"① 诗人虽然对日本首都的景致颇有好感，还承认东京的景观比上海优美，但他心灵的落脚点却在自己的祖国。蒋光慈的对比代表了大多数现代留日诗人的心声，正如日本学者所言："作家往往把自己的祖国作对照，因而作家成为祖国的批判者，或相反成为'国粹'者的情况，屡见不鲜。"② 留日诗人看似称赞他者，实则是在他者形象的对照中转移了思乡的苦闷，升华为对祖国的热爱。

最后，在对自我的肯定中，现代留日诗人的回归使他者形象被彻底边缘化，沦为自我的陪衬。真实的他者形象在慢慢地褪色，化作一种幻象，更加凸显出自我的心理征兆。诗人成仿吾在给郭沫若的诗中写道："沫若！/我想我们归航的时候，/海水只是茫茫，/归心空自如箭，/可是我们的心窝里，/充满了无穷的欢悦，/因为海水的一波一波，/不住地在把我们推进祖国。"③ 异国的海水成为回国的动力，诗人渴望早日抵达祖国，思绪如同翻动的海潮，早已远离了异域的束缚，异国形象也因而淡出了人们的视野。又如左翼诗人雷石榆，他于20世纪30年代前往日本求学，与日本反战友人小熊秀雄结下了深厚的友谊，然而最终他义无反顾地选择了回国："你，旅人哟，/因为不是民族主义者，/也不是国家主义者，/就不怀念祖国么？……直到向海岸告别一声'再见！'/踏上航船一刹那的最后一蹴！/然而，你将会怀念着异国的兄弟，/如同怀念着祖国的大众。"④ 诗人雷石榆站在左翼的立场，表达了对祖

---

① 蒋光慈：《我应当归去》，《新流月报》第4期，1929年12月。
② [日] 大塚幸男：《比较文学原理》，陈秋峰、杨国华译，陕西人民出版社1985年版，第94页。
③ 成仿吾：《诗二首》，《创造季刊》第1卷第2期，1922年8月25日。
④ 雷石榆：《别离祖国——赠小熊秀雄氏》，张丽敏编著《雷石榆诗文选》，河北大学出版社2008年版，第15—17页。

国的眷恋，也转述了所有游子的满腔爱国热情，简单的一句"再见"，诗人便完成了与友人小熊秀雄的告别，足见其坚定的归国之心。现代留日诗人在回国的行为中，将日本形象抛弃，此时的异国形象"标示出一个社会的界限，反映了这个社会的真实情况：它将什么拒之门外，从而也就说明了它本质上是什么"①。留日诗人笔下的日本形象是自我爱国情怀的陪衬，实质上彰显出自我的心理诉求。

然而，现代留日诗人在前辈异域文学创作的血脉滋润下，衍生出了新的时代特征。即对现代精神的追逐，它包含三个层面。其一，现代留日诗人都带有强烈的学习意识。诗人郭沫若在日本求学期间，曾阅读了大量西方名著，了解了许多新思潮："思想底花/可要几时才要开放呀？/云衣灿烂的夕阳/照过街坊上的屋顶来笑向着我，/好像是在说：'沫若哟！你要往哪儿去哟？'/我悄声地对她说道：/'我要往图书馆里去挖煤去哟！'"（《无烟煤》）正是源于一种孜孜不倦的学习态度，郭沫若才能真正理解西方文化，美国诗人惠特曼、泛神论者斯宾诺莎等人的思想对他的诗歌创作产生了巨大影响，而影响的媒介正是日本，诗中的"图书馆"是承载知识的文化实体，象征现代文明。如郭沫若一样的现代留日学子常常前往日本的图书馆阅读，它成为留日诗人鸟瞰世界的窗口。

除了对书本知识的学习，现代留日诗人还加强了与日本人的对话。胡风在日本东京庆应大学留学的四年期间，结识了许多日本左翼作家，他在《安魂曲》中回想起第一次见到小林多喜二的情景："在一个要我谈话的/小小的集会上/我遇见了你/你，人民衷心敬爱的/赫赫的无产者作家/平易地坐在我的斜对过/你脸上没有一点生疏/你身上没有一点虚饰/像是一个天天见面的同志。"在与小林多喜二的交流中，胡风感受到了真挚的阶级友谊，"这种友善

---

① ［法］让－马克·莫哈：《试论文学形象学的研究史及方法论》，孟华译，孟华主编《比较文学形象学》，北京大学出版社 2001 年版，第 17 页。

的情感是建立在平等对话的基础之上的"。① 既然处于一个同等的平台,他者形象也即是自我的形象,胡风在与小林多喜二的交往中,学到了许多左翼文学的理论,为左翼文艺思想体系的形成奠定了基石。纵观郭沫若、胡风等留日诗人,他们无论借助日本了解西方,还是直接师法日本,都是将他者作为学习媒介,"它代表着一种先进的、现代的文化,对日本的学习意味着对现代性的追寻"②。

其二,现代留日诗人肩负着时代的使命。"五四"新文化的一声惊雷带来了民主与科学的现代之风,也使中国的有识之士看到了社会转型的契机,留日诗人正是呼唤建立新社会的弄潮儿,在文学上反映出一种无法遏制的热情。前期创造社的一批诗人吹响了现代变革的号角,诗人郭沫若彻底摒弃了旧社会的陈腐气息,与之分道扬镳:"别了,低回的情趣!/别要再来缠绕我白热的心曦!……/别了,虚无的幻美!/别要再来私扣我铁石的心屏!……别了,否定的精神!/别了,机巧的花针!/我要左手拿着可兰经,/右手拿着剑刀一柄!"③ 诗人大刀阔斧地破除旧中国,与之诀别,高亢洋溢地表达出摧毁旧社会和建立新中国的理想:"吹,吹,秋风!/挥,挥,我的笔锋!/我知道神会到了,/我要努力创造!……你那火一样的,血一样的,/生花的彩笔哟,/请借与我草此'创造者'的赞歌,/我要高赞这最初的婴儿,/我要高赞这开辟洪荒的大我。"④ 诗人以秋风席卷落叶的气魄,高扬"创造"的壮伟,他期待以笔为枪,在血与火的激情喷发中去造就新生的中国。现代留日诗人之所以具有强烈的革新愿望,是因为黑暗的旧中国与先进的现代文明格格不入,成仿吾评论当时的时代特征,指出了诗人相应的责任:"我们的时代是一个弱肉

---

① 田源:《胡风抗战诗歌中的日本形象》,《南都学坛》2011 年第 6 期。
② 方长安:《选择·接受·转化——晚清 20 世纪 30 年代初中国文学流变与日本文学关系》,武汉大学出版社 2003 年版,第 334 页。
③ 郭沫若:《力的追求者》,《创造周报》第 4 号,1923 年 6 月 3 日。
④ 郭沫若:《创造者》,《创造季刊》第 1 卷第 1 期,1922 年 3 月 15 日。

强食，有强权无公理的时代，一个良心枯萎，廉耻丧尽的时代，一个竞与物利，冷酷残忍的时代。……我们要在冰冷而麻痹了的良心，吹起烘烘的炎火，招起摇摇的激震。"① 基于社会的黑暗与麻木的民众，现代留日诗人承担着艰巨的时代使命，他们既要传播现代思想理念，更要唤起国民的良知，涤荡污秽的社会风气。

其三，现代留日诗人强化对现实的关注。如果说前期创造社诗人的满腔热血是针对旧中国发出的一声呐喊，那么，1928年大革命失败后，留日诗人陷入沉思，自觉寻找拯救社会的思想武器，运用左翼视野关注现实生活并传承着现代精神。"九一八"事变使东北沦为日本的殖民地，穆木天痛心故土沦丧，呼吁社会底层最广大的农民群众，团结起来反抗日本侵略者："朋友，朋友，我的劳苦终年而不得报酬的/农民，/你们啊，要向压迫者竖起你们的叛旗，/你们啊，要向日本帝国主义者决斗，/你们啊/要向压迫我们的牡狗屯军阀进攻。"② 诗歌中的日本形象成为与自我对立的敌人，自我的形象也不仅局限在诗人身上，而是指向了作为大众群体的农民，正如穆木天所言："真实的文学，须是现实之真实的反映；自然，真实的诗歌，也须是现实之真实的反映了。"③ 左翼文学观也让"五四"以后沉浸在自我情绪中的诗人转向现实的世界，在洞察现实的民族矛盾后，现代留日诗人一针见血地指出了大众的抗战对象。

总之，现代留日诗人对现实的关注将异域生活与时代使命联系起来，共同构成了现代精神的三大支柱。有学者曾言："中国现代性的发生，是与人民（无论是精英人物还是普通民众）的现实生存体验密切相关。"④ 留日诗人们笔下的日本形象既是对异域生活的展现，也是对自我生存的反思，诠释出独

---

① 成仿吾：《新文学之使命》，《创造周报》第2号，1923年5月20日。
② 穆木天：《别乡曲》，《北斗》第1卷第4期，1931年12月20日。
③ 穆木天：《诗歌与现实》，《现代》第5卷第2期，1934年6月。
④ 王一川：《中国现代性体验的发生》，北京师范大学出版社2001年版，第2页。

特的现代精神。

综上所述，现代留日诗人作为一个群体，他们独特的异域求学经历不仅将作为他者的日本形象做了深入系统的理解，也支撑起整个中国现代诗坛的骨架，正如郭沫若所言："中国文坛大半是日本留学生建筑成的。创造社的主要作家是日本留学生，语丝派也是一样。"① 虽然各诗歌流派在创作风格上有所不同，但就日本形象而言，却承载着某些共同的心理诉求与情感体验。从"五四"新文化始到中华人民共和国建立之前的 30 年间，如郭沫若、穆木天、胡风、雷石榆、覃子豪等留日诗人对中国现代诗坛产生了深远的影响。虽然他们的诗歌创作呈现出阶段性的特征，但对于中日关系的认识，这些"留日学生所起到的作用以及他们的特点，是很一贯的"②。然而，追溯现代留日诗人笔下的日本形象，明治末期的日本社会变革与晚清的留日热潮乃是其源头，现代留日诗人受到历史血脉与前辈诗人生命体验的滋养，拓展出更为开放与深远的文化视野，创造出更为系统的日本形象。

第二节　他者自然景观与人物风貌

晚清留日浪潮折射出中日关系不平等的现实，也反映了中国人渴望扭转国家贫弱落后的心理诉求，一批批中国学子踏上异国土地，探寻先进知识与救国良方，而近邻日本成为模仿学习的对象，晚清诗人黄遵宪等人对日本的系统认识，开启了"五四"以来现代诗人的异域视野，他们笔下的日本形象传递并发展了前辈们的体验，演变为"社会集体想象物（这是从史学家那里

---

① 郭沫若：《桌子的跳舞》，《郭沫若文集》第 10 卷，人民文学出版社 1954 年版，第 333 页。
② 贾植芳：《中国留日学生与中国现代文学》，《山西师大学报》（社会科学版）1991 年第 4 期。

借用来的词）的一种特殊表现形态：对他者的描述（représentation）"。① 作为"他者"的日本形象，既是传播现代诗人异域经历的文化符号，又是带有留日群体共性的思想媒介。现代留日诗人笔下的日本形象大致分为四类：日本自然风貌；日本文明景象；日本平民与友人；日本军队与政府。

一　浩瀚海岛与精致内陆

现代留日诗人对日本的整体印象是一个多岛的国度，海洋便是其中不可或缺的自然元素。诗人郭沫若留日期间曾目睹了太阳从海平面升起的壮美景象："青沉沉的大海，波涛汹涌着，潮向东方。/光芒万丈地，将要出现了哟——新生的太阳！"（《太阳礼赞》）一轮红日在白茫茫的大海中冉冉升起，充满着活跃的生命气息。日本和太平洋中的其他岛屿一样，与大海融为一体："晨安！太平洋呀！太平洋上的诸岛呀！太平洋上的扶桑呀！/扶桑呀！扶桑呀！还在梦里裹着的扶桑呀！/醒呀！Mésamé 呀！/快来享受这千载一时的晨光呀！"（《晨安》）诗中的"扶桑"即是对日本的指称，诗人清晨醒来，看见宁静的大海和海中的岛屿，联想到更为宽广恬静的海岛美景，岛国日本就像是大海的儿女，依偎在太平洋的怀抱中，慢慢苏醒过来。

海洋孕育出美妙的日本海岛形象。大海与岛屿碰撞形成了"若直若曲的海岸线　纤纤的/蓝玉玉的　寂寂的颤摇/覆着白纱的碧空中　银白的小妖/乘着淡月的光丝　与睡着的/茫无际涯的　青绿的大海的气调/应和着　闪闪的飘飘的唱歌舞蹈"（穆木天《水飘》）。日本漫长曲折的海岸线错落有致地勾勒出岛国的外部轮廓，在宁静的夜空与皎洁的月光下，弥漫着海洋的气息。海岸线向大陆凹进去的那部分海域便是海湾，它是凸显日本海岛形象的重要地理形态。诗人郭沫若生动地刻画出大海与海湾的和谐关系："哦哦，山岳的

---

① ［法］达尼埃尔-亨利·巴柔：《从文化形象到集体想象物》，孟华译，孟华主编《比较文学形象学》，北京大学出版社 2001 年版，第 119 页。

波涛，瓦屋的波涛，/涌着在，涌着在，涌着在，涌着在呀！/万籁共鸣的symphony，/自然与人生的婚礼呀！……弯弯的海岸好像Cupid的弓弩呀！/人的生命便是箭，正在海上放射呀！"（《笔立山头展望》）波涛翻滚的海浪拍打着海岸线上的礁石，鸣奏出一曲动人的海洋交响曲，悦耳动听的声音令诗人无比陶醉，海湾的形状如同希腊神话中爱神丘比特的弓弩一般，散发着浪漫唯美的情调，人伫立在海湾旁，好似弓弦上待发的箭，与海湾形成完美的搭配。

日本的海岛形象不仅是自然的杰作，还渗透着历史的人文色彩，一些日本的海港烙下了战争的印记。横须贺（よこすか）是日本著名的海湾，诗人郭沫若欣喜地写道："横须贺成浴海场"（《灯台守》），横须贺位于日本神奈川县南东部三浦半岛的城市中部东岸，北邻横滨，扼东京湾口，为首都东京的门户。战争时期的横须贺具有重要的战略意义，它还是日本发动侵华战争的休止符："海军登陆横须贺，空队兼临厚木场。舰上投降签字日，千秋历史增荣光。"（姚伯麟《米苏里舰上日投降签字》）1945年9月2日，停泊在日本横须贺海湾中的美军"密苏里"号战舰成为日本签署无条件投降书的地点，它也为第二次世界大战画上了句号。

与外部的日本海岛形象相比，日本内陆呈现出悠然恬静的自然景象。许多诗人登上日本的高山，观赏了沿途的美丽风光。周恩来曾于1917年留学日本，直至1919年回国，他在这此间曾游览了京都著名的岚山风景区："山中雨过云愈暗，/渐近黄昏；/万绿中拥出一丛樱，/淡红娇嫩，惹得人心醉。/自然美，不假人工；/不受人拘束。"（《雨后岚山》）位于京都市西北方向的岚山（らんざん），海拔375米，享有"京都第一名胜"的美称，周恩来在云雾缭绕的山中，细细品味雨后的朦胧美景，尤其是一簇红嫩的樱花格外引人注目，它既点缀岚山，又沁人心脾。郭沫若在留日期间曾攀登了日本九州太宰府周边的大山，也体悟了雨后山中的景致："终久怕要下雨吧，/我快登上山去! /山路儿淋漓, /把我引到了山半的庙宇, /听说是梅花的名胜地。……山路儿淋漓, /粘蜕了我脚上的木履。/泥上留个脚印, /脚上印着黄泥。"(《登临》) 山中的梅花吸引着郭沫若, 催促他快步前行, 而泥泞的山路又减缓了他前行的步伐, 在泥土的芳香中, 诗人嗅出了大自然的气息: "梅花! 梅花! /我赞美你! 我赞美你! /你从你自我当中/吐露出清淡的天香, /开放出窈窕的好花。"(《梅花树下醉歌——游日本太宰府》)太宰府(だざいふ)位于日本九州福冈县, 曾是奈良、平安时期的重要都府, 这里的梅花令郭沫若赞不绝口。高山的雄阔与绿树红花交相辉映, 现代留日诗人也融入广袤的自然怀抱中。

内陆森林和草原亦是一道独特的自然风景线。郭沫若在日本九州福冈念医科大学的时候, 常去距他住处不远的博多湾散心, 观赏海岸边的松树林: "海已安眠了。/远望去, 只看见白茫茫一片幽光, /听不出丝毫的涛声波语。……十里松原中无数的古松, /都高擎着他们的手儿沉默着在赞美天宇。"(《夜步十里松原》)"十里松原"又被称作"千代松原", 是博多湾绵延五六里的一片松树林, 好似一道纵贯南北的天然屏障, 林中的每一棵参天古松不仅守护保卫着博多湾的海岸线, 还融入苍穹昊天的臂膀里。日本内陆还生长着茫茫的草原, 穆木天曾与朋友途经武藏野: "奔遥遥的天边。/奔渺渺的一线。/奔杂杂乱乱, 灰绿的树丛。/奔雾瘴瘴的, 若聚若散的野烟。"(《与旅人——在武藏野的道上》)武藏野(むさしの)是东京郊外的广大原野, 树木草丛与灰色的天空连为一线, 弥漫的雾气中闪烁着零星的烟火。胡风也曾去过武藏野, 但笔下却呈现出不同的景致: "武藏野的天空依然是高且蓝的吧, /我们的那些日子活在我的心里, /那些日子里的故事活在我的心里。"(《武藏野之歌》)武藏野高远的碧空, 勾起了胡风的诸多回忆, 明快的色彩基调与穆木天灰暗压抑的情调形成了鲜明的对比, 这正是缘于它"是由一个作家独特感所创作出的形象"①，因而呈现出不同的画面与意境。

  日本内陆公园的雅致美景也激起了诗人们驻足观赏的雅致。首都东京的上野公园（うえのこうえん）是日本的第一座公园，园中的不忍池吸引了众多游客。令穆木天心旷神怡的是池中"一阵一阵的微风掠住了莲叶莲蓬莲花……/一阵一阵的微风弄着钟声的水上落花/……飘荡的浮萍上　轻轻的卧着两只野鸭"（《不忍池上》），不忍池是一处天然湖泊，泛舟湖上，微风传来了荷花的清香，也让野鸭悠闲地睡卧在荷叶上，如此精致的一幅美景仿佛使诗人置身世外，沉醉在梦中。诗人冯乃超也曾写过不忍池的景致，但却是在夏末的夜晚"苍烟罩着病弱的杨柳，寂寞的街灯饮泣在柳阴的衣袖，鲤鱼安息在黑色的水痕中"，"莲花大早凋谢了，却剩下荷梗与根头"（《不忍池畔》）。黑夜笼罩了不忍池，似乎一切都沉寂在夜幕中，病态的杨柳与沉睡的鲤鱼让不忍池死气沉沉，凋零的荷花让湖面显得残败狼藉，悲凉的自然意味油然而生。日本的各个公园渲染着自然的不同色彩，尤其是季节的变幻，呈现出盎然生机或萧瑟孤景。

  纵观日本的自然景象，无论是海岛的整体形象，还是内陆的山川河流、花鸟鱼虫，几乎没有宏大雄伟的场面，反而呈现出玲珑精致的特点。一方面，地理环境是这些自然景观的外部承载体，众多岛屿组成的日本好似漂浮在大海之中，内陆的自然风光亦受制于狭小的岛屿面积；另一方面，精巧的自然美景催生出"日本民族文化以小为美的审美心理"②。现代留日诗人笔下的日本自然景观流露出小巧别致的审美情趣："我爱这一带的冷池，/周围环绕着森森的墨树，/特在降过这濛濛的细雨，/上覆着一层轻轻的薄雾。/我爱那悠悠的灰纱的浮云，/掠着蛋白石般的天空的澹淡……那一片纤纤的娇丽的灰紫

---

  ① ［法］让-马克·莫哈：《试论文学形象学的研究史及方法论》，孟华译，孟华主编《比较文学形象学》，北京大学出版社2001年版，第25页。

  ② 高增杰：《人工对称与自然和谐——中日民族审美意识比较》，北京大学日本文化研究所编《中日比较文化论集》，吉林教育出版社1990年版，第245页。

的小花，/沉思在那里，在那里幽睡的水涯。"（穆木天《雨后的井之头》）东京郊外的井之头公园的水池、树木、天空、云彩、花朵是多么的小巧精致，在雨后显得格外幽静，营造出玄寂幽远的异域风情。

二 恬淡乡村与鼎盛都市

岛国的自然景象是日本社会生活的胚盘，在此基础上孕育出乡村与城市两类文明景象。日本的乡村更贴近大自然，村民的生活中融入了自然的气息，正如郭沫若在《登临》一诗中所写，"口箫儿吹着，/山泉儿流着，/伐木的声音丁丁着。/山上的人家早有鸡声鸣着。/前山脚下，有两个行人，/好像是一男一女，/好像是兄和妹。/男的背着一捆柴，/女的抱的是什么？/男的在路旁休息着，/女的在兄旁站立着。/哦，好一幅画不出的画图！"福冈县周边山中的村民生活闲适优雅，口箫声、泉水声、伐木声、鸡鸣声完美地结合在一起，组合成一首动人的自然交响曲，山中看似兄妹的一对男女更是显得悠然自得。这和谐的乡村图景之所以"画不出"，就在于它营造出人与自然交相辉映的意境。因此，日本乡村文明景象仿佛脱离了时空界限，幻化为世外桃源的仙境。穆木天生动地刻画出日本乡村生活的唯美情景："温和的乡下人走下来了，/慢慢地低吟着，牵着老牛。/河岸上蹲着捉鱼的老叟。/那里的芦苇里微荡着久弃的孤舟。"（《伊东的川上》）乡下人的闲庭信步与低声吟唱传递出悠缓平稳的生活节奏，捉鱼的老头儿与废弃的小舟展现出祥和宁静的生活画面。

乡村文明滋养出自然淳朴的民风，留日诗人也沉醉其中。穆木天眷恋日本的乡村生活："我爱看斜依着门前农家的胖胖的姑娘/我爱看朴素的老妇赤足裸腿坐在道旁的石上/我爱看痴呆呆的儿捕流萤傍田间的水沟/我爱看散步归来的少年轻轻的牵着小狗。"（《夏夜的伊东町里》）乡下行人与乡村风光融为一幅令人痴迷的图景，诗人好像也置身画中。幽远温馨的日本乡土人情是日本传统自然哲学观的一面明镜，江户时代的哲学家安藤昌益宣扬人与自然一脉相承的生命哲学理念,曾在专著《自然真营道》中写道:"故随日月运行之度而进行春生发、夏盛育、秋实收、冬枯藏之耕织时,则五行自然而然之小大进退之妙用之常,在人伦世中,无上无下,无贵无贱,无富无贫,唯自然常安也。"① 日本乡村和谐的生活景象正是对安藤昌益主张遵循四季变幻规律的生活理想的诠释,也体现出日本人崇尚自然的审美心理。

日本乡村生活景象勾起了中国诗人对故乡的回忆。相似的故土风光映入穆木天的脑海:"渺渺的冥濛,/轻轻地/罩住了浮动的村庄。/青茅的草舍,/白土的院墙,/软软的房上的余烟,/三三五五,微飘飘的,寂立的白杨。"(《薄暮的乡村》)来自东北大野的穆木天,回想起家乡的一草一木、一砖一瓦,记忆深处烙下了挥之不去的家乡图景:"不要忘我们的水沟。/不要忘我们的桥头。/不要忘田边,水上,拴着的我们的老牛。"(《与旅人——在武藏野的道上》)故乡的人与景水乳交融般结合,印证了中国传统文化里天人合一的自然观念:"远远的连山轻衬着烟纱笼罩的浮动的村庄,/天际上还像残存着浅浅的夕阳的余映,/若隐若现的野犬吠声与风飘相交唱,/时时吹送到三五声定婚的喇叭的返响。"(穆木天《北山坡上》)日本乡村生活景象触发了留日诗人对故土的思念,这源自中日所在的东亚文化圈,造就了两国共同的文化心理,即"比较顺从自然,抑或在征服自然中追求人与自然的和谐统一"②。

与田园般的日本乡村文明相比,日本的城市文明多了一分喧嚣,隐约地传递出日本社会的现代之声。在现代留日诗人笔下,日本的城市文明呈现出繁荣与衰败的双重特征。日本资本主义经济体系的建立,为城市兴盛奠定了基石。郭沫若曾伫立笔立山头眺望远方,被现代化的日本海港景象折服:"黑

---

① 转引自[日]永田广志《日本哲学思想史》,陈应年、姜晚成、尚永清等译,商务印书馆1978年版,第173页。
② 卞崇道:《略论东方文化》,《东方哲学与文化》第1辑,社会科学文献出版社1995年版,第216页。

沉沉的海湾,停泊着的轮船,进行着的轮船,数不尽的轮船,/一枝枝的烟筒都开着了朵黑色的牡丹呀!/哦哦,二十世纪的名花!/近代文明的严母呀!"(《笔立山头展望》)笔立山位于日本北九州市的门司区(もじく),诗人登高远望,目睹了轮船并排行驶的壮观景象,烟筒里冒出的滚滚浓烟,象征着日本的近代工业文明,也是北九州这座工业化城市的缩影与写照。轮船见证了西方资本主义工业经济的发展轨迹,明治以前的日本社会还没有出现轮船,受到西方资本主义的影响,日本社会加快了工业化与现代化的文明步伐,促进了"城市化及经济一体化"。[①]

　　日本城市景象的繁荣还表现在高速运转的商业经济。首都东京是日本的经济中心,胡风在《海路历程》中刻画出战争初期东京的繁华景象:"东京/那东方罗马帝国的都城/有钢骨水泥高厦的银行街/有陈列着劣质的但却五光十色的商品的闹市。"东京(とうきょう)集中了全国主要的金融大厦与商品市场,琳琅满目的商品令人目不暇接,是一个可与古罗马帝国媲美的现代化都市。一些新颖的消遣娱乐场所也应运而生,西方社会中的咖啡馆也被日本城市经济复制,成为都市生活的缩影:"朦胧的红绿灯光/照着醉意的人,/那身影歪靠在沙发椅上,/或桌子的边缘。留声机的唱片呻吟似的响着,/混杂着轻笑和低语。/开了盖的啤酒瓶立在桌子上,/女人把酒杯斟得满满的,向扯着她手的那个男子的嘴里灌去。"(《咖啡店》)这是诗人雷石榆在日本房州见到的一幅现代化的城市生活画面,房州即是安房国(あわのくに),原本是东海道的古代令制国之一,时尚的酒吧让古城充满了现代的元素。诗中的"红绿灯光""沙发椅""留声机""啤酒瓶"等意象都是由西方传入日本的商业经济的衍生品,消遣娱乐的经济文明也应运而生,日本人民被卷入城市资本经济的旋涡中。

---

① [以色列] S. N. 艾森斯塔特:《日本文明——一个比较的视角》,王晓山、戴茸译,商务印书馆2008年版,第32页。

然而，日本城市的发展极不平衡，在光鲜的外表中包裹着贫穷的种子，它们在阴暗狭窄的街区生根发芽。即便是日本的首都东京，"也有流漾着凄凉的尺八声的小巷……到早稻田区的一条偏街/租下了四叠半的贷间"（胡风《海路历程》）。这些小街是繁华都市里的贫民窟，流亡到此的中国平民只能寻觅一间安身的小屋。偏僻狭小的房屋与富丽堂皇的大厦形成了鲜明的对比，由此可见东京贫富分化的社会状况。

随着侵华战争的全面爆发，日本城市也逐渐走向衰败，城市人民的生活也饱受战火的折磨。太平洋战争爆发后，美国加入对日作战的行列，日本的诸多城市遭到了美国空军不同程度的轰炸。东京的皇室和街道也遭到轰炸："初行夜袭二重桥，投弹先轰主马寮。万众无家归不得，凄风苦雨可怜宵。"（姚伯麟《夜炸日皇城及东京街市》）诗中的"二重桥"是日本天皇居住的皇宫所在地，美军对东京皇宫和街道施行的夜间轰炸致使许多房屋被焚毁，东京市民通宵达旦地避火逃难，处境苦不堪言。

总之，日本的文明景象在乡村与城市两种不同形态的区域中，呈现出对立的特征。日本乡村的生活携带着大自然的原始气息，日本的城市生活则被西方资本主义经济的现代风暴席卷。这两类文明景象都与留日作家的故乡形成了对比，乡村生活具有相似性，城市生活却大相径庭，成仿吾在诗中描写了死气沉沉的中国城市："可是长沙是一些死人的都市，/我天天好像在死尸堆里行走。/我比在外国还觉得寂寞，/一望都是污浊。"（《诗二首》）落后破败的中国城市凸显出日本城市的现代意味。因此，作为他者的日本文明景象"是一个文化事实，是一种人类学实践，它既表达出同一性，又表达出相异性"①。

---

① ［法］达尼埃尔–亨利·巴柔：《形象》，孟华译，孟华主编《比较文学形象学》，北京大学出版社2001年版，第157—158页。

三　隐忍的无辜者与刚毅的反抗者

　　日本平民是左翼留日诗人笔下的一类反映日本底层社会生活的形象，日本的侵华战争使日本平民变得凄苦悲凉："他们是在劳动、穷苦、受骗里挣扎的天皇的草民"（胡风《海路历程》），日本平民的贫穷有着深刻的社会根源，"贪欲以及贪恋者之间的战争即竞争，是国民经济学所开动的仅有的两个飞轮"①。怀抱掠夺中国财富的贪婪野心，也为在与其他资本主义国家的竞赛中立于不败之地，日本军阀选择侵略中国。日本人民成为被剥削压迫的对象，生活变得艰辛苦涩，诗人雷石榆由雪花飘落的声音联想到："那音响是/饿着肚皮的不幸者/在破棉袄中/反侧打颤的声音，/喘息的声音，/婴孩哭泣、母亲叹息的声音。"（《初雪》）日本平民肩负着巨大的经济负担，尤其是战争带来的军费开支。饥饿、寒冷、疾病袭击着羸弱的日本人民，低劣的生活条件让他们的日常生活举步维艰。正如由胡风翻译的战时东京女工京山爱子创作的诗歌《给妹妹》中所写："工钱减少，时间延长，歇生意，/在这个失业的洪水里面不断地斗争的我，/哪里有一文小钱的余裕呢。"工作时间的累增换来的却是工资的缩水，日本工人没有多余的积蓄，只有食不果腹的生活。

　　日本平民形象的特征中隐藏着深厚的日本文化因素。首先，日本平民安于贫穷的现状是基于固有的等级制度，这种等级制度"一直是日本有文字历史以来生活中的准则，甚至可以追溯到公元七世纪"②。如此悠久的历史，造就了日本人根深蒂固的等级观念，他们会欣然接受命运的安排。其次，日本民众的忍耐与沉默折射出日本民族的一个特点，即："日本人对于一项事业或是一种观念的忠诚，含有那么一种绝对的性质。"③ 日本平民坚守天皇拯救万

---

　　① ［德］马克思：《1844年经济学哲学手稿》，刘丕坤译，人民出版社1979年版，第43页。
　　② ［美］鲁思·本尼迪克特：《菊与刀》，吕万和、熊达云、王智新译，商务印书馆2007年版，第30页。
　　③ ［英］L. 比尼恩：《亚洲艺术中人的精神》，孙乃修译，辽宁人民出版社1988年版，第95页。

民的观念,即便被眼前的苦难折磨,他们的思想和灵魂仍坚信这只是暂时的坎坷,天皇的神威终将降临。最后,日本平民的受骗源于他们的宗教信仰——神道教。神道教的日文即"神の道"(かみのみち),"神道教的主神太阳神或天照大神(Amaterasu),并认为天皇就是由天照大神所降生的。……由于它的主要特征之一就是天皇崇拜并承认天皇为神的后裔,因而这种信仰自然就只能局限于日本,或者更为准确地说,乃是局限于日本的臣民。"① 日本天皇作为神的化身,深受日本民众的敬仰。日本政府利用了民众淳朴的宗教信仰,用天皇的名义驱使他们为战争出钱出力,这些虔诚的日本平民也就毫不犹豫地接受了"神"的愚弄和欺骗。

  侵华战争需要大量的物资补给,日本平民被迫接受高密度、高强度的劳动任务,长期被工厂束缚的"结果就是对自己、对同代人和对大自然产生异化"②。正如由胡风翻译的日本女工东园满智子的诗歌《妈妈——赠富山某纺绩工厂H子同志》所写:"离开了您的这两个孩子,/您的女儿们,妈妈,/在这个工厂的兽一样吼的机械前面,/是用了怎样的姿态替人做着工呢。"年幼的女儿由于整日面对冰冷的机器,与母亲之间也产生了隔阂,人际间沟通交流的欲望消失。军国主义虽刺激了日本工业文明的发展,但这堵高墙壁垒在日本平民的劳作与需求之间建立起"一种与大大升华了的、因而也是大大削弱了的爱欲的联系"③。

  日本友人形象在现代留日诗人笔下大致分为两类:日本反战文人与日本恋人。战时日本社会出现了一大批反战文人,他们执笔与日本军阀殊死搏斗,一部分反战人士还亲赴中国进行反战宣传与动员。郭沫若在《纪念日本人反战同盟一周年》中歌颂了日本反战文人对中国抗战做出的贡献:"英雄肝胆佛

---

① [美] J. M. 肯尼迪:《东方宗教与哲学》,董平译,浙江人民出版社1988年版,第160页。
② [美] 艾·弗洛姆:《爱的艺术》,李健鸣译,上海译文出版社2008年版,第79页。
③ [美] 赫伯特·马尔库塞:《爱欲与文明》,黄勇、薛民译,上海译文出版社1987年版,第60页。

心肠,铁血余生几战场。革命精神昭日月,和平事业奠金刚。"1940 年 7 月 20 日,"在华日本人民反战同盟在重庆成立"①,诗人在周年纪念日高度赞扬了这批国际友人对反法西斯战争做出的不懈努力。

作为反战同盟的领袖,日本左翼作家、著名的反战诗人鹿地亘是一位把笔作为刺枪与日本军国主义搏斗的战士,其诗歌《送北征》强烈谴责了日本侵略者的罪行:"倭寇呵,夸耀吧,你的炮火,/沉迷吧,你的妄想,/说是皇威要和炮烟一同/把大陆掩蔽。"②鹿地亘还在诗歌《听见了呀》中号召本国民众起来推翻日本政府的黑暗统治:"举起巨人的手臂!/伸过火线的这边来吧!/扣住屠杀者的呼吸吧!"③对侵华战争的猛烈批判使鹿地亘成为日本军阀的梦魇,却对中国抗日起到了积极的辅助作用。因此,胡风客观评价日本反战文人的功绩:"中国抗日战争有知名的日本文人来参加,不管他能做多少工作,那对我们总是有利的。"④

胡风笔下的小林多喜二是日本反战文人的典型。日本无产者艺术联盟"纳普"提倡贴近大众,表现工农生活的无产阶级文学,小林多喜二创作的《蟹工船》等优秀作品正是对这一口号的响应和实践,他不愧为"最忠实于'纳普'的指导理论的左翼作家"⑤。在描写底层人民生活的同时,小林多喜二对造成人民苦难的日本政府给予严厉谴责。"完全没有把敌人放在眼里/你写了一个中篇《地区的人们》/想用血肉的形象/去代替那钢铁的逻辑语言:为了说出/什么是生活的真实/为了说出/什么是人民的爱憎/为了告诉迷惑着的广大读者/日本在走向着浩劫/为了告诉溃败着的左翼战线/地下在猛烈地斗争/为了指出/什么是使斗争败北的偏向/为了坚持/什么是使斗争取胜的途

---

① 重庆抗战丛书编纂委员会编:《重庆抗战大事记》,重庆出版社 1995 年版,第 78 页。
② [日] 鹿地亘:《送北征》,胡风译,《七月》第 9 期,1938 年 2 月 16 日。
③ [日] 鹿地亘:《听见了呀》,胡风译,《七月》第 12 期,1938 年 4 月 1 日。
④ 胡风:《胡风全集 7·集外编 Ⅲ》,湖北人民出版社 1999 年版,第 368 页。
⑤ [日] 吉田精一:《现代日本文学史》,齐干译,上海人民出版社 1976 年版,第 121 页。

径……"（胡风《安魂曲》）面对凶残的军国主义政府，小林多喜二没有丝毫畏惧，努力唤醒沉睡的日本民众联合反战。

另一位日本反战文人是著名的左翼诗人小熊秀雄。诗人雷石榆在诗歌《对小熊秀雄氏的印象》中描摹出小熊秀雄独具特色的肖像："那瘦削的面颊上/放出闪闪有神的目光，/一绺一绺散乱的卷发，/好像要飞爬旁坐的脑袋；/那女性般的瞳孔，/表现好男儿的魅力。"他儿时居住的"桦太地区又是少数民族'倭奴'（Ain-u）族和日本民族杂居之地。不知是否是环境水土之故，小熊秀雄的外貌形象也别具风彩"①。此外，年少的凄惨经历磨炼了小熊秀雄坚韧的品质，锻造出坚贞的普罗意识："他们和你，/虽然语言和血液本来不同，/但从炽热的心脏迸出熊熊燃烧的/同情火焰和锐贯神经的鲜明感觉/没有什么两样；/只有生活的鞭子/不久就会驱你离去，也许永远留下惜别的伤痕。"（雷石榆《别离祖国——赠小熊秀雄氏》）日本左翼诗人中野重治高度评价了小熊秀雄坚定的反战信念："进一步加强的法西斯主义侵略战争的狂潮席卷而来，反战诗人们有的被警察的毒手和战争的炮火杀害，有的被投进监狱，有的被迫沉默或变得软弱。随着太平洋战争的爆发，其余不少人被日本军国主义胁持。小熊秀雄在这时期写下数百首优秀的诗歌，留下《马蹄铁匠之歌》《莺之歌》后离开人间。"② 小熊秀雄始终为争取自由与解放进行着不懈的斗争。日本反战文人与中国诗人站在抗战的统一战线上，共同反对日本军国主义的侵略，为了揭露侵略者的阴谋，不惜挥洒热血，他们的英勇无畏也令中国诗人感激万分，转化为左翼留日诗人笔下的光辉形象。

此外，还有一类特别的日本友人形象，它催生出现代留日诗人的异域爱情。诗人郭沫若在《登临》一诗中写道："山顶儿让我一人登着，/我又感觉

---

① 张丽敏：《雷石榆人生之路》，河北大学出版社2002年版，第56页。
② ［日］中野重治编：《日本现代诗大系》第8卷，田源译，河出书房新社1975年版，第515页。

着凄楚,／我的安娜！我的阿和！／你们是在家中吗？／你们是在市中吗？／你们是在念我吗？／终久怕要下雨了,／我要归去。""安娜"即是郭沫若在日本的妻子佐藤富子,1916年郭沫若与在东京圣路加医院的护士佐藤富子相识并结为夫妻,佐藤富子为郭沫若的新诗创作带来了许多灵感,因此当诗人登上山峰,就想念和担心妻子,并立刻返回。佐藤富子也成为中日友好交流的一座桥梁。雷石榆在日本同样有一段短暂的爱情:"前年樱花盛开的时候／我为了感动一个异性读者的爱情,／菊枝哟！我秘密地东渡去见你,／而且改换了我被放逐者的姓名。／在那里,我过着贫苦的生活,／但你用爱情的蜜汁注入我的心灵,／而且用你血汗换来的工钱,／救济了我半年流亡的生命。"(《炮火轰断了爱情——怀菊枝》)本多菊枝是雷石榆诗歌的忠实读者,在抗战年代大胆追求中国的这位年轻诗人,在生活上竭尽全力帮助雷石榆,获得了诗人的感激,但两人的爱情终究被无情的战争现实隔断,本多菊枝为中国抗战献出了自己的全部,也成为中日友好交流的象征。

总之,日本平民形象与日本友人形象大多出自日本社会的底层,日本平民代表着日本受苦难的群众阶层,他们是日本经济发展与侵略战争的牺牲品。日本友人则是一批有觉悟的进步平民,无论是日本的反战文人,还是追求自由爱情的女性,他们都用自己的言行向罪恶的战争发出了强烈的控诉。

四 残暴的侵略者与阴险的操纵者

日本军队形象的主体日本士兵,作为日本军队的齿轮,他们的形象在总体上显得卑微渺小。从征兵入伍到走上战场,日本士兵经历了由执迷向觉醒的过渡,呈现出两大特征。

其一,迷茫的参军动机与僵化的残暴行为。日本士兵都来自普通的日本民众,出身极其贫贱,胡风在《仇敌的祭礼》一诗中剖析了他们入伍前的困惑:"从萧条的农村来的,／从疲乏的工厂来的,／从一切奄奄无色的街头巷尾来的。／……压着你们的有一个沉沉的历史威力,／鼓动你们的有一些茫然的愚蠢的希冀。"日本士兵应征入伍大多只是为了寻求一种转变,希望借此来提升社会地位。他们在渴求荣誉的同时,还受制于日本传统的"民族的感情生活中两个压倒一切的特点——爱国心和忠心"①。然而,他们效忠天皇的意念被日本军阀利用,从此沦为日本侵略的工具。建功立业的美梦催生了他们在中华大地上的暴行:"说到后来更觉可怕,/日本兵真是喝血的夜叉,/前年闹了一次'九·一八',/派来成群飞机来轰炸""日兵却渐渐多了,/军营门口高垒着麻袋,/横架着机关枪。/旅客都要被日兵检查,/车站有戴钢盔的日兵站岗。"(王亚平《大沽口》)嗜血如魔的日本士兵烧杀抢掠,无恶不作,幸存下来的中国民众也摆脱不了他们的盘查与监督。日本士兵仿佛从阴曹地府而来,摄魂勾魄而去,营造出来的恐怖氛围让中国人民的"生命看到了自家最阴暗的深渊:它可以撼动六根,可以迫着灵魂发抖"②。日本士兵在残暴中渐渐变得麻木,王亚平在《老妇的烤刑》一诗中生动地刻画出他们令人发指的冷漠:"老妇人,绑树上,/浇煤油,用火烧,/眼巴巴,血肉焦。/日本兵,围着瞧,/拍手掌,哈哈笑。"日本士兵眼睁睁地看着老人被活活烧死,还拍手大笑,让人不寒而栗。建立功勋的急切心理致使日本士兵在残暴中变得麻木。

其二,卑微的死亡与人性的复归。随着战争的延续,日本士兵的伤亡情况越发严重,他们的命运也极其悲惨。在战场上死去的日本士兵的尸体堆积成山,王亚平的《倭奴坟》描写了在淞沪抗战时停放在长江边上的日本士兵的尸体:"倭奴坟,倭奴坟,/倭奴坟上冷森森!/自从登陆犯罗店,/全部被歼在江边。/在江边,运不回,/胡乱埋成倭奴坟。//倭奴坟,倭奴坟,/倭奴坟上秋风吹!/父母东京哭亡儿,/妻女帐前流血泪。/流血泪,多可悲,/空

---

① [美]鲁思·本尼迪克特:《菊与刀》,吕万和、熊达云、王智新译,商务印书馆2007年版,第29页。
② 林同济:《寄语中国艺术人》,重庆《大公报》副刊《战国》第8期,1942年1月21日。

席夜夜不得睡。"日本士兵的阵亡不仅是自我生命的陨落,也让自己的父母妻儿痛不欲生。雷石榆根据俘获物品中的一封日本阵亡士兵的家书,写下诗歌《你的丈夫死了》,描摹出战死者家庭的悲惨:"小林静江:/他死了,/你的丈夫死了!/在晋南前线,/在一次败北的战斗里。……静江哟啊!/谁使你做了不幸的寡妇?/谁使你的孩子做了孤儿?/几多青春、快乐、爱情……/都化为侵略者的炮烟,/你这可怜的少妇啊,/难倒把永劫的悲剧寄诸天命!"日本士兵的死亡不仅给他的家庭带去了沉重的悲痛,也不禁让人陷入对生命的反思,诗人试图在一系列的反问中找到答案,它或许是日本军队扩张侵略的炮灰,但某种程度上是对人性的拷问,预示着人性的复苏。

面对死去的同伴,活着的日本士兵滋生出厌战的情绪。迫于军令,日本士兵的心境显得极为复杂:"我读报,读着一段敌机师被我们擒获的记载。/敌机师有这样的供辞:/我是军人,我不能不受命令,然而我厌战,厌此/无理的侵略战。"① 从日本士兵的投降中可以看出日本人的一条行动准则:"如果失败,就很自然地选择另一条道路。"② 死亡让大多数日本士兵恢复了本真的人性,他们将死亡视作一种挫败,在逆境中选择了转变。然而,侵华的日本士兵始终是矛盾的复合体,他们无法独立支配命运,好似冰冷的武器始终被人操控:"飞机、大炮、机关枪、毒气……/没有一样是你们的,/它们不过暂时交到你们手里,/去屠杀海那边的和你们一样的兄弟,/为他们打出江山来,替他们建筑新的王位。"(胡风《仇敌的祭礼》)日本士兵被牢牢地掌控在日本军阀的手心里,在两难的处境中深感忧虑,流露出难以言状的踟蹰和挣扎。

作为个体,日本士兵的形象极其鲜明。而日本军队则是由众多士兵、军

---

① 林林:《炸弹片》,《文艺阵地》创刊号,1938年4月13日。
② [美]鲁思·本尼迪克特:《菊与刀》,吕万和、熊达云、王智新译,商务印书馆2007年版,第30页。

官和武器组成的混合体,它作为一个整体出现在现代留日诗人的笔下。日本海军、陆军、空军的协同作战与先进武器的运用形成了侵略战争的立体图景。诗人穆木天生动摹拟出嘈杂战场:"你们听,敌人的军马在啼,/敌人的大炮在那里轰击,/天空上,在翱翔着敌人的飞机,/大地上,已经洒满了被屠杀的民众的血迹。"(《全民族总动员》)日本空军的炸弹投掷与陆军的机枪炮火的扫射形成了对中国内陆全方位的攻击模式。雷石榆在《保卫台山》一诗中刻画出日军入侵中国海港城市的场景:"看他的战舰在海上横行,/看他的飞机在空中掷弹。"日本海军配合日本空军,攻破了中国的海上门户。

日本空军在战争进入相持阶段后猛烈地轰炸着中国的大后方,成了战争的主旋律。日军来袭时,城市上空便拉响了"一声尖锐而悠长的汽笛/在天空放射出来/仿佛闻得到血腥的信号/——空袭警报又发出来了"(任钧《警报》)。陪都重庆在持续的轰炸中苦不堪言,面对轰炸后的城市惨状,居住在重庆的日本反战作家长谷川照子(绿川英子)在《五月的首都》中谴责日本空军暴行:"您,可爱的大陆首都,重庆哟!/银翼飞来了,恶魔出现在天空,/轰!轰!轰!/我的脚下,大地在流血,/您的头上,天空在燃烧。"① 然而,轰炸却没有丝毫停歇,这酿成了1941年的大隧道惨案,重庆整座城市被轰炸成火的海洋,市民躲在市中区十八梯的一条大隧道里,敌机的轰炸造成数万人窒息而亡。日本空军对大后方的人民造成了深重的灾难。

与日本士兵的形象相比,日本军队的形象显得比较模糊,特征也不够明晰,主要原因在于日本军队是人与武器混杂的形象,不同于军官和士兵那般纯然的人物形象。因此,中国诗人只能"把日军作为一个群体加以表现,没有塑造出活生生的具体的形象"②。日本军队群像画虽不能深入反映出作为个

---

① 转引自重庆抗战丛书编纂委员会编《抗战时期重庆的防空》,重庆出版社1995年版,第29页。

② 王向远:《中日现代文学比较论》,湖南教育出版社1998年版,第203页。

体的日本人的精神面貌，但却统摄了独立的个体，形成了大众心中指涉侵略者的集体概念。

日本军队的侵华行径与日本政府的战略部署有着密切的关系。早在侵华战争之前，为了侵占朝鲜与中国东北，日本政府蓄意挑起与沙皇俄国之间的日俄战争。郭沫若描写了这场战争遗迹并回忆道："博多湾的海岸上，/十里松原的林边，/有两尊俄罗斯的巨炮，/幽囚在这里已十有余年……你们往日的冤家，/却又闯进了你们的门庭大肆屠剿，/可怜你们西伯利亚的同胞/于今正血流漂杵。"（《巨炮之教训》）十月革命后日本与美国出兵西伯利亚进行武装干涉，让众多俄国人倒在血泊中，血腥的战争史似乎在控诉日本政府的穷兵黩武。

日本政府通过军事演练与思想监控给予侵华政治保障。战争伊始，日本国内陷入侵略的狂热中，日本政府被军国主义的气焰笼罩，一方面他们鼓动人民为"圣战"贡献自己的力量，诗人雷石榆在《颤抖的大地》中揭露了日本国内的军事演习："铁的鲸鱼在海中活跃/喷出沉重的气息/铁的蜻蜓像在空中拥抱接吻/兜着圈子飞翔/铁的象嘴或指东或指西/放出浓厚的鼻烟/铁的乌龟跟着爬行/无数的雷在地上轰响/啊，大地在颤抖"。日本政府公开的军事操练为武力侵华做好了群众动员工作。另一方面，日本政府严密监控本国的局势，极度歧视外来者："你走到上野公园的山上/被那戴着神圣的菊花帽徽的警官们拦在入口/搜查过身体以后/挤进了无产者文化晚会的会场/夹在工人、学生、教师、小从业人员、朝鲜人、台湾人……中间。"（胡风《海路历程》）一个来自中国的女子在进入上野公园大门时遭到了日本警官粗鲁的搜身，这些政府的鹰犬还将被认定为劣等民族的人和身处日本社会底层的无产者局限在一个狭小的空间里，采取高压政策监视着他们的一举一动，胡风在《海路历程》中阐明了日本政府对民众思想的严密监控："展开了被检阅官删了又删的/现在还坐着监视的警官/在一面听一面对着稿本的故事。"日本政府期盼全国民众支持战争,但又不希望战争破坏了国内的稳定。

从严密的军事演练到周密的战争策略,从对国内局势的侦查监控到鼓动民众的战斗热情,日本政府在战争时期始终握有操控本国局势与应对外交侵略的主导权,组织形态也由战争初期的传统议会内阁转变为军事独裁的法西斯集团,围绕着军国主义的侵略策略进行的调整,坚持侵略战争的总方针并未发生丝毫改变。日本政府实则为对外战争的罪恶元凶,也是本国动乱的肇始。

综上所述,现代留日诗人笔下的日本形象呈现出类型多元化与彼此关联性的特征。日本的自然风貌、生活景象、平民与友人、军队与政府各自独立,涵盖了日本政治、经济、文化等诸多社会领域。然而,日本形象之间存在紧密的联系。日本自然风貌是孕育文明景象的外部环境和原初养料,日本平民、友人是出自社会生活中的特殊人群,他们的淳朴善良与日本军队和政府的残暴冷漠形成了鲜明的对比。四类日本形象共同建构起中国诗人深入探寻他者文明的形象体系。

第三节　自我心理建构与阐释策略

现代留日诗人大致分为两大团体:一是带有民主倾向的浪漫派诗人,包括早期创造社成员郭沫若、成仿吾、陶晶孙以及鲁迅、周作人、穆木天、冯乃超等;二是具有左翼思想的现实派诗人,包括蒋光慈、胡风、雷石榆、王亚平、任钧等。逃亡、游历、求学、访问日本的经历将他们连接成为一个整体,他们笔下的日本形象成为认识与理解日本社会的一个窗口。然而,为什么诗歌中的日本形象具有多元并立的特点呢?正如巴柔对形象制作者的概述:"一切形象都源于对自我与'他者',本土与'异域'关系的自觉意识之中,即使这种意识是十分微弱的。"① 反观日本形象，现代留日诗人在笔端倾注了更多的时代精神与个人体验，他者与自我始终保持着互动关系，中国诗人甚至主导了两者关系的话语权，诗歌中强烈的主观色彩让日本形象转变为留日诗人自我言说的产物。

一方面，中日两国的社会现实是制约现代留日诗人笔下日本形象的基本框架。明治维新的成功使日本走向了高速发展的现代文明之路，也强化了对外扩张的野心。相反，中国社会在晚清的风雨飘摇中逐渐走向没落，无论是洋务运动还是新文化运动都无力扭转动荡衰败的社会局势；大革命失败更是将残存的变革希望打入无底深渊，令人心灰意冷；日本侵华激化了民族矛盾，抗日战争旷日持久。面对纷繁复杂的社会现实，异域求学的"生活将会负起责任，即使不能解决，至少也要把它们熔化到民族这个复杂的机体中去"②。现代留日诗人以敏锐的目光去透视不同阶段的历史风貌，将中华民族作为主体与归宿，笔下的日本形象自然就成为把控与突破时代命脉的切入点。

另一方面，中国诗人的精神状态与思想情感是催生日本形象的内在作用机制。社会背景固然是言说他者的事实依据，但是诗歌并非是对现实的逼真再现，诗人亦非是对时局的真实记录者。直觉主义理论家伯格森定义和评价道："诗人是这样一种人：感情在他那儿发展成形象，而形象本身又发展成言词，言词既遵循韵律的法则又把形象表达了出来。"③ 由此可见，诗人是一群极富创造力的艺术家。现代留日诗人也不例外，他们在心理情感的刺激与艺术想象的推动下创造出日本形象，同时运用诗歌语言技巧将之表现为某些象征和隐喻的意象，提炼升华为集体或个人式的思想体系。

---

① [法]尼埃尔-亨利·巴柔：《形象》，孟华译，孟华主编《比较文学形象学》，北京大学出版社2001年版，第155页。
② [法]马·法·基亚：《比较文学》，颜保译，北京大学出版社1983年版，第106页。
③ [法]伯格森：《时间与自由意志》（摘），伍蠡甫主编《现代西方文论选》，上海译文出版社1983年版，第91页。

一　苦闷的漂泊愁肠与迷狂的战争阴影

现代留日诗人在创作日本形象时始终伴随着苦闷与迷狂的创作心理。苦闷在某种程度上是个体精神世界受到压抑的表征，迷狂则是在苦闷基础上进一步延伸形成的迷幻疯狂的精神境界。浪漫派留日诗人的苦闷与迷狂带有浓厚的个性色彩，笔下的日本形象是对象牙塔式的精神家园的复现；左翼留日诗人则迎合了抗战大众化的需求，战争造就的苦闷与迷狂通过日本侵略者展现得淋漓尽致。

异域的孤苦生活是留日诗人苦闷心理的催化剂。一方面，生疏的异域空间禁锢了留日诗人的心灵。穆木天在伊东苦苦追求日本少女静江，终究无法获得其芳心，这令诗人抑郁烦闷："伊人的歌声颤颤地荡摇——/又象温柔，又象狂暴，——在夕暮的川上荡摇。/我仿佛听得清楚，啊，却又听不见了。/啊！是谁送来伊人的歌声在这夕暮狂狂地荡摇。"（《伊东的川上》）诗人曾回忆道："那一次失恋，使我认真地感到了自己的没落和身世凄凉了。……伊东的数月生活，更是使我苦上加苦，愁上加愁，而更于直感到自己的无出路，决定的没落来了。"① 刻骨铭心的失败恋情好似虚无缥缈的歌声回荡在残阳欲坠的天际，异域的狭小空间更似冰冷的地狱，让诗人倍感孤单，走投无路。他笔下的日本自然景象也烙上了苦闷的印记："房檐上浮着黄褐的枯色/老树上掩着湿润的青苔/鸟雀的欢叫唤不得行人来/潺潺的流水仍不住地徘徊"（《野庙》），一切景致在诗人眼中都显得孤寂陌生，与郁郁寡欢的心境交相呼应。相比较穆木天的苦闷，胡风在东京的处境更为凄惨："我，你的一个兄弟/但却是大日本帝国铁爪下面的/一个'劣等种族'的'支那人'/一个殖民地的'卑贱'的但却不/屈的奴隶。"（《英雄谱》）诗人虽然结识了志同道合的小林多喜二，但却遭到了日本当局的政治监控，并于1932年被驱逐

---

① 穆木天：《我的诗歌创作之回顾》，《现代》第4卷第4期，1934年2月。

回国，他在日本的地位极其卑微，异域的非人待遇让他饱受压抑的苦楚。

另一方面，异域的环境疏离了自我与祖国间的联系，诗人陷入迷茫的苦闷之渊。逃亡日本的蒋光慈"曾经起过这般的心意：/我为什么不常在异国流浪呢？……"（《我应当归去》）此般困惑普遍存在于留日诗人的心中，它似乎造成了诗人们在身份归属上的短暂迷失，郭沫若曾问自己的儿子："阿和，哪儿是青天？/他指着头上的苍昊。/阿和，哪儿是大地？/他指着海中的洲岛。/阿和，哪儿是爹爹？/他指着空中的一只飞鸟。"（《光海》）诗人仿佛是一只盘旋在岛国日本上空的鸟，遗忘了回家的路。成仿吾更是因为漫无目的而深感烦躁："啊，我生如一颗流星，/不知要流往何处；/我只不住地狂奔，/曳着一时显现的微明，/人纵不知我心中焦灼如许。"（《序诗》）诗人眼中的前路漫长模糊，异域的求学轨迹恰似流星划破天际，去无踪影。在这之后，胡风似乎回想起祖国受苦难的同胞："在那高且蓝的天空下面，/在一座大的大的灰色房子，/在那水泥做的高墙里面，/成群地锁着我们的兄弟。/嚼着麦饭的/颧骨抽动的/你的灰白的脸孔，/时远时近地/浮动在我的心里……"（《武藏野之歌》）在武藏野的天空下，胡风想起了被关押的祖国的兄弟，滋生出无限的愁苦。零星的回忆似乎缩短了留日诗人与祖国间的距离，"但是彷徨在/无际沙漠中的旅人/仍是我今天的形相"（雷石榆《沙漠之歌》）。因此，面对异域的封闭环境，"中国学生感受到的只是压力，只是对自身及祖国现状的焦虑和无奈"[①]。

如果说异国的孤独催生了诗人的苦闷，日本的侵华战争则彻底引爆了苦闷的心理情绪，将之转变为抗战诗人迷狂的心理导向。战争时期的"民众是民族的动力，抗战最基本的力量"[②]，日本军队的侵略本质也必须被人民接受，

[①] 张志彪：《比较文学形象学理论与实践：以中国文学中的日本形象为例》，民族出版社2007年版，第75页。

[②] 诗歌座谈会：《我们对于抗战诗歌的意见》，龙泉明编选《诗歌研究史料选》，四川教育出版社1989年版，第17页。

宣传鼓动大众抗战的热情。诗人为此自觉择取历史传统文化的经典以贬斥日本形象。雷石榆借屈原正义与爱国的历史典故号召大众奋起抗日："诗人哟，/你的故国，/你徘徊悲歌投葬鱼腹的/那天然绝笔的汨罗，/又一次，而且最凶残的一次，/遭受东洋之'虎狼'的蹂躏！/那纵横江畔的尸骸/那染红清波的血腥，/我们要为你写下《离骚》的续篇！"（《血染汨罗吊屈原》）中国诗人追忆往昔，故土的沦丧使诗人萌发了与屈原创作《离骚》时类似的别离苦恼。然而，自我的光辉爱国形象与他者的非人凶残形象构成鲜明的对比，让大众产生了克敌制胜的幻想，热烈高亢的战斗情绪被瞬间点燃。由于诗歌大众化"标准的历史系统潜在于遥远的过去"①，中国诗人在认识过往的同时，也完成了对抗战现实的重建，为实现大众化发挥了巨大的作用。

中国诗人在对历史的复述过程中产生了对现实日本形象的偏见。蒲风将日本视为异邦小国，将日本人视为非人的异类："我看惯，在小岛，魔鬼在跃跳，/在海外，我听惯太平洋的嘶吼！"（《我迎着风狂和雨暴》）日本侵略者对天朝大国的蚕食在诗人眼中是荒谬放肆的小丑行径。抗战的现实与激情令注视者的形象被无限放大，日本形象则被进一步丑化，在对他者形象的全盘否定中，部分中国诗人逐步跌入自我迷恋的心灵深渊，滋生出激荡混乱的意识，留日诗人笔下日本形象的"这种疯癫象征从此成为一面镜子，它不反映现实，而是秘密地向自我观照的人提供自以为是的梦幻"②。迷幻的旋涡使诗人仿佛置身梦境，对日本形象的幻觉成为自我强大的铺垫，演变为隐秘的创作心理。

自我崇拜的幻影催生出热烈激昂的心理状态，最终化作"抗日救亡"的时代呼声，日本形象也被"抗日救亡"的浪潮淹没。田汉在《中国空军歌》

---

① ［联邦德国］H. R. 姚斯、［美］R. C. 霍拉勃：《接受美学与接受理论》，周宁、金元浦译，辽宁人民出版社1987年版，第135页。
② ［法］米歇尔·福柯：《疯癫与文明》，刘北成、杨远婴译，生活·读书·新知三联书店2003年版，第22页。

中将日军作为凸显自我的陪衬："我们穿着层云，/我们凌着狂风，/我们鸷鸟似的盘旋，/我们火箭似的冲锋，/不许有一架敌机敢向我们进攻，/不许有一颗敌弹伤害我们的妇女儿童。"这首军歌彰显了英勇无畏的中国空军，日本形象则被逐渐边缘化，"抗日救亡"遂成为全民抗战的时代精神。然而，它以自我神圣化为手段去埋没他者形象，隐匿地传递出中国诗人的迷狂心理，狂热的"时代精神不可能纳入人类理智的范畴。它更多地是一种偏见，一种情绪倾向"①。敌我矛盾的对立与战场空间的压抑将中国诗人引入略显偏激的死胡同，在迷狂心理的作用下滋生出"抗日救亡"的时代精神。

现代留日诗人隐秘的心理活动导致了自我期待视野在过去与未来的跳跃与转换。中国诗人"凭借想象力（或者想象力和悟性相结合）联系与主体和它的快感和不快感"②，用艺术审美的实践活动去感悟判别日本形象的美或不美。留日诗人借助想象的翅膀，将不同的期待视野注入苦闷与迷狂之中，构建起两者间的桥梁。异域求学的孤单清苦很快转变为留日诗人对有相似经历的中国古人的遥想。郭沫若和穆木天都不禁想到了在汉代出使匈奴的苏武，他被扣押在北海牧羊十余载："我孤独地在市中徐行，/想到了苏子卿在贝加尔湖湖畔。/我想象他披着一件白羊裘，/毡履，毡裳，毡巾复首，/独立在苍茫无际的西比利亚荒原当中，/有雪潮一样的羊群在他背后。"（郭沫若《电火光中》）诗人用惊人而细腻的想象力勾勒出了一幅苏武牧羊图，似乎在对过往的联想中找到了心理的共鸣。穆木天将想象力进一步延展，把日本形象幻想为少数民族的匈奴并等同起来："远远的天际上急急的渡过了一回黑影。/啊，谁能告诉他汗胡的胜败，军情？/时时断续着呜咽的，萧凉的胡笳声。//秦王的万里城绝隔了软软的暖风。/他看不见阴山脉，但他忘不了白登。/啊，明

---

① ［瑞士］荣格：《心理学与文学》，冯川、苏克译，生活·读书·新知三联书店1987年版，第32页。
② ［德］黑格尔：《美学》，朱光潜译，商务印书馆2008年版，第357页。

月一月一回圆，啊！单于月月点兵。"(《苏武》)诗人异域求学的清苦阻隔了与祖国的联系，好比在北海孤身一人的苏武，日本日益扩张的野心，好比穷兵黩武的匈奴民族，中日两国也好比剑拔弩张的汉胡。现代留日诗人的艺术想象让期待视野向后推移，从而"在一个集体——特别是民族集体——回溯性的身份认同中起到了持久的作用"①。

期待视野一旦进入未来幻境就演变成虚构，进而化作诗人"睡眠的产物——梦幻"②。任钧虚构出抗战胜利的美好图景："当那一天来到的时候，/聋子会辨出最微妙的音律，/哑巴会讲出滔滔不竭的话语，/白痴也会变得异常聪明和伶俐。"(《当那一天来到的时候》)诗人的幻想看似夸张，实际上是对战争现实造成的苦闷压抑心理的转移与发泄，日本军队的残忍则被美梦掩埋，正如弗洛伊德对梦境的分析："我们自己要隐瞒这些愿望，于是它们受到了抑制，被推进无意识之中。……夜晚的梦正和白日梦——我们都已十分了解的那种幻想一样，是愿望的实现。"③左翼留日诗人对未来的幻想寄托着战争胜利的美好意愿，他们"热望着，热望着。……/前有光明在引导，/前有光明在照耀"(蒲风《热望着》)。

总之，苦闷迷狂构成了中国诗人对日本形象接受的心理因素，尤其是苦闷，它构成诗歌创作的心理基石。正如日本文艺理论家厨川白村所言："生命力受了压抑而生的苦闷懊恼乃是文艺的根柢。"④异域的孤独与战争的暴力挤压和扭曲着现代留日诗人的心灵，他们对日本形象的想象则更"生动地说明

---

① [法]阿尔弗雷德·格雷塞：《身份认同的困境》，王鲲译，社会科学文献出版社2010年版，第37页。

② [法]保尔·利科：《在话语和行动中的想象》，孟华译，孟华主编《比较文学形象学》，北京大学出版社2001年版，第43页。

③ [奥]弗洛伊德：《创作家与白日梦》，伍蠡甫主编《现代西方文论选》，上海译文出版社1983年版，第144页。

④ [日]厨川白村：《苦闷的象征》，鲁迅译，人民文学出版社2007年版，第22页。

了思维心理和无意识的活动"①。从而，中国诗人完成了对日本形象的初步接受，也为在日本形象中倾注的情感体验做好了准备。

二 憎恶的颓废心理与亲善的依恋情结

诗歌是反叛理智而指向情感的产物，正如成仿吾对诗歌功用的评析："诗的作用只在由不可捕捉的创出可捕捉的东西，于抽象的东西加以具体化，而他的方法只在运用我的想像，表现我们的情感。"② 现代留日诗人在日本形象中寄托了自我的情绪体验，并将"不可捕捉的""抽象的"创作心理演变成为憎恶与亲善的情感。

现代留日诗人的憎恶情感是对苦闷与迷狂心理的延伸。其一，许多留日诗人迷失在异域求学的道途中，忧愁与哀伤将他们紧紧包裹。周作人形象地传递出了内心的彷徨："这许多道路究竟到一同的去处么？/我相信是这样的。/而我不能决定向那一条路去，/只是睁了眼望着，站在歧路的中间。"（《歧路》）留日的经历虽然短暂，但在中国学子的心中好似人生的十字路口，他们难以抉择，在徘徊犹豫中变得恍惚："我不过一个影，要别你而沉没在黑暗里了。然而黑暗又会吞并我，然而光明又会使我消失。"（鲁迅《影的告别》）鲁迅在迷茫中幻化为被无情吞没的影子，这种忧伤的情感好似茫茫的沙漠："我在沙漠之中/挺进着。/暴风雨的声浪/远远地，远远地，/掀动我寂寞的心，/我的空胃囊和干涸的喉咙，/想起贪馋的野兽的食欲。"（《沙漠之歌》）诗人感觉自己仿佛是行走在沙漠中的旅人，孤寂如同轰隆隆的响雷，伴随着饥渴与恐慌。由此可见，现代留日诗人对未来感到惆怅，他们的憎恶是"表现悲哀与同情哀怜混成的感动情绪，向感伤性倾斜"③。

---

① [美]里恩·艾德尔：《文学与心理学》，韩敏中译，北京师范大学中文系比较文学研究组选编《比较文学研究资料》，北京师范大学出版社 1986 年版，第 595 页。
② 成仿吾：《诗之防御战》，《创造周报》第 1 号，1923 年 5 月 13 日。
③ 叶渭渠：《日本文学思潮史》，北京大学出版社 2009 年版，第 95 页。

其二，孤苦的异域生活压抑了诗人的精神世界，它是点燃憎恶的导火索。当苦闷上升到一个临界点，诗人的精神层面出现裂痕，衍生出颓废乃至厌倦的情感。冯乃超的诗歌创作带有明显的悲观色彩："森严的黑暗的深奥的深奥的殿堂之中央／红纱的古灯微明地玲珑地点在午夜之心／苦恼的沉默呻吟在夜影的睡眠之中／我听得鬼魅魍魉的跫声舞蹈在半空。"（《红纱灯》）借助中国古代的红纱灯意象，诗人意在表达夜晚的黑暗与恐怖，昏红的灯光与山林鬼怪的脚步声通融合一，编织起一张深沉的苦闷之网，将颓败压抑的心灵扩散至对现实厌恶的情绪中。冯乃超诗歌不仅指涉异国的孤寂，还接受了异域诗学的影响。经过前期的译介，之后的"日本的浪漫主义变得软弱无力，而且很早就孕育起颓废倾向"[①]。譬如北原白秋也在诗歌中抒写了黑暗带来的苦闷："酷似真实，实为影子一片／宛若镜中血红的花瓣／置身现实又似游梦境／白昼，如同夜一般黑暗。"（《幻灭》）[②] 诗中的黑影如同冯乃超的红纱灯，都是因无力挣脱黑暗现实而发出的绝望叹息。

其三，侵华战争将中国诗人的憎恶情感推向高潮。一方面，就战争本身而言，它是对中国人民身心的摧残与奴役。台湾留日诗人钟鼎文愤懑地控诉道："在这艰难的战争中，／有几人吗，能够超脱于苦痛？／我眺望着原野上的烽火，／愤恨与怜悯／交织于我受难的心胸。"（《三年》）战争让中国百姓饱受妻离子散、家破人亡的痛苦，诗人既同情受难同胞，又对战争产生了憎恨的情感。另一方面，日军的暴行激发了中国诗人的仇恨。战场外日军对中国百姓的欺骗和愚弄令人反感和愤怒，穆木天细致地刻画出一位日本军官的虚伪丑态："日本军官一进村庄满面笑嘻嘻，／他召集当地的民众要作一个训辞，……那位将官说出来：'我们都是同种同文，'／随后他又说出来：'我们日满是一家人'／他过了会又说：'你们那些良民，要接受大日本帝国的皇

---

① ［日］西乡信纲等：《日本文学史》，佩珊译，人民文学出版社1978年版，第259页。
② 武继平、沈志鸣译：《日本现代诗选》，青海人民出版社1983年版，第163页。

恩，'/最后又说：'我要给你们照相证明你们不通匪都是好人。'"① 日军对中国民众的思想监控是一种奴化教育，这引发了中国诗人的不满与愤恨。战场上的侵略者肆意残害我军生命，一具具尸体似乎是在谴责日军的罪恶："战士在最前线战死了。/活着的战士，还继续作战。/他们退下平地了，又作平地战。/战士们把死了的战士，/迭砌成一道血肉的壕堑。"（林林《战尸的愁郁》）我军士兵的相继死亡控诉着日军的凶残行径，演变为中日间的血海深仇。

其四，留日诗人对日本侵略者的憎恶情感具有极强的鼓动性，它蔓延传播开去，形成了全民族抗日的仇恨情绪。留日诗人覃子豪怀着满腔怒火抒写了鲜血浇铸的民族仇恨："他们来自灾区/血滴在长长的路上/在路上他们用血写着控状/路是走不完的/有限的血，写不尽/无限的仇恨。"（《血滴在路上》）正如胡风所言："战争一爆发，我就被卷进了一种非常激动的情绪里面。"② 在入侵者制造的血泊中，抗战诗人的憎恶情感演变为一种狂热的抗敌情绪。诗人雷石榆更是鼓动和传递着民族仇恨的火焰："要从个人的苦痛推想百万人的苦痛，/把个人的仇恨结合千万人的仇恨；/点起你的火把汇合火把的洪流。"（《家破人亡歌》）中国诗人压抑已久的苦闷如同井喷般爆发，憎恶的情感也转入迷狂的幻境，炽热的愤怒让中日关系处于严重失衡的状态："我们要雪耻！/我们要报仇！/我们要持久抗战，/杀尽这东方的魔鬼野兽。"（田汉《雪耻复仇歌》）凶残的日军在复仇的幻象中沦为非人的怪异形象，"与优越的本土文化相比，异国现实被视为是落后的"③。作为注视者的中国诗人将自我凌驾于他者之上，作为低贱鬼兽的日本侵略者成为言说自我情感的载体与陪衬。

---

① 穆木天：《扫射》，《自决》第1卷第1期，1933年3月1日。
② 胡风：《胡风全集1·诗》，湖北人民出版社1999年版，第73页。
③ ［法］达尼埃尔-亨利·巴柔：《形象》，孟华译，孟华主编《比较文学形象学》，北京大学出版社2001年版，第175页。

与憎恶相对立的一种情感是亲善，现代留日诗人在日本形象中倾注的亲善是一种浓郁而真挚的感情，它褪去了偏激和狂热的情感因素，远离了大众关注的热点，成为少数留日诗人独特的心理感受。中国诗人在日本恋人、日本反战人士与日本士兵三类形象中注入了亲善的情感。

首先，日本恋人大多是温柔的日本女性形象，她们既是留日诗人艺术灵感的重要源泉，又灌溉和滋润了中国留学生的精神家园与艺术土壤，传递出中国诗人真切而浪漫的爱恋情怀。创造社成员陶晶孙曾为郭沫若的日本妻子谱曲一首，流露出深深的想念之情："贵人呀　还不回来呀/我们一从春望到秋/从秋望到夏……/望到水枯石烂了/安人呀　回不回来……呀。"（陶晶孙《湘累的歌六曲——赠郭夫人安娜》）短暂别离滋生出思念之情，这正是基于郭沫若对安娜付出的深厚爱意。郭沫若第一部诗集《女神》的命名在某种程度上受到了妻子佐藤富子的影响，她激发了诗人的创作灵感，在诗歌《女神之再生》中，女神有言："我要去创造新的温热，/好同你新造的光明相结合。"郭沫若的创作热情来源于妻子的默默支持，佐藤富子犹如情感的女神，指引着诗人不断开创前行。与郭沫若相似的是诗人穆木天，他虽然无法获得日本少女静江的芳心，但仍义无反顾地爱着她，并幻想出与恋人在一起的温馨情景："我愿心里波震着伊人的脚步声/尝着充实的寂静　唱应着憧憬的朦胧"（《野庙》）。"伊人"的一颦一笑似乎转化成慰藉诗人孤独内心的美妙乐章。爱情的力量是巨大的，异域的恋人令诗人不畏艰难险阻："虽然在探病中碰见你的叔父，/虽然我几次受了你叔父可怕的恐吓，/但我还是偷偷地去探望你，/有时不敢进门对着窗帘站到夜深，/直到你叔父来了严重的警告，/直至我在环境威胁下偷偷地离开了三岛！"（《炮火轰短了爱情——怀菊枝》）雷石榆对菊枝的爱一往情深，恋人患病令其无比痛心，诗人不顾菊枝家人的阻挠毅然前去探望，深厚的爱情甚至成了抗战时期诗人雷石榆的精神支柱。

其次，左翼留日诗人在同日本反战文人的交往中透露出敬爱之情。胡风

被日本无产阶级作家小林多喜二的人格魅力深深折服,在《安魂曲》中写道:
"火红里面又闪着微笑的温柔/射出来了!/飞过来了!/呵,同志小林多喜
二!/是你吗?/是你!是你!/我紧紧地抱你!我深深地吻你!"虽然只有一
面之缘,诗人却将小林多喜二当作志同道合的伙伴,尊敬与喜爱在一瞬间充
盈胸臆。此外,雷石榆与小熊秀雄也建立了深厚的友谊,他在《对小熊秀雄
氏的印象》一诗中详细记载了两人的交往:"这就开始饶舌起来,/谈论他的
诗和我的诗。/谈论关于诗歌的韵律。/他用手指不断地敲着桌边,/随着饶舌
的节调打拍子。"小熊秀雄常用的口头语是"饶舌",雷石榆在与小熊秀雄的
交谈中也萌生出崇敬之情。亲和的态度成为注视者文化中有益的填补,也是
"惟一能真正实现双向交流的态度"①。

最后,留日诗人对日本士兵的亲善表现为一种怜悯和同情。日本士兵的
身世令人同情:"从农场来,/从工厂来,/从街头巷尾来,/你们也带来了穷
困和压迫,/和一切被愚弄被束缚的残酷记忆。"(胡风《海路历程》)日本士
兵在身体与心灵上受到日本政府与军队的双重打压,战争使他们变得木讷呆
滞,他们的死亡将中国诗人的同情引向高潮:"山上/留下日本人抛下的炸弹
片/林里/有过日本人射下的机关枪弹。/然而/山上/也凝着日本人的血……/
林里/也凝着日本人的血……"(林林《阿莱耶山》)侵略者带来的愤恨被日
本士兵的死亡掩盖,诗人在反思战争对生命残害的同时,也对惨死的日本士
兵充满了同情。留日诗人倾注其中的哀怜情感正如作家萧乾所说:"我们中国
人对于日本人的感情反映在文学上的,则是怜悯而非憎恨。"② 然而,左翼留
日诗人并未因怜悯而陷入感伤的旋涡,他们借此吹响了鼓动日本士兵反抗的
号角:"来,日本的士兵兄弟啊!/用热情的握手,/用真诚的爱的心,/欢迎

---

① [法] 达尼埃尔-亨利·巴柔:《形象》,孟华译,孟华主编《比较文学形象学》,北京大学出版社 2001 年版,第 176 页。
② 萧乾:《战时中国文艺》,《大公报》1940 年 6 月 15、16 日。

你们。/为了两国人民的解放/我们合力战斗吧！"（雷石榆《欢迎你们》）诗人敞开胸怀迎接日本士兵，以友善的态度将他们纳入抗日的行列，曾经敌对的他者形象受到亲善情感的化解，融入自我抗争中。

日本形象中蕴含的憎恶与亲善最终都指向自我的生存现状。正如巴柔对两种态度的对比："'憎恶'要求他者象征性的死亡，'友善'则尝试着指定一条困难的、严格的道路，此路必须经由对他者的承认。"[①] 两类情感的出发点或许是对立的，但却有共同的归宿。尤其是亲善的情感，虽然它在一定程度上表现出对他者的认同，但这只是一个了解的过程，落脚点依然是对自我的观照。例如雷石榆在与小熊秀雄不舍的离别中写道："然而，你将怀念着异国的兄弟，/如同怀念着祖国的大众。"（《别离祖国——赠小熊秀雄氏》）雷石榆时刻将祖国人民置于心中，不得不与最亲密的战友小熊秀雄告别。

总之，厌恶、憎恨、怜悯、友善的情绪感悟使诗歌中的日本形象浑然成为现代留日诗人的"情感本身，甚至从中感受到生命力的张弛"[②]。留日诗人对日本形象的情感化抒写传递出自我的生活体验和审美心理，折射出各自不同的生命冲动，为日本形象的意象化阐释奠定了基础。

三 情感的多维象征与意象的含混隐喻

无论是苦闷迷狂的创作心理，还是憎恶亲善的情感体验，它们都只是停留在潜意识层面的抽象观念，如何有效而恰当地表达和传播日本形象，这还需要诗人汲取诗歌语言的魅力。然而，诗歌语言不等同于杂乱无章的日常生活用语，它是诗人"一个人努力的成果——努力用粗俗的材料来创造一个虚

[①] ［法］达尼埃尔-亨利·巴柔：《从文化形象到集体想象物》，孟华译，孟华主编《比较文学形象学》，北京大学出版社 2001 年版，第 142 页。
[②] ［美］苏珊·朗格：《艺术问题》，滕守尧、朱疆源译，中国社会科学出版社 1983 年版，第 25 页。

幻的、理想的境界"①。诗人通过对普通语言的加工、变形、处理，用诗歌语言为我们营造了独特的审美意境。在现代留日诗人的诗歌世界中，日本形象传递出诗歌语言的精髓，即象征与隐喻的意象表述。

浪漫派留日诗人将诗歌的象征手法运用到极致，含蓄地表达了异域求学的孤独烦闷的心理情感。一方面，这批诗人具有对色彩的敏锐捕捉能力，借此象征微妙的心灵感悟。黄色似乎成为留日诗人苦闷心理的标志。穆木天曾在《薄光》一诗中写道："啊　那是什么人　走在那淡黄的道上//看那腐草没着的小河罩着的灰黄/……/啊　我爱这衰弱的自然　薄笼着澹淡的/黄光"。所有的异域自然景象都染上了黄色的印记，象征着诗人孤苦的心境。穆木天后来回忆起异国求学的生活时说道："东京的生活，实在令我再忍受不下去了。……我失眠，我看见什么东西都是黄的。"② 诗人的苦闷表现在诗歌中则是一片黄色的世界。然而，黄色不仅是一种视觉上的冲击，它还混杂着听觉的感受。冯乃超通过黄色的心声暗示颓废的心理："我的心弦微颤/作苍黄沉寂的徘徊/在露湿的花园内/像黎明的夜合花开"（《我底短诗》）。在苦闷的环境中，诗人内心响起黄色的踱步旋律，这是"'色''音'感觉的错觉，在心理学上就叫作'色的听觉'（Chromatic audition）；在艺术方面，即是所谓'音画'（Klangmalerai）"③。由黄色的画面掺入黄色的音域，在不同感官的刺激中，留日诗人的苦闷程度也随着色彩意象的深度象征而不断加强。

另一方面，憎恶情感的象征意象与苦闷心理的色彩象征交相辉映。在异域的孤独苦闷中，留日诗人滋生出厌恶愤恨的情感，夜的意象正是憎恶情绪的象征。长期积压的苦闷在夜晚达到顶峰，中国诗人似乎也走到了精神崩溃的边缘，寂静的黑夜成为恐惧的符号："死一般的静夜！/我好像在空中浮

---

① ［法］瓦莱利：《纯诗》，伍蠡甫主编《现代西方文论选》，上海译文出版社1983年版，第29页。
② 穆木天：《我的诗歌创作之回顾》，《现代》第4卷第4期，1934年2月。
③ 王独清：《再谭诗——寄给木天伯奇》，《创造月刊》第1卷第1期，1926年10月5日。

起，/渺渺茫茫的。/我全身的热血，/不住地低声潜跃，/我的四肢微微地战着。"（成仿吾《静夜》）成仿吾在异域漫长无声的黑夜中深感恐惧，在孤独无助中联想到死亡。相对于黄色而言，黑夜以更为立体的方式征服了留日诗人的内心："深夜中　你听不来黑暗里的鸣声/——那阴惨的脆弱的命运的律动//黄昏的残光的印象还未消/夕阳凄怆地逡巡在西空/告诉它底苍黄的浑融的临终//——万物的色彩这样地消沉/暗淡的'现在'剥落了过去的粉饰的黄金"（冯乃超《夜》）。黑夜吞噬了光明，让万物暗淡无光，鸦雀无声，它将恐惧情感进一步引入颓废与绝望的深渊，衍生出厌恶的情感。正如诗人叶芝对情感象征的解释："一种感情在找到它的变现形式——颜色、声音、形状、或某种兼而有之之物——之前，是并不存在的，或者说，它是不可感知的，也是没有生气的。"① 夜的意象融合了黑暗的色调、寂静的声律和广阔的外形，成为压抑、恐惧、厌倦等情感的象征依托。

随着日本侵华战争的爆发，中华民族的存亡几乎成为社会生活的中心，惨淡的社会现状令早期留日诗人的浪漫与感伤的情绪慢慢褪去，以往被少数留日诗人钟爱的象征意象逐渐向反映大众抗战需求的方向发展。现实派留日诗人笔下的"火""水"与"太阳"是左翼留日诗人阐释日本形象所采用的主要意象，它们迎合了战时社会现实与诗人抗战心理的需要，在隐喻的媒介作用下，这些与日本形象"彼此相异而以前毫无关联的东西在诗歌中得以贯穿起来，以便它们对态度和冲动产生影响"②。

一切情绪体验都源于特定的现实环境，火的意象便是战争年代的中国社会的真实写照。诗人覃子豪细腻地刻画出日军炮火的威力："火踏舞着/在每一条狭窄的街上/在连接着连接着的屋顶上/在坍塌下来的门窗上/在精致的

---

① ［爱尔兰］瓦莱利：《诗歌的象征主义》，伍蠡甫主编《现代西方文论选》，上海译文出版社1983年版，第55页。
② ［英］艾·阿·瑞恰慈：《文学批评原理》，杨自伍译，百花洲文艺出版社1992年版，第219页。

粗糙的傢俱上/在华美的　素朴的褴褛的衣物上/在那些年老的匍匐着的人们的身上/在那些母亲无法救出的孩子的身上/在那正在痛苦中挣扎着的人们的身上/在那快要成为焦炭的骷髅上。"(《火的跳舞》)日军轰炸后呈现出一片火的世界,街道、房屋、居家用品等被焚毁,老人和妇孺等弱势群体更是饱受战火的摧残,许多无辜百姓在炮火中断送了生命。罪恶的武器制造了无情的屠戮,侵略者的攻势也好似野火燎原般迅猛:"从北平,到广州,/从上海,到宜昌,/——这战争的火底十字架/钉在你受难的身上。"(钟鼎文《三年》)从卢沟桥事变开始,日军在三年的时间里迅速攻陷了中国的许多城市,侵略的铁蹄像蔓延的烈火般嚣张。炮火还席卷了山城重庆,郭沫若在《罪恶的金字塔》中痛心疾首地写道:"连长江和嘉陵江都变成了火的洪流,/这火——/难道不会烧毁那罪恶砌成的金字塔么?"整座城市被轰炸成火的海洋,重庆人民也在轰炸声中苦苦地煎熬。左翼留日诗人借助火的意象"将本民族的一些现实转换到隐喻层面上去"①,既是对日本侵略者暴行的控诉,又映射出深重的民族灾难。

　　民族危机孕育着民族希望,与"火"的刚烈相对应的是"水"的柔和。左翼留日诗人笔下的水意象是日本侵略者走向灭亡的产物。水也具有无穷的能量,是"火"的克星:"冒着敌人的炮火,/飞驰我们的战马,/战斗,战斗!……在珠江波头,/在白鹅潭边,/轻拂征衣,/歌唱光荣的史诗!"(雷石榆《别了,广州》)诗人憧憬着日本侵略者的烈焰会被江河湖泊扑灭。水意象最终成为日本侵略者的坟墓。姚伯麟在《战局不利五易司令》中巧妙地将日本军官的死亡与"水"联系起来:"黄浦江边敌舰上,可怜白骨付川流。"白川义则大将被炸死于黄浦江边,他的姓氏也被诗人拆分嫁接,随着长江被放逐到大海。日本军队在中国战场也仿佛深陷泥潭:"敌人陷入了泥淖,/我们

---

① [法]达尼埃尔-亨利·巴柔:《从文化形象到集体想象物》,孟华译,孟华主编《比较文学形象学》,北京大学出版社2001年版,第123页。

走上了平阳。/敌人是愈战愈弱，/我们是愈战愈强。"（田汉《快走上复兴民族的战场》）诗人将日军视为强弩之末并将全军覆没在水的陷阱里，他者在自我的反抗设想中逐渐走向虚弱溃败。由此可见，水意象传递出中国诗人对抗战胜利的幻想，诠释出自我迷恋的创作心理，"如同所有的诗歌语言一样，对他者的梦想，也部分地建立在象征化两大原则的基础上，这两个原则就是隐喻和换喻"①。水意象承载了中国诗人的梦幻心理，隐含着侵华日军败亡的历史宿命。

"火"意象与"水"意象交织形成了现实与梦幻的他者，"太阳"则将这两者串连起来，沟通了残酷的社会现实与诗人的迷幻心理，成为日本侵略者的他者标志。姚伯麟描述了天空中的太阳奇观："万众欢呼齐奏凯，何期异象现天空。三环套日究何兆？显示扶桑日坠红。"（《三环套日》）诗人将三环围绕太阳的奇异天象视为日本溃败的吉兆，中、美、苏三方迫使日本投降的结果似乎也印证了这一预示。此外，太阳还是日本军队的象征："大沽口停着航空母舰，/太阳旗在沽河的两岸招展。"（王亚平《大沽口》）日本海军在炫耀着攻陷大沽的胜利。穆木天也以此隐喻日本军队："黄浦江上停着帝国主义军舰；/吴淞口外花旗、太阳旗在飘翻。"（《我们要唱新的诗歌》）日军每攻占中国一处，都会悬挂太阳旗以示军威。日本诗人河邨文一郎在诗歌《一九四二年的太阳旗》中亦用此意象展现了日本军队的溃败："万岁！万岁！××占领！/啊！堡壁上永远不灭的太阳旗，/从中轮换着交替着现出、现出/指头，手掌，掉了鼻子的脸孔，脸孔……"②大批日本士兵的死亡使太阳旗成为萧条的摆设。此外，诗人心中的太阳与现实相契合，强化了日本侵略者败亡的意念，陶行知曾短暂流亡日本，回国后创作了大量抗日诗歌，他在《游击歌》

---

① ［法］达尼埃尔－亨利·巴柔：《从文化形象到集体想象物》，孟华译，孟华主编《比较文学形象学》，北京大学出版社2001年版，第145页。
② 陈岩主编：《日本历代著名诗人评介》，上海外语教育出版社1999年版，第587页。

中将落荒而逃的日军比作太阳的坠落:"狂风起,／黑云飞,／杀人放火誓不依。／天军到,魔道低,／除暴安良太阳西。"日本侵略者终究会被赶出中国,对胜利的渴望再次将自我置于主体地位。

"火""水"与"太阳"意象既是对他者的隐喻,也促使了自我地位的确立,成为"诗人深入对象和深入自我的结晶"①。日军的炮火塑造了自我英勇的品格,胡风将敌人的炮火化作自我复仇的烈焰:"卢沟桥的火花／燃起了中华儿女们的仇火／在枪声 炮声 炸弹声中间／扑向仇敌的怒吼／冲荡着震撼着祖国中华的大地。"(《血誓——献给祖国的年轻歌手们》)连天炮火激发了全民族的抗战热情,演变为抗日的动力。左翼留日诗人在火意象的鼓动效应中看见了抗战胜利的希望:"火,火,血红的地心的火,／层层的地壳／终究不能把它长久压倒。／这正是时候呵,／它将会把这些一齐冲破!"(蒲风《地心的火》)中国好似浴火重生的凤凰,终将获得新生,迈向胜利,诗人对战时的自我处境持有乐观态度。水意象含蓄地流露出中国诗人对侵略者的仇恨情绪,诗人任钧借此意象控诉日军的残暴,并哀悼逝去的同胞:"在悠长而灰黯的岁月里,／在敌人的铁蹄和屠刀下面:／我们的赤血／染红了太平洋,／我们的热泪／洒满了松花江,黄河,扬子江……"(《起来,黄帝的子孙们》)水意象还是自我反抗的能动体现,田汉在《再会吧,香港》中号召中国青年紧跟反侵略的时代浪潮:"只有青年的血花,／才能推动反侵略的巨浪。"诗人的仇恨犹如一道鸿沟,仿佛用血液与生命才能将它填平。

火与水的意象中似乎还存有侵略的残迹,太阳意象则彻底抛弃了他者,建构起了注视者的主体地位,王亚平一扫日本侵略带来的颓势和压抑:"金黄的、庄严的向日葵,／把花朵朝着太阳开放。／太阳把多光的羽箭,投射到／她明净而柔美的花冠。"(《向日葵》)诗人把中国军民比作向日葵,太阳那温暖

---

① 吕进:《中国现代诗学》,重庆出版社1991年版,第156页。

明亮的光芒滋养和关怀着大众抗战的信心,侵华日军彻底消亡在自我欢欣鼓舞的情感中。左翼留日诗人运用"隐喻体现了能指与所指在观念秩序与事物秩序中的相互关系。于是,原义便体现了观念与观念所表达的情感之间的关系。不完全的指代(隐喻)恰当地表达了情感"①。中国诗人运用隐喻赋予了火、水以及太阳意象新的含义,既对战时的中日关系有了新的理解,又使抗战情绪得以自然流露。

总之,象征与隐喻的意象是现代留日诗人对日本形象的深度诠释,受到个人感悟、时代气息、民族危机、大众情绪的影响,诗歌语言呈现出指涉他者和观照自我的双重意义,诸多意象是在双向意义的具象延伸,虽是对自我含蓄的言说,但已触及日本形象的意识形态与文化特征,促使了对日本形象的终极阐释。

四 传统文化渗透与战时套话演变

现代留日诗人在对日本形象的符号化书写和隐喻化表达后,自我的传统文化意识逐渐显现。大多数诗人笔下的日本形象是对封建传统文化的复制,曲解了真实的本来面目;少数几位诗人塑造出带有异域文明的乌托邦的日本形象,蕴藏着唯美色彩和变革愿望。这些意识渗透着不同文化话语的对峙,演化为中日文化碰撞与交流的产物。恰如别林斯基对形象的解释:"诗的形象对于诗人不是什么外在的或者第二义的东西,不是手段,而是目的;否则,它就不会是形象,只是征象了。"② 塑造日本形象的意义在于诠释中国传统文化的主体意识,并探寻突破固有思维模式的文化路径。中国传统文化的象征是社会集体想象物,它在漫长的岁月积淀中,代表了社会群体对异国形象恒

---

① [法]雅克·德里达:《论文字学》,汪堂家译,上海译文出版社1999年版,第401页。
② [俄]别林斯基:《别林斯基选集》,满涛译,上海文艺出版社1963年版,第96页。

定的构想,"代表了形象学的历史层面"①。在抗战的历史洪流中,侵华日军成为集体想象的绝佳产物,现实派留日诗人在过往历史的养料中寻觅战时日本形象的变现方式,是对传统文化集体想象的承袭。相反,浪漫派留日诗人笔下的日本形象更多的是对新鲜事物的认识与体悟,远离了社会集体的思维模式,呈现出极强的个性化色彩。

日本与日本人形象源于中国封建时期对日本的历史描述。中国古代将日本称作"倭"。早在东汉时期,历史学家班固在其著作《汉书·地理志下》中写道:"乐浪海中有倭人,分为百余国。"文中的"乐浪海"即今天的日本海,日本便是海中的国家。"倭人"则是对日本人的称谓,汉之后的各朝代都沿用了这一称谓,《晋书·四夷列传倭人条》:"倭人在带方东南大海之中,依山岛为国。"直至元朝和明朝,由于当时的中国东南沿海频频遭到日本海盗的骚扰,"倭人"的称谓变成了"倭寇"。《明史》中大约有60处载有"倭寇"。例如:"倭,寇山东临海郡县"(《洪武纪》卷2);"倭,寇雷州"(《洪武纪》卷3)等。"倭寇"一词遂成为日本海盗的指称。诗人郁达夫在游览戚继光祠堂后,追忆这位明朝抗倭名将:"于山岭上戚公祠,浩气任然溢两仪。但使南疆猛将在,不教倭寇渡江涯。"(《游于山戚公祠》)戚继光曾经在福州阻击日本海盗的骚扰,当下的中国却任由日军侵略,诗人的忧思在历史与现实的张力间回荡。由此可见,"倭"乃是日本形象的原型,它历经了千百年的传承,是中国社会对日本身份一致认同的产物,也是日本形象在历史层面上集体记忆的结晶。

"倭寇"的封建文化观念在左翼留日诗人笔下的日本形象中得到了某种延续。作为日本海盗的"倭寇"是一群打家劫舍和杀人放火的强盗,左翼留日诗人在阐述入侵者时也继承了这一意义:"当野蛮的日本强盗,/把你从东亚

---

① [法]让-马克·莫哈:《试论文学形象学的研究史及方法论》,孟华译,孟华主编《比较文学形象学》,北京大学出版社2001年版,第29页。

的寝床,/欺弄,奸淫,/斩杀,烧抢……"(雷石榆《把青春向献上》)日本侵略者不仅掠夺财物,还荼毒生灵,愚弄百姓,简直是"一群名符其实的处心积虑的盗贼"①。抗战时期的诗歌在形式上也存在烙有"倭"印记的日本形象:"让敌人不得消停,/让敌人不得安宁,/守不了粤汉,/回不得东京,/在洞庭湖畔,/筑起一座倭虏坟"(田汉《武汉退出后》),诗中"倭虏"指代战败的日军。王亚平也接受了"倭"的影响:"倭奴坟,倭奴坟,倭奴坟上冷森森。"(《倭奴坟》)"倭奴"在诗中指向战死的日本士兵的尸体。这一系列带有抗战体验的日本形象虽然源自抗战的社会现实,但"并非现实的复制品(或相似物);它是按照注视者文化中的模式、程序而重组、重写的,这些模式和程式均先存于形象"②。

然而,"倭寇"所承载的传统意识形态在新的战争历史语境下也发生了某种变异,取而代之的"日寇"形象带有鲜明的战争体验痕迹。伽达默尔将体验定义为:"凡是能被称之为体验的东西,都是在回忆中建立起来的。"③ 左翼留日诗人在回顾历史的同时,也在正视侵华战争引发的两国关系的新格局。"倭"的历史称谓被中国诗人抹去,并以与自我对立的日方进行填充。"日寇"在意义层面上也发生了很大的转变:"听着,这是我们队长的命令:/今晚日寇将有顽强的袭击,/我们准备钢铁般的抗拒!"(蒲风《母亲》)"日寇"是日本军队的代名词,与普通盗贼的打劫勾当相比,日军的行动带有明确的战略意图。由此可见,海盗式的"倭寇"形象在现代留日诗人的笔下渐渐淡去,取而代之的是日本侵略者的集团形象,侵华日本形象在先验日本形象的模板引导下,形成新"倭寇"形象,它在意义使用范围上的扩大彻底改变了

---

① 田源:《处心积虑的盗贼——1931年抗战诗歌中的日军形象》,《名作欣赏》2011年第11期。
② [法]达尼埃尔-亨利·巴柔:《形象》,孟华译,孟华主编《比较文学形象学》,北京大学出版社2001年版,第157页。
③ [德]汉斯-格奥尔格·伽达默尔:《真理与方法》上卷,洪汉鼎译,上海译文出版社2004年版,第86页。

原有的形象特征。

　　传统的意识形态凭借本土文化的过滤机制，顺利地掌控了自我的文化霸权。诗歌中的日本形象浸润着传统文化的养料，转化为自我指涉与反对的目标，留日诗人运用想象力强化了意识形态的否定意味。郭沫若极力贬低日本人："唉！我可怜这岛邦的国民，／他们的眼见未免太小！／他们只知道译读我的糟糠，／不知道率循我的大道。／他们就好像一群猩猩，／只好学着人的声音叫叫！／他们就好像一群疯了的狗儿，／垂着涎，张着嘴，／到处逢人乱咬！"（《巨炮之教训》）异域的孤独让郭沫若与日本社会脱节，诗人将日本人幻想为传统文化中的未开化的野蛮部族，他们是丧失人性的动物。兽类的日本形象在抗战时期得到了更加广泛的书写，异国形象被肆意扭曲，成为传统文化的延伸。任钧借野兽的形象传递出侵华日军的残暴："敌人的猖狂——／他们怎样地活埋我们的同胞，／怎样地把男女老幼充当狼犬食粮。"（《祖国，我要永远为你歌唱》）狼狗在中国传统文化中是嗜血凶猛的象征，诗人借此意象控诉侵略者的暴行在中国人民的身心留下了巨大的阴影。在抗战狂热的仇视情绪鼓动下，连侵略者的大本营都成为野兽的聚集地："而东京／原来是帝国的都城呀／有用血肉供养它的它的囚徒／就也有用爪牙捍卫它的它的猎狗。"（胡风《海路历程》）诗人眼中的日本首都是野兽出没的人间地狱，战时的日本政府与侵华日本形象一样，都成为留日诗人愤恨情感的隐喻对象。兽类的日本形象还传递出中国诗人对他者的蔑视："数到国防要塞有几处，／日本野猪头早想钻上。"（雷石榆《保卫台山》）诗人将日本军队视为中国传统文化中愚蠢的猪的形象，透露出自我的轻视与不屑。在自我与他者的对比中，兽类成为日本的形象被彻底扭曲了："敌人好比无厌的虎狼，／但我们也不是绵羊。／武装也许敌人的好，／但斗志是我们的强。"（田汉《送出征战士》）由此可见，中国诗人笔下的兽类的日本形象颠覆了真实的人物形象，异国形象被肆意扭曲，成为社会集体想象的延伸。这些传统叙述引发的"意识形态的不良功能叫着畸变和掩饰"①，它们共同构成了传统文化的结晶。

伴随着抗战的深入，侵华日本形象被高度浓缩，由野兽的他者形象转入广为流传的"鬼子"套话，左翼留日诗人借此意象将传统意识形态的歪曲功能推向高潮。"鬼子"一词包含两层意思。其一，"鬼"时刻威胁着人的生存。鬼魂般的日军催生了抗战的决心："枪要快快装，/刀要快快磨，/赶走日本鬼，/恢复旧山河！"（田汉《胜利进行曲》）"鬼"的意象出自悠久历史锤炼的"中国的辟邪，主要是驱逐这种无形之鬼……无形之鬼成为恶的象征而被驱逐。认为无形之鬼会带来灾祸，因而怕鬼，乃是汉族与少数民族的共同心态"②。上古宗教祭祀活动中的"鬼"形象流传至抗战血脉中，左翼留日诗人笔下的"鬼"意象也暗示着大众对日军恐惧与愤懑的心理。其二，"子"意为子嗣儿女，具有传统的等级观："我的小孙儿要吃蛋我都不给，/可是，咳！被日本子通通给我抓去了。"（穆木天《江村之夜》）在中国诗人眼中，日军就像弑杀长辈的儿子，带有一种以下犯上的叛逆。"鬼"与"子"结合便生成了言说日本侵略者的"鬼子"套话，其中融入了中国诗人复杂的心理构想与情感征兆。雷石榆在《新相思曲》中发出嘹亮的呐喊："炮在隆隆的响，/枪在卜卜的叫，/远隔万里的爱人哟，/可曾听见我怒吼，你别耽心哟，/我要把鬼子赶跑。"在对胜利的幻想与呼喊中，中国将抗战现实的苦闷压抑转变为对日本侵略者的蔑视。由此可见，"鬼子"套话中融入了多重复合的精神意境，是以自我为中心对侵华日本形象的深度解读与高度提炼。正如比较文学形象学学者巴柔对套话的定义："套话是对精神、推理的惊人的省略，是恒定的预期理由：它表现（和证明）的是它本应证明的东西。"③ 从恐

---

① ［法］保尔·利科：《在话语和行动中的想象》，孟华译，孟华主编《比较文学形象学》，北京大学出版社2001年版，第62页。
② ［日］广田津子：《"鬼"之来路——中国的假面与祭礼》，王汝澜、安小铁译，夏宇继审译，中华书局2005年版，第25页。
③ ［法］达尼埃尔-亨利·巴柔：《从文化形象到集体想象物》，孟华译，孟华主编《比较文学形象学》，北京大学出版社2001年版，第127页。

惧压抑到怒火喷发，从悲观叹息到振臂高呼，丰富的情绪体验寄予"鬼子"套话，抵触与排斥的意识形态乃是套话的精髓。

　　传统意识形态的社会整合功效让他者染上了负面消极的色彩，这些文化形象也在现代留日诗人笔下占据着绝对统治地位。与传统意识形态的排斥相反，乌托邦的日本形象意味着与他者的亲和。少数留日诗人塑造出乌托邦的异国形象，表现出对社会集体想象的批判。雷石榆的诗歌中存有大量乌托邦的日本形象，他在《非上帝的女儿》中饱含同情地描写了日本纺织女工的凄惨生活："噢，你那没精打采的脸上，／绽不出一丝微笑；／无论怎么小的、低微的要求／你也看不到有兑现的希望！／憧憬被撕碎！／幻想也不出现！／你是多么可怜的姑娘啊，／你所有的，只是／劳苦的时间和沉重的生活。"雷石榆在《致日本的革命同志》中塑造的日本反战文人将意识形态的日本形象彻底粉碎："我是中华民族的儿子，／也可说是世界正义的歌手，／把充满心头的激情，／把国际的爱，／遥远地献给／日本的革命同志。"诗人给予了日本反战文人正面的关爱，是对传统观念的革新。

　　日本反战文人的形象中还隐含着政治变革的愿望。诗人胡风在日本留学期间加入了日本左翼作家联盟，认识了大量的日本反战作家，不仅感受到他们强烈的反战意识，还在审视半殖民地半封建的中国社会现实情况的同时，领悟了无产阶级的革命精要："渡过大海／去到你们国土的时候／折磨着我的／我这个古国的封建的伤痛／闷住了我的／我这个古国的历史的悲凉／还是一重又一重地压住了我的灵魂／但我遇见了你们的战列／我感到了从你们的斗争散出来的火热的气息／我被吸引住了／忘我地向前追去／终于发现了马克思主义的／大海似的甘泉。"（《安魂曲》）诗人在日本反战作家的群体形象中饱含着对中国落后现状的不满，期待建立以无产阶级领导的社会主义新中国，虽然当时的社会背景下要想实现这样的设想还比较困难，但是它却催生出以马克思主义为指南的革命意愿，即"现存秩序产生出乌托邦，乌托邦反过来又打破现存秩序的纽带,使它得以沿着下一个现存秩序的方向自由发展"①。变革愿望即使微弱隐匿,它却借助对日本反战文人的形象构想出一套相对理想的方案。

乌托邦式的日本形象中还融入了留日诗人与异域文学的交流。雷石榆在《对小熊秀雄氏的印象》记录了与小熊秀雄关于诗歌创作的交谈:"又对着我说:/'雷君的抒情诗怪有趣哩。/多多写出更长的吧!'/我答:'不,可不容易写出来哪。'/他又问:'最近写了几首呢?'/'仅写了一点,短短的。'/'一点不行,每天至少要写两首。'"问答式的交流既增进了两人的友谊,也促进了各自的诗歌创作。"往复明信片"诗歌便是这种文学交流最有力的证据,它以明信片为诗歌载体进行往返回复的诗歌对答,现摘录其中的一组诗歌如下:

雷(5)

你啊,骏马的主人

给我以活力

注入生命的挥发油。

你要是驰遍

那边的大陆

那时高耸

云霄的群山之峰

也许颤巍巍的要崩倒吧,

不,冷冷清清的诗坛沙漠上

会轰响夏天的雷鸣吧!

但是现在迫切地

---

① [德]卡尔·曼海姆:《意识形态与乌托邦》,黎鸣、李书崇译,商务印书馆2000年版,第203页。

期待着我们的
首先尽快地
两个民族的普罗诗人
紧紧地携起手来！

小熊（6）
中国的诗人啊，
你的日本语格律走了调
可你在文字上如此
漂亮地道破了真理。
在日本也有骄奢的诗人
牵着字眼儿打转转
倒算是天才，
但并不痛快地说出人间的真实。
……①

  雷石榆将小熊秀雄比作拥有强大能量的马主人，在黑暗的社会中自由驰骋，并渴望与他并肩作战。小熊秀雄细心地指出了雷石榆在日语诗歌创作中的格律问题，十分珍惜两人的情谊。诗歌交流让小熊秀雄的乌托邦形象显得更加典型。

  乌托邦的日本形象摆脱了社会集体想象的束缚，是对传统文化模式的彻底颠覆，但却是大有裨益的，因为"一个形象最大的创新力，即它的文学性，存在于使其脱离集体描述总和（因而也就是因袭传统、约定俗成的描述）的

---

① 张丽敏编著：《雷石榆诗文选》，河北大学出版社2010年版，第23—24页。

距离中,而集体描述是由产生形象的社会制作的"①。中国留日诗人在群体传统观念与自我的经历判断的张力之间创造性地刻画出日本反战者的形象,展现出一类崭新的日本形象。

综上所述,诗歌中的日本形象既是了解他者的一面明镜,更是剖析自我的有效媒介。反观日本形象,现代留日诗人具备三点特质。其一,明晰的条理性。中国诗人创作日本形象大致分为两个步骤:接受与阐释。异域求学的孤独与现实社会的黑暗催生了留日诗人苦闷与迷狂的心理,进而辐射至憎恶与亲善的情感领域,在此基础上建构起本土与异域文化交织的日本形象,留日诗人也在自我心灵与情感世界的积淀中完成了对日本形象的接受,与之形成了"一种相互结合的关系"②。留日诗人对日本形象的阐释是对日本形象接受的进一步延伸,即对日本形象的理解。诗人将生活体验、艺术经验、心理偏见、思维方式融入所塑造的日本形象之中,以象征与隐喻的意象表达他者,最终回归自我意识形态与乌托邦的文化范畴。正如曹顺庆对"文化"的解释:"一种文化之所以得以独立,就是因为它自身的特点和本质规定,其中最重要的因素之一就是语言。"③诗歌语言是对日本形象阐释的基石,也是留日诗人独具匠心的表现。

其二,风格的对立与合流。浪漫派留日诗人在抗战爆发前,大多沉浸在个人狭小的诗歌世界中,醉心于个人情感的表达,笔下的日本形象在艺术风格上也与左翼的现实主义诗风对峙。然而,随着抗战的爆发,浪漫派留日诗人与大众"队伍汇合一处,迅速在人民争取独立、自由、解放的斗争中找到了自己的位置,主动承担了民族的命运"④。穆木天和冯乃超是其中的典范。

---

① [法]让-马克·莫哈:《试论文学形象学的研究史及方法论》,孟华译,孟华主编《比较文学形象学》,北京大学出版社2001年版,第29页。
② [意]梅雷加利:《论文学接受》,冯汉津译,干永昌编选《比较文学研究译文集》,上海译文出版社1985年版,第403页。
③ 曹顺庆:《比较文学论》,四川教育出版社2002年版,第186页。
④ 龙泉明:《中国新诗流变论》,人民文学出版社1999年版,第371页。

穆木天在抗战爆发后号召所有诗人："我们应是全民族的回声，/洪亮的歌声要震动禹域，/全民族的危亡的形象，/要在我们心中唤起。"（《我们的诗》）冯乃超留日期间的颓废更是在抗战中灰飞烟灭，他也动员道："诗人们，/制作你们的诗歌，/一如写我们的怒号！/在这革命的战争的过渡期，/诗歌就是我们的一件武器！/呐喊，突击，巷战；炮火，雷声，/这里才有我们诗歌的生命！"（《诗人们——送给时代的诗人》）短暂的留日经历与漫长的抗战岁月，让日本侵略者的形象在日本形象中占据了主要地位，他者形象也顺理成章地被视为言说自我的传声筒。

其三，流变的文化视野。从接受到阐释日本形象，中国诗人完成了对自我与他者的认识和理解，贯穿其中的核心乃是留日诗人在审视他者时从狂热向理智转变的文化视野。狂热的意识形态滋生了"倭寇"、野兽、鬼子等妖魔化日本形象，中国诗人在冷静下来后，发现了侵华日本形象的本质乃是敌人、帝国主义和法西斯，并发掘出乌托邦式的日本形象。两类文化视野形成了鲜明的对比，前者意味着历史的荣耀，后者是对现实的关注与未来的期待。正如日本学者加藤周一所说："中国文化中，对时间、特别是历史的时间是在过去、现在、未来的整体之中把握的，在全体之中认识现在的意义。"[①] 留日诗人在历史、现实与未来的三维空间里解剖日本形象，流变的文化视野在本质上是对传统文化的承袭与反思。

纵观中国近现代留日浪潮，它孕育了中国诗人的现代特质，异域的留学体验催生出不同形貌的日本形象，进而折射出中国诗人的主体意识，我们不难发现，他者与自我都在各自历史轨迹中演变与发展。初期恬静芬芳的日本自然风光令人陶醉，但战争的炮火阻断了中日以留学为媒介的文化交流链，中国诗人也逐步走出个人的象牙塔，融入社会大众的抗战现实中，日本形象

[①] ［日］加藤周一：《日中文化比较——涅槃图·佛教故事·心学及革命》，北京大学日本文化研究所编《中日比较文化论集》，吉林教育出版社1990年版，第55页。

幻化为野兽魔鬼的传统文化产物。然而，曾经的留学体验进一步通过诗歌凸显，左翼留日诗人在与日本无产阶级友人的交往中建构起坚实的革命友谊。左翼诗人雷石榆回忆道："我在日本留学时期（1933—1936），为中日诗歌交流、联系两国人民传统的友谊尽过微力。……在这期间（1934年末起），我参加了日本左翼诗人杂志《诗精神》，认识了文艺界先辈秋田雨雀先生等数位著名人士，与《诗精神》的核心人物如新井彻（内野健儿）、后藤郁子、远地辉舞等交往颇密，尤其与小熊秀雄交情深厚。1935年小熊秀雄和我合作的《往复明信片诗集》草稿共37首，因我被日本当局驱逐而中断。"[①] 胡风、覃子豪等左翼留日诗人也与雷石榆一样，同日本无产阶级友人建立起深厚的友谊，促进了中日现代诗歌的交流。无论是日本的自然景象与人文社会的美丑对照，还是中国诗人憎恶/亲善的情感转变，都源于传统文化的禁锢链条与他者文化的冲撞浪潮。以包容、开放、前卫的崭新视角进行考察，也许能为打破彼此文化壁垒提供新的路径。

---

① 张丽敏编著：《雷石榆诗文选》，河北大学出版社2008年版，第476页。

结　语

通过前面五个方面的梳理，我们看到，中日两国分别由"言文一致"运动与"诗界革命"发端的启蒙诗歌，促动两国新诗的现代化变革。但由于两国在各自的文化身份和文化定位上的差异，启蒙诗歌运动又各具特色。具体分析研究日本的文语自由诗（新体诗）和中国的新学诗（新诗）、日本的口语自由诗和中国的新派诗的异同，以及两国现代启蒙诗歌运动的功用之别、利弊情况及长远影响，可以清晰地发现，中日启蒙诗歌产生了各自不同的话语及言说方式，也形成了各自对西方启蒙思想不同的混杂和改写，这些不同显现在中日启蒙诗歌的内涵和形式上。日本诗歌多为表现人间感情和生活的柔和婉曲之诗，而中国则多为表现忧国忧民题材的慷慨激昂之诗。

象征主义自 20 世纪初传入之后，中日两国的新诗先驱分别对其进行了探索与再创造。"物感"是中国文艺理论发展史上的一个重要命题，也是中国古典美学的一个重要范畴。"物哀"是日本传统文论中的一个重要概念，也是日本传统审美观念中的精髓。但当它们与 20 世纪初中日诗坛出现的"一支异军"——象征主义诗歌相连接时，这两种根植于两个民族的审美传统焕发了艺术的强大生命力，使两国象征主义诗歌体现出不同的审美情趣，同时又共同指向情景交融的生命体验，而且西方象征主义中原本附带的浪漫色彩亦让中日两国跳出了各自的舞步。中国象征主义诗人所描摹的自然风光，其画面感多以写意为主；日本则正好相反，更关注色调的相互融合，画面色彩感相对丰富。同时，两国象征主义诗人在创作情绪上也呈现出较大的差异。日本的象征主义诗人偏重对"情调"的追求，因而他们的诗歌往往充满了对异国小资情调的向往与憧憬。中国的象征主义诗人则因家国不幸而更具社会责任感，更关注现实。

日本俳句与中国现代小诗的比较也是一个有趣的话题。本书通过对俳句、小诗的兴起、流变与发展的梳理，探讨了各自不同的运动规律。日本俳句的诞生虽然与中国古典诗歌的熏染有关，但由于扎根于自身民族文化的肥沃土壤，得到了绵延不断的繁荣。而中国小诗未能结合民族自身的审美倾向，也无法适应时代发展的需要，最终走向了衰败。从这里可知，无论是现代小诗还是俳句都是诗歌汪洋中的一叶扁舟，它们不同的发展轨迹和命运向人们昭示着有自我民族特色的诗歌、文学，更容易被本族人民所接受，也更容易引起他民族的重视。套用鲁迅的话就是"现在的文学也一样，有地方色彩的，倒容易成为世界的，即为别国所注意"[①]。

无论是中国左翼诗歌还是日本左翼诗歌，都给读者呈现了在特殊的文化语境中工人和农民的悲惨生活。"俄苏体验"是中日左翼文学发生的前提，这给中日左翼诗歌的创作提供了理论基础。文学是文化的一种具体体现，它以一种审美的艺术形式展现社会价值理念。农业文化与工业文明的不同历史语境，影响了两国左翼诗歌对描写对象的不同取舍。农业文化传统与现实境遇影响了中国左翼诗人的创作，他们格外青睐对农村的描写；而日本工业文明迅速发展，工人阶级队伍壮大，城市发展迅速，诗歌的都市描写独树一帜。

---

① 鲁迅：《鲁迅全集》第13卷，人民文学出版社2005年版，第81页。

虽然两国左翼诗歌各有侧重点，但是对都市和农村的书写是左翼诗歌共同的目的，反映无产阶级生活，体现无产阶级革命的决心是两国左翼诗人共同的心声。在儒家集体主义价值观的熏染下，中国左翼诗人承担着强烈的社会责任感，诗歌中塑造了一系列的具有集体主义精神的人物形象，体现了无产阶级的团结与奋斗决心。而日本深受西方个人主义价值观的影响，提倡个性，因此在左翼诗歌中带有强烈的个人主义特征。中国左翼诗歌有着"风骨"文学的遒劲有力，"驱辞逐貌""造怀指事"，言辞刚健雄浑，以抒诗人政治之怀。而日本左翼诗歌继承了"纤细"的审美传统，言辞细腻，从微处着墨，以情感人。

如果说本书第一章用"启蒙"总领中日诗歌的现代性，第二章至第四章以具体的诗歌案例分论中日诗歌的现代性因素，那么第五章则以"留日"勾连起现代性的萌发与演变，并从中考察同为东方文化圈的中日两国文化的差异。"留学体验"为中国诗人提供了解读他者文化的崭新视野，填补彼此交流过程中的文化裂隙，而他们发表于中日诗坛的作品也是当时的一道彩虹。通过对留日诗人笔下的日本形象的深入挖掘，我们看到，无论是日本的自然风貌、生活景象，还是日本平民与友人、日本军部与政府形象，在展示他者的同时也折射出中国诗人的主体气质和精神状态。中国诗人在他者观照与自我比较的镜像中，情感内涵、审美趣味和价值取向发生着微妙的演进与深刻的变化。作为"他者"的日本形象，既是传播现代诗人异域经历的文化符号，又是探求中日关系的文学史料，它引导我们重新审视与认识双方，寻觅遗失的文化记忆。这也许是我们关注留日浪潮与诗坛"日本形象"的原因之一。

通过梳理与剖析，不难发现中日两国的诗歌现代化进程是紧密相连、同步变迁并且互为补充的，但其差异性也十分鲜明。这就提示我们，不同的民族文化，不同的认知体系之间需要沟通。理解与沟通不但有利于促发我们在一个宏阔的视野中加深对文学本质的认识，更有利于不同文明文学间更深入的交流与对话。正如基亚所言:"比较文学可以帮助两国进行某种民族的心理分析——在了解了存在于彼此之间的那些成见之后,双方也会各自加深对自己的了解,而对某些相同的先入之见也就更能谅解了。"① 如果本书能在这方面尽一点绵薄之力,这就完成我们最大的心愿了。

---

① [法]马·法·基亚:《比较文学》,颜保译,北京大学出版社1983年版,第16页。

参考文献

（一）外文参考文献

岩佐昌暲編：「中国現代文学と九州――異国・青春・戦争」、九州大学出版会 2005 年。

小田切秀雄：「現代文学史」、集英社 1975 年 12 月。

三好行雄：「近代日本文学史」、有斐閣昭和五十年十二月。

「小熊秀雄全集」（第 5 巻）、創樹社 1978 年 7 月。

「現代日本文学全集」（第 21、38、77、78 巻）、筑摩書房昭和三十二年。

「日本現代文学全集――北原白秋、三木露風、日夏耿之介集」（第 14 巻）、講談社昭和五十六年。

「日本現代詩大系・全 13 巻」、河出書房新社 1976 年。

「日本プロネタリア文学大系・全 9 巻」、三一書房昭和三十年。

松本一男：「中国人と日本人：中国を深く理解する」、東京株式会社サイマル出版会 1987 年。

中村光夫：「明治文学史」（九）、筑摩書房昭和三十八年。

中野重治編：「日本現代詩大系」（第 8 巻）、河出書房新社 1975 年。

畏谷川泉：「近代日本文学思潮史」、至文堂昭和三十六年。

土方定一：「近代日本文学評論史」、法政大学出版局 1973 年。

色川大吉：「新編明治文学史」（第 1 巻）、筑摩書房 1995 年。

吉田精一：「明治・大正文学史」、同興社 1948 年。

吉田精一：「浪漫主義研究」（吉田精一著作集 9）、桜楓社昭和五十五年。

日夏耿之介：「明治浪漫文学史」、中央公論社昭和二十六年。

阪口直樹：「中国現代文学の系譜―革命と通俗をめぐって」、東方書店 2004 年 2 月。

辰野隆：「佛蘭西文學」（上、下巻）、東京白水社昭和二十一年。

池沢実芳、内山加代：「もう一度春に生活できることを――抵抗の浪漫主義詩人・雷石楡の半生」、潮流出版社 1995 年。

岩佐昌暲：「馮乃超における日本象徴詩の受容―『蒼白』という詩語を手がかりに」、『香坂順一先生追悼記念論文集』、光生館 2005 年。

小谷一郎：「創造社与少年版中国会・新人会」、『中国文化』第 38 号、1980 年。

桑島道夫：「『天才主義』の背景――成仿吾の写実主義と庸俗主義〉を中心として――」、『野草』第 56 号、1995 年 8 月。

倉持貴文：「魯迅の『苦悶の象徴』購入と成仿吾『吶喊』の評論」、『早稲田大学大学院文学科紀要』別冊第 11 集 1984 年。

趙怡：「『悪魔詩人』と『漂泊詩人』――田漢の象徴詩人像と日本文壇の影響――」、『比較文学研究』1999 年 73 期。

蔡暁軍：「創造社文学の形成と日本」、『実践国文学』第 49 号、1996 年 3 月。

齋藤敏康：「李初梨にぉける福本ィズムの影响」、『野草』第 17 号。

Anna Balakia, *Influence and Literary Fortune*: *The Equivocal Junction of Two Methods*, YCGL, vol. XI (1962).

Hans Robert Jauss, *Toward an Aesthetic of Reception*, Minneapolis: University of Minnesota Press, 1982.

Wolfram Wilss, *The Science of Translation*: *Problems and Methods*, Shanghai Foreign Language Education Press, 2001.

（二）中文参考文献

［美］爱德华·W. 萨义德：《东方学》，王宇根译，生活·读书·新知三联书店1999年版。

［美］鲁思·本尼迪克特：《菊与刀》，吕万和、熊达云、王智新译，商务印书馆2007年版。

［美］埃德温·奥·赖肖尔：《当代日本人——传统与变革》，陈文寿译，商务印书馆1992年版。

［日］井上清、铃木正四：《日本近代史》，杨辉译，袁庆炎校订，商务印书馆1959年版。

［日］家永三郎：《日本文化史》，刘绩生译，商务印书馆1992年版。

［日］新渡户稻造：《武士道》，张俊彦译，商务印书馆2006年版。

［日］本居宣长：《日本物哀》，吉林出版集团有限责任公司2010年版。

［日］能势朝次、大西克礼：《日本幽玄》，王向远编译，吉林出版集团有限责任公司2011年版。

［日］木宫泰彦：《日中文化交流史》，胡锡年译，商务印书馆1980年版。

［日］实藤惠秀：《中国人留学日本史》，谭汝谦、林启彦译，生活·读书·新知三联书店1983年版。

［日］吉田精一：《现代日本文学史》，齐干译，上海人民出版社1976

年版。

［日］西乡信纲等：《日本文学史——日本文学的传统和创造》，佩珊译，人民文学出版社1978年版。

［日］长谷川泉：《近代日本文学思潮史》，郑民钦译，译林出版社1992年版。

［日］大冈信：《日本的诗歌——其骨骼和肌肤》，尤海燕译，安徽大学出版社2010年版。

［日］关森胜夫、陆坚：《日本俳句与中国诗歌——关于松尾芭蕉文学比较研究》，杭州大学出版社1996年版。

［日］松浦友久：《日中诗歌比较丛稿——从〈万叶集〉的书名谈起》，民族出版社2002年版。

［日］伊藤虎丸、刘柏青：《日本学者研究中国现代文学论文选粹》，吉林大学出版社1987年版。

［日］伊藤虎丸：《鲁迅、创造社与日本文学》，孙猛、徐江、李冬木译，北京大学出版社1995年版。

［日］厨川白村：《苦闷的象征》，鲁迅译，江苏文艺出版社2008年版。

北京大学日本文化研究所编：《中日比较文化论集》，吉林教育出版社1990年版。

曹顺庆：《中外文学跨文化比较》，北京师范大学出版社2000年版。

孟华主编：《比较文学形象学》，北京大学出版社2001年版。

张福贵、靳丛林：《中日近现代文学关系比较》，吉林大学出版社1999年版。

张志彪：《比较文学形象学理论与实践：以中国文学中的日本形象为例》，民族出版社2007年版。

赵乐甡主编：《中日文学比较研究》，吉林大学出版社1990年版。

何德功：《中日启蒙文学论》，东方出版社 1995 年版。

方长安：《选择·接受·转化——晚清至 20 世纪 30 年代初中国文学流变与日本文学的关系》，武汉大学出版社 2003 年版。

饶芃子编：《中日比较文学研究资料汇编》，中国美术学院出版社 2002 年版。

姜文清：《东方古典美——中日传统审美意识比较》，中国社会科学出版社 2002 年版。

王向远：《中日现代文学比较论》，湖南教育出版社 1998 年版。

王向远：《二十世纪中国的日本翻译文学史》，北京师范大学出版社 2001 年版。

王中忱：《越界与想象——20 世纪中国、日本文学比较研究论集》，中国社会科学出版社 2001 年版。

秦弓：《觉醒与挣扎——20 世纪初中日"人的文学"比较》，东方出版社 1995 年版。

靳明全：《中国现代作家与日本》，山东文艺出版社 1993 年版。

李怡：《日本体验与中国现代文学的发生》，北京大学出版社 2006 年版。

李喜所：《近代中国的留学生》，人民出版社 1987 年版。

周作人：《周作人论日本》，陕西师范大学出版社 2005 年版。

叶渭渠、唐月梅：《日本文学思潮史》，经济日报出版社 2000 年版。

叶渭渠、唐月梅：《20 世纪日本文学史》，青岛出版社 1999 年版。

叶渭渠、唐月梅：《日本文学史》（近代卷），经济日报出版社 2000 年版。

罗兴典：《日本诗史》，上海外语教育出版社 2009 年版。

刘柏青：《日本无产阶级文艺运动简史 1931—1934》，时代文艺出版社 1985 年版。

郑民钦：《和歌美学》，宁夏人民出版社 2007 年版。

彭恩华：《日本和歌史》，学林出版社1986年版。

郑民钦：《日本俳句史》，京华出版社2000年版。

彭恩华：《日本俳句史》，学林出版社1983年版。

马兴国：《十七音的世界——日本俳句》，辽宁大学出版社1996年版。

张大明：《西方文学思潮在现代中国的传播史》，四川教育出版社2001年版。

肖同庆：《世纪末思潮与中国现代文学》，安徽教育出版社2000年版。

杨匡汉、刘福春编：《中国现代诗论》（上册），花城出版社1985年版。

朱自清：《朱自清说诗》，东方出版社2007年版。

废名：《新诗十二讲——废名的老北大讲义》，辽宁教育出版社2006年版。

龙泉明：《中国新诗流变论》，人民文学出版社1999年版。

吕进：《中国现代诗学》，重庆出版社1991年版。

孙玉石：《中国现代诗歌艺术》，人民文学出版社1992年版。

舒兰：《抗战时期的新诗作家和作品》，成文出版社1980年版。

黄淳浩：《创造社：别求新声于异邦》，社会科学文献出版社1995年版。

饶鸿竞等编：《创造社资料》，福建人民出版社1985年版。

朱寿桐、武继平：《创造社作家研究》，日本中国书店1999年版。

武继平：《郭沫若留日十年》，重庆出版社2001年版。

张丽敏：《雷石榆的人生之路》，河北大学出版社2002年版。

冯乃超：《冯乃超文集》（上、下卷），中山大学出版社1986—1991年版。

蔡清富、穆立立编：《穆木天诗文集》，时代文艺出版社1985年版。

成仿吾：《成仿吾文集》，山东大学出版社1985年版。

丁景唐编选：《陶晶孙文集》，人民文学出版社1995年版。

后　记

中日文学的比较研究，长期以来，堪称学界关注的焦点。但目前国内出版的同类书籍，大都着眼于两者之间总体、全面的比较，而关于诗歌类的，就编者目力所及，主要是北京大学日本研究中心中日诗歌比较研究会编、刘德有主编的《中日诗歌比较研究》，曾先后出版过两辑。因此中日诗歌的比较研究，尚待深入挖掘及进一步展开。

正是有感于此，刘静教授在其主持完成的教育部社科项目"中日现代诗歌比较研究"（项目编号：08JA751044）的基础上，组织部分老师和硕博研究生，回顾、审视和思考之前的若干论述与诠释。补充了新搜集到的许多史料。同时更新和完善了部分章节内容，使本书从研究视角到构架布局，均显示出某种新鲜的生机与活力。

本书正文的五章分别选取五个典型的文学现象加以阐述，导论、结语部分则为高屋建瓴的宏观把握。参加写作的有刘静、颜青、田源、陈琬柠、曾利平、洪小涵、张成辰、裴勇、饶希玲等。书稿完成后，交由熊飞宇审读并提出修改意见，最后再由熊飞宇统稿。五章的写作虽系分工合作，但研究问题的逻辑起点与最后的结论，都做到了观点鲜明而统一。每一章诗学问题的探讨，从问题的提出、分析思路的展开、观点的阐释与材料的运用，到写作体例的形式规范，整体上基本一致。相较于已有的单篇的不成体系的研究成果，本书允称结构完整、体系周全。

最后还要说明的是，由于执笔人的行文风格等原因，不同章节可能会呈现出不同的语言风貌，统稿时虽尽力而为，但实难做到整齐划一；至于书中的错误与不当之处，想来还存留不少，敬祈方家批评指正。

熊飞宇

2018 年 2 月 12 日